A RAISIN IN THE SUN

ひなたの干しぶどう／北斗七星

THE DRINKING GOURD

ロレイン・ハンズベリ
鵜殿えりか 訳

小鳥遊書房

LORRAINE HANSBERRY

凡例

・訳註は、長文になるものは番号を付して各作品末に、短文は［　］に入れて示した。
・現代では不適切と考えられる表現も出てくるが、原著者の意向に従ってそのまま訳出した。

ひなたの干しぶどう

A Raisin in the Sun

ママへ——夢をありがとう

延ばしに延ばされた夢はどうなる？
ひなたの干しぶどうみたいに
干からびるか？
傷口みたいに膿んで――
じゅくじゅくになるか？
腐った肉みたいに悪臭を放つか？
それとも、シロップづけの菓子みたいに――
がちがちに固まるか？

たぶん、重い荷物のように
ただだらんと垂れ下がるんだろうな

それとも、爆発するか？

ラングストン・ヒューズ*1

登場人物（登場順）

ルース・ヤンガー————ウォルターの妻
トラヴィス・ヤンガー————ウォルターとルースの息子
ウォルター・リー・ヤンガー————ルースの夫、リーナの息子
ベニーサ・ヤンガー————ウォルターの妹、リーナの娘
リーナ・ヤンガー（ママ）————ウォルターとベニーサの母親
ジョーゼフ・アサガイ————ナイジェリアからの留学生
ジョージ・マーチソン————大学生
ミセス・ジョンソン————ヤンガー家と同じ階の住人
カール・リンドナー————クライボーン・パーク住民組合代表
ボーボー————ウォルターの起業仲間
引越し業者たち

場面

一幕　一場　金曜日の朝
　　　二場　翌日の朝

二幕　一場　同じ日の遅い時間
　　　二場　二、三週間後の金曜日の夜
　　　三場　一週間後の引越しの日

三幕　　　　一時間後

第一幕

第一場

ヤンガー家の居間は、心地よくきちんと整理された部屋であったことだろう。この状態に永遠に矛盾するような多くのことが起きなかったならば。家具は通常のもので、目立った特徴はない。家具の現在の主だった特徴はといえば、明らかに多すぎる人数の生活を、長すぎる年月を受け止めなければならなかったということ――つまり、相当くたびれているということだろう。とはいうものの、ある時には、おそらくもはや家族の誰も（たぶんママをのぞいて）記憶していない昔には、実際、この部屋の家具類は細心に、愛をもって、希望さえをもって選ばれたのだ。そしてこのアパートの部屋へと運ばれ、良い趣味と誇りをもって配置されたのだ。

それはずっと以前のことだった。現在では、かつてはお気に入りだったソファの布張りの模様は、容易にその姿を表すことができない。その上に大きなかぎ針編みのドイリー［円形の敷物」とソファカバーが広げられているからだ。ソファカバーはとうとうソファの布張り自体より重要なものになってしまっている。それから、この部屋では、テーブルと椅子は、カーペットの擦り切れた箇所を隠すために移動させられている。しかし、カーペットは、テーブルと椅子で隠したところ以外でも、絶望的なほどそこかしこに表面の擦り切れたさまを露わにしている。

要するに、疲弊したさまがこの部屋を支配しているのだ。すべてのものは幾度となく磨かれたり、洗濯されたり、腰かけられたり、使われたり、ごしごし擦られたりしてきた。たんに生活すること以外のどんな虚飾も、長らくこの部屋の雰囲気から消えてしまっている。

それだけではない。この部屋の一区画は後方へと傾斜がついていて、そこには小さなキッチンがしつらえられている。つまり、大家が貸す時にそれらしく見せてはいたものの、この部屋は本来の目的専用の部屋ではなかった。家族はこのキッチンで料理をして居間で食べる。つまり、この居間はダイニング・ルームとしても使われなければならないのだ。これら「二つの」部屋についている唯一の窓はこのキッチンの場所にある。一日をとおして家族が享受することのできる唯一の自然光は、この小さな窓からやっとのことで入っている光だけである。

上手《かみて》側にあるドアは、ママと娘のベニーサが共有しているベッドルームに通じる。反対の下手《しもて》側にある二つめの部屋は、ウォルターと妻のルースのベッドルームである。（このアパートができた最初の頃はおそらく朝食室《ブレックファスト・ルーム》だったようだ。)

時：第二次世界大戦から現在［一九五八年］のあいだのいつか
場所：シカゴ市サウスサイド[*2]
幕開け：朝。居間の中はまだ暗い。居間の中央ではトラヴィスが小さいベッドに寝ている。目覚まし時計の音が下手《しもて》のベッドルームから聞こえる。まもなくルースがその部屋から出てきて、後ろ手にドアを閉める。眠そうに居間を横切り窓のところまで行く。通り過ぎるとき、眠っている息子を手を伸ばして少し揺さぶる。窓のシェードを上げると、サウスサイドの薄暗い朝の陽光が弱々しく差し込んでくる。ポットに水を入れ、湯を沸かす。欠伸をしながら、かすかにくぐもった声で息子に呼びかける。

ルースは三十歳くらいである。かつては美人だったということが見てとれる。あまり見かけないほどの美人だったとさえ言っていい。しかし、現在、人生は彼女が期待していたようなものではほとんどなく、失望がすでにその表情に垂れ込めはじめているということが、はっきりと見てとれる。もう数年すれば、三十五歳前であっても、人々に「どっしり落ち着いた女性」と認識されるようになるだろう。

ルースは部屋を横切って息子のところに行き、目覚めさせるためにこれが最後というようにしっかり彼の体を揺さぶる。

ルース　さあさあ、七時半よ！（息子は眠気でぼうっとしたまま、やっと起き上がる）急いで、トラヴィス。バスルームを使うのはあんたひとりじゃないんだから！

がっしりした体つきのハンサムな男の子は十歳か十一歳くらいである。のろのろとベッドから出て、ほとんど目をつむった状態で抽斗《ひきだし》とクローゼットからタオルセットと「今日の服」を取り出し、バスルームへと向かう。バスルームは玄関ドアの外にあり、同じフロアの別の家族と共同使用している。ルースは下手にある寝室まで行き、ドアを開け、夫に呼びかける。

ウォルター・リー！　七時半過ぎぎよ。すぐに起きるか見てるからね！（待つ）早く起きなさい！七時半過ぎだと言ってるでしょ。（ふたたび待つ）いいわよ、そのまま寝続けてごらん。そしたらどうなるか。トラヴィスが使い終って、次にジョンソンさんが入っちゃったら最後、狂ったようにわめいたり罵ったりすることになるよ。遅刻もするしね！（待つ。とうとう堪忍袋の緒を切らして）ウォルター・リー！　**起きなさい！**

ルースはもう一秒だけ待ち、それからベッドルームに入りかけるが、夫が起きはじめていることに安心した顔になる。立ち止まり、ドアを閉め、キッチンへと戻ってゆく。濡らしたタオルで顔を拭き、寝乱れた髪に指を通すが、乱れは直らない。部屋着の上からエプロンを結ぶ。下手《しもて》のベッドルームのドアが開き、夫が上下違うくしゃくしゃのパジャマ姿でドア付近に立つ。彼は三十代半ばの、痩せてきりっとした若い男である。すばやく神経質な動きをする傾向があり、不規則でムラのある話し方をする。そして、その声にはつねに非難しているような特徴がある。

ウォルター　あの子はもう出た？

ルース　出たかですって？　今さっき入ったばかりよ。

ウォルター　（よろよろと居間に入ってくる。まだ眠気の方が優っている）まだ入れないってのに、なんであんなに大声出してたんだい？（立ち止まって、考える）小切手は今日来るんだっけ？

ルース　土曜日だそうよ。今日はまだ金曜日。朝起きて一番にお金のことを言いはじめるのやめてよ。そういうこと聞きたくないのよ。

ウォルター　今朝はどうかしたのか？

ルース　どうもしないけど――すごく眠いのよ。玉子はどうする？

ウォルター　スクランブルじゃないやつ。（ルースはスクランブル・エッグを作りはじめる）新聞は来てる？（ルースはイライラしたようにテーブルの上に丸めてある『トリビューン』紙を指さす。ウォルターは新聞を手にとると広げ、ぼんやりと一面を読む）昨日また核実験をやったんだってさ。*3

ルース　（まったく無関心に）そう？

ウォルター　（顔を上げて）どうかしたの？

ルース　わたしに関係ないことだし。いろいろ質問しないでちょうだい、今朝は。

ウォルター　誰もきみの邪魔なんかしないよ。（ふたたびぼんやりとニュースを読んでいる）マコーミック大佐[*4]が病気だそうだよ。

ルース　（お茶会の話題みたいに）あらそう？　お気の毒に。

ウォルター　（ため息をついて腕時計を見る）やれやれ。（待つ）あの子はバスルームでずっと何をやってるんだ？　もっと早起きさせないとな。あの子がぐずぐずしているせいで仕事に遅れるわけにゃいかないんだ。

ルース　（夫の方を向いて）いいえ、あの子がもっと早起きする必要なんてないわ！　夜早くにベッドに行くことができないんだもの、あの子の責任じゃないわ。夜の十時を回っても、何かに取り憑かれたような、役立たずの男たちが集まって、与太話をし続けていたんだものね。

ウォルター　そのことを怒ってたのかい？　友人たちと話したいことがあったんだ。でも、それはきみにとって重要じゃないってことかい？（彼は立ち上がって、テーブルの上にある妻のハンドバッグの中の煙草を取り出す。小窓の方に行き、外を見る。煙草の最初の一服を味わうように深く吸い込む）

ルース　（ほとんど当たり前のように。あまりにも自動的に出てくる不平なので、強調する必要もない）なんでいつも朝食の前に煙草を吸うの？

ウォルター　（窓辺で）下を見てみろよ……走りながら仕事へと急いでいる……（振り返り、妻に面と向かう。レンジで料理をしている妻を一瞬見つめ、それから唐突に言う）今朝は若々しくみえるね。

ルース　（無関心に）そう？

ウォルター　一瞬――卵を掻き混ぜている時にね。一瞬だったけど、ほんとに若々しくみえたよ。昔のように。（彼は近寄るが、妻は部屋を横切って離れる。それで、そっけなく）でも――今はもう元のとおりに戻った！

ルース　ああもう。ちょっと黙って、ほっといてくれない？

ウォルター　（ふたたび通りを眺めながら）男が人生で真っ先に学ばなきゃならないのは、朝一番に黒人女に言い寄っちゃならねえってことだな。朝の八時にゃ、女たちはみな、めちゃくちゃ機嫌が悪いもんな。

トラヴィスが廊下に現れる。ほとんどきちんとした身なりで、しっかりと目覚めた様子で。タオルとパジャマを肩に掛けている。ドアを開けて、父に急いでバスルームに来るように合図を送る。

トラヴィス　（バスルームを見ながら）パパ、早く！

ウォルターは自分の洗面用具を持ってバスルームへと急ぐ。

ルース　トラヴィス、座って朝ごはんを食べなさい。

トラヴィス　ママ、今日は金曜日だね。（嬉しそうに）小切手は明日来るんでしょ？

ルース　お金のことなんか考えずに、朝ごはんを食べなさい。

トラヴィス　（食べながら）今朝、学校に五十セント持って行くことになってるんだけど。

トラヴィス　今朝は五十セントあげられないわ。

トラヴィス　先生が持ってこなくちゃだめだって。

ルース　先生が何を言おうと仕方ないわ。お金がないんだもの。さあ、トラヴィス、ちゃんと食べなさい。

トラヴィス　食べてるよ！

トラヴィス　黙って食べなさい！

少年は母親の無理解に怒りの一瞥を投げ、ぶつぶつ言いながら食べる。

トラヴィス　おばあちゃんはお金持ってると思う？

ルース　やめなさい！　おばあちゃんにお金をねだっちゃだめよ。わかった？

トラヴィス　（怒って）わかったよ！　ねだったりしないよ。おばあちゃんが時々お金をくれるだけだよ。

ルース　トラヴィス・ウィラード・ヤンガー――いろいろあって今朝ママは――

トラヴィス　パパがくれるかも――

ルース　トラヴィス！

トラヴィスはすぐに口をつぐむ。数秒間、二人のあいだに緊張した沈黙。

トラヴィス　（しばらくして）だったら、放課後、少しの時間、スーパーに食料品を運ぶ仕事をやってもいい？

ルース　黙ってってって言ってるでしょ。（トラヴィスはシリアルの器に荒々しくスプーンを突っ込み、それから怒った様子で、両拳の上に顔を乗っける）食べ終えたら、あっちに行って、ベッドを片づけなさい。

トラヴィスは体を固くして母の言いつけに従い、ほとんど機械的な動作で部屋を横切り、ベッドまで行き、大雑把にふとんを折りたたんで山にし、それから、怒った様子で自分の本と帽子を手に取る。

トラヴィス　（むっつりして、母親から不自然に距離をとって）行ってきます。

ルース　（レンジから目を上げ、自然な感じで息子を目で点検する）こっちへおいで。（彼は部屋を横切って母親のところに行く。母親は息子の頭をじっと見る）この櫛を手に取って、この頭をとかさないなら、どうなるかわかってるね！（トラヴィスは押し殺したようなため息を大きくつきながら本を置き、鏡の前へ行く。母親は息子の髪が「きつくもつれる」ことに対して小声でつぶやく）あんなひよこの寝床みたいな頭で出かけようとするなんて！　こんなに髪の毛がきつくもつれるのは誰の遺伝かしら……さあ上着も着て。今朝、外は寒そうよ。

トラヴィス　（明らかにきちんとブラシをかけた髪で、上着も着て）行ってきます。

ルース　はい、バス代と牛乳代。（人差し指を振りながら）おもちゃのピストルには一ペニーだって使っちゃだめよ。わかった？

トラヴィス　（不機嫌な丁寧さで）わかりました。

怒ったまま、出かけようと向きを変える。ルースは、欲求不満で、ほとんど滑稽な様子でドアに近づく息子の後ろ姿を見つめている。母親は、とてもやさしくからかうような声になって、息子に話しかける。

ルース　（息子が言いそうな言葉を、からかうように言う）あーあ、ママにはすごく頭にきちゃうんだよな、時々。どうしたらいいかわかんないよ。（少し間を置いてから、トラヴィスの背中に話しかけ続ける。彼はドアの前に立ちつくしている）今朝は行ってきますのキスなんかするもんか！　何のご褒美もなしじゃね！（トラヴィスは、母親の雰囲気が変わったのに気づいて、とうとう振り返り、母親に目を向ける。すると、自分の判断は正しかったとわかる。しかし、まだ彼女の方へは近づかない）ぜったいにご褒美なしじゃやだね！（とうとう声に出して笑い、両腕を息子に差し出す。観客は、これがずっと前から行われてきた二人のあいだのやり方なのだとわかる。息子は母親の元へと行き、温かく抱きしめられるが、男の子らしく顔はきりっとしたままである。まもなく母親は息子の体を自分から離して見つめ、彼の顔を指でなでる。これ以上ないほどのやさしい口調で）さあ――この怒りんぼさんはどこの誰？

トラヴィス　（とうとう男の子っぽい不機嫌さは消えはじめる）ああ、もう――ママぁ……

ルース　（まねして）ああ、もぉぉ、ママぁ！（ふざけながらちょっと乱暴に、これが最後というように息子をドアの方へ押しやる）さあ行きなさい。じゃないと遅れちゃう。

トラヴィス　（愛情溢れる顔をして、新たな押しの強さで）食料品を運ぶ仕事をしちゃだめ、ママ？

ルース　夕方はとても寒くなりはじめているからね。

ウォルター　（バスルームから帰ってくると、架空の銃ケースから架空の拳銃を抜いて、息子を撃つ仕草をする）何がやりたいって？

ルース　放課後、スーパーで食料品を運ぶ手伝いがしたいんですって。

ウォルター　やらせたらいいだろ。

トラヴィス　（すぐさま味方に向かって言う）しなきゃならないいいいいんだ——お母さんが五十セントくれないんだもん……

ウォルター　（ルースだけに）なんであげないんだ？

ルース　（シンプルに、かつ匂わせて）お金がないからよ。

ウォルター　（ルースだけに）なんでそんなことを子どもに言うんだよ。（かなりもったいぶった身振りでズボンのポケットに手を伸ばして）さあ——（息子に硬貨を手渡すが、彼の目は妻の目に向けられている。トラヴィスは嬉しそうに金を受け取る）

トラヴィス　ありがとう、パパ。

トラヴィスは思わず跳び上がる。ルースは凄まじい目で二人を睨んでいる。ウォルターは反抗的に彼女を睨み返す。突然考え直して、もう一度ポケットに手を伸ばす。

ウォルター　（息子を見さえせず、まだ妻を見つめたまま）それだけじゃなく、ほらもう五十セント……今日は果物でも買いな。それか、学校までタクシーで行きな！

トラヴィス　わーい——

トラヴィスは跳び上がり、両脚で父の胴体をぐるりと挟む。二人は賞賛し合うように互いの顔を正面から見る。ウォルターがゆっくりと息子の背中越しに盗み見すると、妻の暴力的な視線に出会う。あたかも銃撃されたかのように頭をのけぞらせる。

ウォルター さあ、降りて——学校に行きなさい。

トラヴィス わかった。（ドアまで行き）行ってきます。（出て行く）

ウォルター （息子を目で追い、誇らしそうに指さしながら）まさにおれの息子だ。

妻はうんざりした様子で夫を見る。そして、くるりと向きを変えて仕事に戻る。

今朝おれがバスルームで何を考えていたかわかる？

ルース ぜんぜん。

ウォルター なんでいつもそんなに感じよくしようとするんだ？

ルース 感じよくするようなことが何かあるの？

ウォルター おれがバスルームで何を考えていたか知りたいか、それとも知りたくないのか？

ルース 何を考えてたかわかってるもの。

ウォルター　（無視して）昨夜話していたことについてだ、ウィリー・ハリスと。

ルース　（すぐさま、反復するように）ウィリー・ハリスは大口たたきのろくでなしでしょ。

ウォルター　おれが話をする人間は誰でも大口たたきのろくでなしなんだろ？　大口たたきのろくでなしの何を知ってるっていうんだ？　チャーリー・アトキンスはまさに「大口たたきのろくでなし」だったよな！　あいつは、いっしょにドライクリーニングのビジネスをやらないかって誘ってきたんだ。そんで――今あいつは年に十万ドル稼いでいるよ。年に十万ドルだぜ！　それでもまだあいつのことを大口たたきって呼ぶのかよ！

ルース　（つらそうに）ああ、ウォルター……（テーブルに置いた両腕の上に頭を突っ伏す）

ウォルター　（立ち上がって、妻に近づき、覆い被さるように立つ）疲れてるのかな？　あらゆることにうんざりしているんだろうな。おれや、息子や、おれたちの生活――このおんぼろの穴蔵――すべてのことにさ。そうだろ？（妻は顔を上げないし、答えもしない）うんざりして――年がら年中嘆いたり、呻いたり。だけど、おれを助けてくれようとしたことはないよな？　これまでもずっと、無条件におれの味方をしてくれたことはないよな？

ルース　ウォルター。お願いだからほっといて。

ウォルター　男は女に味方になってほしいもんだぜ……

ルース　ウォルター――

ウォルター　ママはきみの言うことを聞いてくれるだろうよ。ママがおれやベニーの言うことより自分の言うことを聞くって、きみにはわかってるんだ。ママはきみのことを大事に思っているからね。だから、きみは座ってママに話しさえすればいいんだ。ある朝コーヒーを飲みながら、いつもするようにいろんなできごとについて話すんだ——（妻の隣に座り、こういうふうだろうと彼が想像する彼女の仕草や声の調子を、目の当たりにするように生き生きとまねてみせる）——いいかい、きみはコーヒーを啜りながら気楽な感じで話すんだ。ウォルターがすごく興味を持っているあの取引や、店や何かについて、きみがどんなふうに思っているかとかをね。それからまたコーヒーを啜るのさ。まるで今話していることは、自分にとって本当はそれほど重要じゃないことなんだっていうかのようにね。そして、気がついたら、ママは真剣にその話を聞いていて、きみに質問したりしているんだ。そんで、おれが帰ってきたら、おれから詳しい話を聞き出せるって寸法だ。いいかい、これは信用できない怪しげな提案じゃないんだ。つまり、おれたちは真剣に考え抜いたんだ。おれとウィリーとボーボーはな。

ルース　（眉をひそめて）ボーボーって誰？

ウォルター　いいかい。おれたちが考えているこの小さな酒屋には七万五千ドル必要なんだ。おれたちの計算によると、店への初期投資費用はおよそ三万ドルだ。つまり、それぞれが一万ドルずつ出すんだ。もちろん、あのうすのろ野郎たちが営業免許を許可してくれるのを延々と待って人生を無駄遣いしなくて済むように、あと二百ドル支払わなきゃならないんだが——

ルース　それ賄賂ってこと？

ウォルター　（イライラして顔をしかめて）そういう言い方するなよ。いいか、こういうことはな、世間ってものについて女が知っとかなきゃいけないことを教えてくれるんだよ。あのな、誰かに金を掴ませなきゃ、この世では何事も起きないんだよ！

ルース　ウォルター、もういいから！（顔を上げ、目力を込めて夫を見つめ、それから、それまでより小さい声で言う）玉子を食べないと冷めるよ。

ウォルター　（体を伸ばして妻から身を離し、目を逸らす）ほらね。これだ。男は女にこう言う、「おれには夢がある」。女は言う、「玉子食べな」。（悲しそうに。だがまた力強く）男は言う、「この世界で頑張っていかなきゃならないんだよ！」。女は言う、「玉子食べて、仕事に行きな」。（熱を込めて）男は言う、「人生を変えなきゃ、息が詰まって死んでしまうよ！」すると女はこう言うんだ——（苦悩する様子。両拳を両腿の上に落とす）——「玉子が冷めるよ」！

ルース　（やさしく）ウォルター、あれはわたしたちのお金じゃないのよ。

ウォルター　（妻の言葉をまったく聞かず、見さえもせず）今朝、鏡を見ながら、そのことについて考えたんだ……おれは今三十五歳だ。結婚して十一年、息子がいる。そいつは居間で寝起きしているんだ——（とても、とても小さい声で）——その息子におれがしてやれることといったら、白人たちがどんなに裕福な暮らしをしているかっていう話だけなんだ……

ルース　玉子食べなさいよ、ウォルター。

ウォルター　（テーブルをバンと叩いて勢いよく立ち上がる）**玉子なんてどうでもいい！　この世にあ**

るすべての玉子なんかくそくらえだ！

ルース　じゃ、仕事に行きなさいな。

ウォルター　（妻を見上げて）いいか――おれは思いのたけを語ろうとしているんだぞ――（繰り返し首を振って）――それなのに、きみの言うこととときたら、玉子を食べて仕事に行けってことだけだ。

ルース　（だるそうに）だって、あんたは変わったことは何も言ってないんだもの。毎日、毎晩、毎朝あんたの言うことを聞いているけど、新しいことは何も言ってないわよ。（肩をすくめて）つまり、おかかえ運転手よりむしろ、主人のアーノルドさんになりたいってことでしょ。そんなら――わたしだってむしろバッキンガム宮殿に住みたいわよ。

ウォルター　そういうところが、この世の黒人女の間違っているところなんだよなぁ……。男を成長させて、自分はひとかどの人間だって感じさせることが大事なのに、そのことをよくわかってないんだよなあ。男に、自分は何か立派なことができるんだって感じさせるみたいなことがさ。

ルース　（そっけなく、しかし嫌味たっぷりに）いろいろやってくれる黒人男もいるのにねぇ。

ウォルター　黒人女なんてごめんだね。

ルース　あら。わたしも黒人女だけど、自分をやめることはできないわね。（立ち上がって、アイロン台を持ってきて、それを立たせる。半乾きの状態の衣服の大きな山のアイロンにとりかかる。アイロンをかける準備として衣服に水を振りかけ、丸めてぎゅっと固まった大きなボール状にする）

ウォルター　（ブツブツと）おれたち男は心の狭い黒人女たちに縛りつけられてるんだもんなあ。

ウォルターの妹ベニーサが登場。二十歳くらいである。兄と同じように痩せてきりっとしている。義理の姉ほどには美しくないが、引き締まって知的と言っていいその顔には、それ自身の端麗さが備わっている。明るい赤のフランネルのナイトウェアを着ている。毛量の多い髪は頭の周りで激しく突き出ている。ベニーサの話し方は多くのものが混淆した結果である。教育が彼女の言語感覚に浸透し、おそらく南部の英語よりむしろ中西部の英語がとうとう——最終的に——彼女の抑揚の主たる特徴となったがゆえに、その話し方は他の家族の話し方とは異なっている。しかし、南部の言葉が完全に消えてなくなっているわけではない。かすかに引き伸ばして語の区切りを不明瞭にする話し方と、母音の変形的用法は、サウスサイド英語の決定的な影響を受けている。ベニーサは、ルースとウォルターのどちらも見ることなく部屋を通り抜けて、玄関ドアのところまで行くと、よく見えないかのように、バスルームの方を見る。そこは今ジョンソン家が使っているところだとわかる。眠たそうに勢いよくドアを閉め、テーブルに近づき、敗北した様子で椅子に腰を下ろす。

ベニーサ　あの人たちの時間を計ることにする。

ウォルター　もっと早く起きればいいんだよ。

ベニーサ　（両腕に顔を埋める。まだベッドに戻りたい衝動と闘っている）ほんとね。夜明けに起きればいいと言ってくれる？　新聞はどこ？

ウォルター　（新聞をテーブル越しに押して寄こしながら、まるで以前に見たことがないかのように、医者が見るかのようにベニーサをじろじろ観察する）この時間はほんとにひでえ顔だな。

ベニーサ　（平然と）おはよう、みなさん。

ウォルター　（無感情に）大学はどうだい？

ベニーサ　（同じく平然と）すばらしいですわ。生物学ってのは最高ね。（兄を見て）昨日お兄ちゃんそっくりのなんかを解剖したわ。

ウォルター　もう決めちゃったのかどうかと思ってな。

ベニーサ　（さらに辛辣に、我慢ならないというふうに）昨日の朝と、それから、おとといの朝、何て言ったかしら？

ルース　（アイロン台のところから。公平無私な年長者のように）意地悪言わないの、ベニー。

ベニーサ　（依然として兄に向かって）その前の日も、前の前の日も、言ったよね！

ウォルター　（守勢に立って）おまえに興味があるんだ。それが悪いか？　なりたいっていう女子はそう多くはいないだろ――

ウォルターとベニーサ　（同時に）――「医者」に。

沈黙。

ウォルター 医学部にどんだけかかるか正確に計算したか、おれたち？

ルース ウォルター・リー。ベニーのことはほっといて、仕事に行ったら？

ベニーサ （バスルームへと出てゆき、ドアを叩く）早く出てください、お願い！（部屋に帰ってくる）

ウォルター （妹をじっと見て）小切手は明日来るってわかってるよな。

ベニーサ （振り向いて、独特の辛辣さで兄を見る）あのお金はママのものよ、ウォルター。どう使うかはママが決めるのよ。家を買いたいと思おうが、宇宙船を買いたいと思おうが、小切手をどっかに釘づけにしてただ眺めていたいと思おうが、かまわない。ママのお金だからね。わたしたちのものじゃないの——ママのなの。

ウォルター （にがにがしげに）おやおや、ご立派なことで。おまえはまさにママのお気に入りだからな。そうだろ？　おまえはいい子ちゃんだもんな。金が手に入ったら、いつだってママは数千ドル援助して大学に通わせてくれるんだもんな、そうだろ？

ベニーサ この家の誰にも、何かしてって頼んだことないわ！

ウォルター そうだよな！　頼むことと、時が来たらただ受け取ることとは大違いだろうさ！

ベニーサ （怒り狂って）わたしにどうしてほしいの？　大学を辞めてほしいの？　ただくたばってほしいの？　どっち？

ウォルター　何もしてほしかないよ。聖人君子みたくふるまうのはやめろってこと以外はな。おれとルースはおまえのためにずっと犠牲を払ってきたんだ。おまえだっておれたち夫婦のために何かしてくれたらどうだい？

ルース　ウォルター、わたしを巻き込まないでよ。

ウォルター　もう巻き込まれてるんだよ。この三年間、おまえは朝起きて、他人のキッチンに働きに行って、その家の女に服を着せるのを手伝ったりしてないか？

ルース　ウォルター――そんな言い方はずるいわ……

ウォルター　誰もおまえにひざまずいて、兄さんありがとう、ルースさんありがとう、ママありがとうって、言ってほしいわけじゃない。それから――トラヴィス、二学期間同じ靴を履き続けてくれてありがとうって、言ってほしいわけじゃないんだ。

ベニーサ　（ひざまずいて）わかったわよ――やるわよ。いい？　みなさん、ありがとう。そもそもひとかどの人間になりたいだなんて考えてごめんなさい！（ひざまずいたまま、兄を追いかけてフロアを横切る）**どうかお許しください、お許しください、お許しください！**

ルース　やめなさいってば！　ママに聞こえるわ。

ウォルター　いったい誰がおまえに医者にならにゃいかんと言った？　病人の世話をしたくてたまらないのなら、他の女みたく看護師になれよ。それか、ただ結婚しておとなしくしてりゃいいんだよ……

ベニーサ　あああ――とうとう白状したね。三年間我慢してたけど、とうとう言ったね。ウォルター、諦めな。わたしのことはほっといて。あれはママのお金なんだから。

ウォルター　いい、いい、おれの父さんでもあるんだぞ！

ベニーサ　だからって何？　わたしのお父さんでもあります――トラヴィスのおじいちゃんでもあります――でも、保険金はママのものなのよ。いくらわたしの粗探しをしたって、酒屋に投資する金をママがあげることにはならないよ。（椅子にどかっと座りながら小声で）わたし的には、ママはあげませんように！

ウォルター　（ルースに）ほら――聞いたか？　聞いた？

ルース　ウォルター、仕事に行きなさいよ。

ウォルター　この家の誰もおれをわかってくれようとしないんだ。

ベニーサ　だって、頭がおかしいんだもん。

ウォルター　誰がおかしいって？

ベニーサ　お兄ちゃんは――頭がおかしい。常軌を逸してる。

ウォルター　（とても悲しそうに、玄関ドアのところから妻と妹を見る）おれたちは世界でもっとも遅れた人種だな。それが真実だ。

ベニーサ　（椅子に座ったままゆっくりと振り向いて）だから預言者たちはみんなして、わたしたちを荒野から導き出してくださいました――（ウォルターはドアをバタンと閉めて家から出てゆく）――

もっとも、行き着いた先はもっとひどい沼地だけどね！

ルース　ベニー。どうしていつもお兄さんに意地悪言わなきゃならないの？　たまにはもう少しやさしくできないの？

ドアが開き、ウォルターが入ってくる。帽子を弄びながら、咳払いをして、あたりを見回すが、ルースだけは見ないようにしている。やっと話しはじめる。

ウォルター　（ルースに）電車代くれ。

ルース　（夫を見る。穏やかな態度になる。からかうように、しかしやさしく）五十セントでいい？（自分のバッグのところに行き、金を取り出す）はい――タクシーで行きなさい。

ウォルター退場。ママ入場。ママは六十代前半で、恰幅がよくがっしりしている。ある種の上品さと美しさを身につけている女性たちのひとりであるが、すぐにそれとは気づかないほど目立たない。完全な白髪が濃い褐色の顔を取り囲んでいる。人生において多くのことに適応し、さらに多くのことに打ち勝ってきた女性らしく、その顔は力強い。ある種の機知と信念のせいで、彼女の眼は明るく、興味と期待に満ちていることがわかる。彼女は、一言で言えば、美しい女である。彼女の物腰はおそらく南西アフリカのヘレロ族*5の女性のもつ高貴な物腰にもっとも似ている。どちらかといえば、あたかもまだ頭の上に籠か壺を載せる歩いているると思っているかのような身のこなしである。身のこなしが正確であるのと正反対に、しゃべり方は自然で飾り気がない——あらゆる言葉と言葉の区切りを不明瞭に引き伸ばして発音する傾向がある。その声はおそらく、静かというよりむしろただ穏やかなのである。

ママ　この時間にドアをバタバタ言わしているのは誰かね？（部屋を横切り、窓のところまで行き、窓を開けて、弱々しい小さな植木を中に入れる。植木は、窓の下枠の上に置かれた小さな植木鉢の中に頑張って生えている）

ルース　ウォルターですよ。ウォルターとベニーがまたやりあっていたんです。

ママ　あの子たちは気性が烈しいからねえ。植木にこれまでよりも陽が当たらなかったら、春が来るまでに枯れちまうだろうね。（窓から振り向いて）今朝はどうしたの、ルース？　とてもやつれているようにみえるよ。それ全部にアイロンをかけるつもり？　わたしがやるから残しときなさい。午後にやるから。ベニー、そんな薄着で座っていたら寒すぎるよ。ガウンはどうしたの？

ベニーサ　洗濯機に入れた。

ママ　それじゃ、わたしのを取りに行って着なさい。

ベニーサ　寒くないから。ほんとに。

ママ　ええ——だけどおまえはやせっぽちだから……

ベニーサ　（イライラして）ママ、わたし寒くないの。

ママ　（トラヴィスがそのままにした即席ベッドを見て）あれあれ、なんだい、このぶざまな様子は。まったく——あの子は片づけようとしたのかね？（トラヴィスがいい加減に片づけたソファの方に行く）

ルース　いいえ——全然やろうとしないんです。あとでおばあちゃんが来て全部直してくれるってわかっているから。そんなだから、今もってあの子は何のやり方もわかりゃしない。お母さんがあの子を甘やかすもんだから。

ママ　（布団を畳みながら）まあ、男の子なんだから。家事がわからなくてもいいでしょ。男の子はそんなもんだよ。今朝の朝食は何を作ってやったの？

ルース　（怒って）ちゃんと作ってますよ、リーナ！

ママ　余計な口出しをするつもりはないんだよ。（小声で、お節介っぽく）先週ずっとあの子が冷たいシリアルを食べているのを見たもんだから。秋になって寒くなりはじめているから、寒い中出かける時には、子どもは熱々のグリッツ[*6]とかを食べた方がいいと思うよ——

ルース　（ぷりぷりして）温かいオートミールを食べさせたわ。それでいいですか！

ママ　口出しするつもりはないんだよ。（間）オートミールにたっぷりバターを載っけてやった？

（ルースは怒りの視線を放ち、返事をしない）あの子はバターいっぱいが好きだからね。

ルース　（とても腹を立てた様子で）リーナ——

ママ　（ベニーサに向かって。ママは時折会話があっちこっちしがちである）今朝、あんたとお兄ちゃんは何を揉めていたのかね？

ベニーサ　たいしたことじゃないわ、ママ。（立ち上がってバスルームを見に行く。バスルームが空いたようだ。タオルを取り上げて急いで出てゆく）

ママ　あの子たちは何を言い争っていたの？

ルース　もうよくご存知でしょ、わたしと同じくらいに。

ママ　（頭を横に振って）お兄ちゃんはまだあのお金のことでくよくよしているのかい？

ルース　ご存知のとおり。

ママ　あんた朝食は食べたの？

ルース　コーヒーだけ。

ママ　ルース。ちゃんと食べて、もっと自分の体に気を配るようにしなきゃ。トラヴィスと同じくらい痩せてるじゃないの。

ルース　リーナ――

ママ　なあに？

ルース　あのお金をどうするつもりなんですか？

ママ　今その話をするのはやめておくれよ。金の話をするには朝早すぎるよ。キリスト教徒は朝から金の話はしないものだよ。

ルース　あの人はあの店のことで頭がいっぱいなものだから――

ママ　ウィリー・ハリスが投資に誘っているあの酒屋のことを言ってるの？

ルース　そうです――

ママ　わたしたち一家は商売人じゃないんだよ、ルース。わたしたちはただの平凡な労働者なんだよ。

ルース　ビジネスを始めるまでは誰だって商売人じゃないわ。ウォルター・リーが言うには、この世で、投資でも何でも、何か違う種類のことを一か八かやってみなきゃ、黒人はけっして前に進むことはできないんですって。

ママ　あんた、何を吹き込まれちゃったの、ルース？　ウォルター・リーはとうとう、投資のためにあんたを身売りしちゃったのかい？

ルース　そうじゃないんです、リーナ。でも、ウォルターとわたしのあいだに何かが起きているんです。何かはわからないけれど。ウォルターは何かを必要としています。だけど、わたしにはそれを与えることができないんです。リーナ、ウォルターにはチャンスが必要なんです。

ママ　（深く眉間に皺をよせて）だけど、酒屋だなんて――

ルース　ウォルターも言ってますけど――人はつねにお酒を飲むものでしょう？

ママ　さあね――人が酒を飲もうが飲むまいが、わたしにゃ関係ない。だけど、その人たちに酒を売る仕事をするかどうかは別問題だよ。こんな歳になって、神さまの収支簿のわたしの欄に、「酒」を書き加えたくはないねえ。（突然立ち止まり、義理の娘の様子を観察する）ルース、今日はどうしたの？　その場に倒れそうにみえるよ。

ルース　疲れてるんです。

ママ　それじゃ、今日は仕事を休んで家にいる方がいいよ。

ルース　休めないんです。奥さんが斡旋所に電話をかけて、こう怒鳴るでしょうからね。「今日メイドが来なかったから、誰か他の人を送ってちょうだい！　うちのメイドが来なかったのよ！」って。発作を起こしかねない勢いでね……

ママ　起こさせときゃいいさ。わたしが奥さんに電話して、あんたがインフルエンザに罹ったって言っとくから——

ルース　（笑いながら）なんでインフルエンザ？

ママ　そう言うと、あの人たちには世間体よく聞こえるだろ。白人だってインフルエンザには罹るからね。白人もインフルエンザのことはよく知ってるし。そうでも言わなきゃ、ただ病気だなんて言った日にゃ、あの人たちはあんたをクビにしようとかなんとか考えるよ。

ルース　とにかく行かなくちゃ。お金が必要ですもの。

ママ　最近うちの子たちが金のことを話しているのを他人が聞いたら、飢えて死にかけているんじゃないかと誤解するだろうよ。さあ、明日には大金の小切手が届くよ。

ルース　（神妙な面持ちで、しかし同時に自分の考えの正しさを強調もするように）だって、それはママのお金ですもの。わたしには関係ないことだわ。わたしたちは——ウォルターもベニーもわたしも――みんなそう感じていますよ。トラヴィスだって。

ママ　（感慨深げに、それから突然遠くを見る表情になって）一万ドル――

ルース　ほんとにすばらしいわ。

ママ　一万ドルよ。

ルース　どう使うつもりですか、リーナ？　どこか旅行に行くといいわ。ヨーロッパとか、南アメリカとか、どこかに――

ママ　（その考えに対して両手を上げて）まさか！

ルース　本気ですよ。スーツケースに詰めて出発！　出かけてお楽しみなさいな。家族のことは忘れて、人生で一度きりの時をおおいに楽しみなさいな――

ママ　（そっけなく）まるでわたしがもうすぐ死ぬみたいじゃないか。誰かいっしょに行ってくれるの？　ひとりっきりでヨーロッパをほっつき歩いていたら、どんなふうにみえることか。

ルース　いやだわ。このあたりの白人のお金持ちのご婦人方は、しょっちゅうそうしてますよ。スーツケースに詰め込んで、あの大きな蒸気船に荷物を山と積み上げることなんて、何とも思っていませんよ。それから、さっ！――またたく間に出かけてしまいますよ。

ママ　わたしは白人のお金持ちのご婦人じゃないって、いつも思ってきたよ。

ルース　それじゃ――そのお金をどうするつもりなんですか？

ママ　はっきりとは決めていないけどね。（考える。それから力を込めて話しだす）いくらかはベニーサの教育費のために取っておかなきゃならない――その金額には手を触れないつもりだよ。ぜったいにね。（何かを決めようとして、数秒間待つ。言葉を続ける前に、相手の反応を試すようにルースを見る）ずっと考えていたんだよ。保険金の一部を頭金に使って、それと、みんなで金を出しあったら、どこかに、小さい二階建ての中古住宅を買うことができるかもしれないって。夏休みにトラヴィスが遊べる庭つきのね。わたしもたぶん、また昼間の仕事に出ることができるだろうし。週に二、三日なら――

ルース　（義母の顔をこっそり観察しつつ、アイロンがけに集中しながら、そうみえないようにしながらも義母の考えを後押ししたくてたまらない様子）そうですね。確かに、こんな薄汚いアパートに、今までずっと家四軒買えるくらいの家賃を払ってきましたもんねえ……

ママ　（「薄汚い」という言葉を聞くと顔を上げ、それからあたりをぐるりと見回し、上体を後ろに反らし、突然もの思いにふける様子で溜息をつく）「薄汚い」ねえ――そうねえ、そのとおりだよ。（微笑んで）わたしと夫のウォルターがここへ引っ越してきた日のことを、その日と同じくらいはっきりと思い出すよ。結婚して二週間しか経ってなくて、ここに一年以上も住もうとは思ってもいなかった。（破れ去った夢を思って頭を横に振る）わたしたちは少しずつ――わかるでしょ？――貯金して、モーガン・パークに小さな家を買おうと思っていたんだよ。買う予定の家を選んでもいたよ。（少しくすくすと笑う）今考えると、ほんとにみすぼらしい家なんだけど。でもね、あの家を買って、手入れして、裏にわたし用に小さな庭を作ろうっていう夢があったってことは、わかっておくれよね。（少しして、微笑みをやめる）でも、その夢はひとつも実現しなかったっけ。（虚しいという身振りで両腕をだらりと落とす）

ルース　（アイロンをかけながら、頭を下げたままで）そうですね、時々人生って失望ばっかりのように思えますもんね。

ママ　あの頃、夫のウォルターは晩に帰宅すると、このソファに倒れ込むように座ったもんだったよ。ただ絨毯を見て、それからわたしを見て、また絨毯を見て、またわたしを見て、また絨毯を見て、それからわたしを見るっていうのを幾晩も続けた。その時、わたしには、夫は打ちのめされているんだってわかった……身も心も打ちのめされているんだって。（一瞬のち、長く物思いに沈む沈黙。彼女だけが思い出すことのできる過去の時代に思いを馳せている）それから、赤ちゃんを亡くした。小さなクロード。あの時には、夫のウォルターまで死んでしまうんじゃないかと思ったくらいだった。ああ。あの人は嘆き悲しんだね。子どもたちをとても愛していたから。

ルース　子どもを亡くすことほど心を引き裂かれることはないですね。

ママ　あの人が働いて働いてとうとう死んでしまったのは、このことが原因だと思っているよ。自分の赤ん坊を奪っていったこの世の中に、闘いを挑んでいるかのようだった。

ルース　ミスター・ヤンガーは本当に立派な方でした。わたしはいつもあの方が好きでした。

ママ　あの人は子どもが大好きだったよ。夫のウォルター・ヤンガーには悪いところがたくさんあった。頑固で、意地の悪いところもあって、女には手が早い——たくさん悪いところはあったさ。だけど、子どもたちを愛していたことは確かだよ。いつも子どもたちが何かを手に入れてほしいと思っていた。何者かになってほしいと願っていた。お兄ちゃんがああいう考えを持つようになったのは、そこから来ていると思うよ。あの人はいつも言っていた。時には瞼を濡らして、眼にいっぱいの涙をこぼさないように頭を反らせてね。「神さまは黒人には夢以外何も与えなくていいとお思いになったんだろうが、それでも、神さまは、おれたちに子どもたちをくださったなあ。そのおかげで夢見ることにも価値はあると思えるなあ」って。（微笑む）あの人はそんなふうに言うことができたんだよ。わかる？

ルース　そうですよ、そのとおりですよ。本当にミスター・ヤンガーは良い方でした。

ママ　そう、立派な男だった――ただ自分の夢に追いつくことができなかっただけ。それだけさ。

ベニーサが髪にブラシをかけながら、電気掃除機の音が鳴りはじめた天井を見上げながら、入ってくる。

ベニーサ　毎日掃除機をかけなきゃならないほど絨毯が汚れるってのはどういうわけ？

ルース　名前は言わないけど、このあたりのある若い女性に、やっぱり名前は言わないけど、あるアパートのある絨毯について、何か感じ取ってほしいわねえ。

ベニーサ　（肩をすくめて）まったく《フォー・クライスト・セイク》、どんだけ家を掃除したらいいわけ？

ママ　（神の名前をこのように使うことを嫌っているので）ベニー！

ルース　ちゃんと聞きなさい、ママの言うことを！

ベニーサ　まずい《オー・ゴッド》！

ママ　神さまの名前をもう一度でも使ったら――

ベニーサ　（哀願するような声で）ママぁ――

ルース　まだ幼いね、この娘は！　塩みたいにまっさら［fresh］だね。

ベニーサ　（そっけなく）ふん、塩に塩気がなければ、*7塩じゃないわ――

ママ　まあ、そのへんにしときなさい。この家でおまえに聖書を暗誦させているのはダテじゃないんだよ。わかってる？

ベニーサ　ただ部屋に入ってくるだけで、みんなのご機嫌を損ねちゃうのはどうしてかなあ？

ルース　あんたがそんなに子どもじゃなかったらね――

ベニーサ　ルース。わたしもう二十歳よ。

ママ　ところで、今日は何時に大学から帰ってくる？

ベニーサ　遅くなるかも。（熱くなって）マドリンが今日からギターのレッスンをしてくれるの。

ママとルースは顔を上げる。同じ表情を浮かべている。

ママ　何のレッスンだって？

ベニーサ　ギターよ。

ルース　あれまあ！

ママ　どうしてギターを習おうなんて思いついたの？

ベニーサ　ギターが弾きたいから。それだけよ。

ママ　（微笑みながら）ちょっと、ベニー。自分が何をすべきかわかってるの？　今度はどのくらいでギターに飽きるんだろうね。去年参加したあの小劇団にもすぐ飽きたよね。（ルースを見て）その前の年は何だったっけ？

ルース　乗馬クラブですよ。五十五ドルするあの乗馬服を買ったけど、あれ以来ずっとクロゼットに掛けっぱなしだわ。

ママ　（ベニーサに）なんでそんなに次から次へと気が変わらなきゃならないのかね、ベニー？

ベニーサ　（きっぱりと）ただギターが習いたいだけよ。なんか悪いことある？

ママ　誰も止めようとはしていないよ。ただ、どうして次から次へとしょっちゅう気移りしなきゃならないのかって、時々思うだけだよ。前に持って帰ったあのカメラ道具一式だって、あれ以来まったく使ってないし――

ベニーサ　気移りしてるんじゃないわ！　いろんな表現形態を試しているだけよ。

ルース　乗馬もそうなの？

ベニーサ　人間はいろんな方法で表現しなきゃならないのよ。
ママ　あんたは何を表現したいの？
ベニーサ　（怒って）自分をよ！（ママとルースは互いの目を見交わし、どっと大笑いする）ご心配なく。あなた方にわかってもらえるとは期待してません。
ママ　（話題を変えて）明日の夜、誰とデートするんだっけ？
ベニーサ　（嬉しそうでなく）ジョージ・マーチソンよ、また。
ママ　（嬉しそうに）へえ――少し彼のことが好きになってきた？
ルース　わたしに言わせればですね、この娘は自分以外好きじゃないんです――（小声で）自分を表現したいんです！

ママとルースは笑う。

ベニーサ　あら、ジョージのことは好きよ、ママ。デートに出かけたり、あれこれするくらいには好きだって意味でね。だけど――
ルース　（ふざけて）「あれこれする」って何するの？
ベニーサ　関係ないでしょ。
ママ　ルース、からかわないの。（くすくす笑い、それから、突然疑いの眼差しを娘に向け、言葉を強調するために椅子に座ったまま向きを変える）**えっ**、どういう意味？

ベニーサ （うんざりして）ただジョージには真剣になれないってこと。ジョージは――中身がなさすぎるのよ。

ルース 中身がない――それどういう意味？　ジョージはお金持ちでしょ！

ママ これこれ、ルース。

ベニーサ ジョージが金持ちなのは知ってるわ。ジョージだって自分が金持ちだということはよくわかっているのよ。

ルース じゃあ、あんたを満足させるには、他にどんなことが必要なの、ベニー？

ベニーサ わたしのことをわかろうとさえしないのね。誰であっても、ウォルターと結婚した女には理解できないでしょうけどね。

ママ （怒って）お兄ちゃんに対してなんて言い方するの！

ベニーサ お兄ちゃんはフリップなのよ――この事実から目をそむけちゃだめよ。

ママ （ルースに。困惑して）「フリップ」って何？

ルース （喜んで火に油を注いで）頭がおかしいって言ってるんですよ。

ベニーサ 頭がおかしいというのではないわね。お兄ちゃんはまだ本当におかしくはなっていない。いわば――複雑性精神疾患ね。

ママ なんてこと言うの！

ベニーサ　ジョージについて言うとね。ジョージは見栄えはいいわ――立派な車を持っているし、上等な店に連れて行ってくれる。ルースが言うように、ジョージはおそらくわたしが付き合うようになった中で一番お金持ちで、時には彼のことが好きだと思えることさえあるわ。でも、もしヤンガー家の人たちが、かわいいベニーがマーチソン家と家族になろうしているか見極めようと待ち構えているのだとしたら、時間の無駄よ。

ルース　つまり、たとえいつの日かジョージ・マーチソンが結婚を申し込んだとしても、彼と結婚する気はないってこと？　あのハンサムでお金持ちの男の子とは？　ベニー、あんたが変わり者だってことは知ってるけど――

ベニーサ　しないわ。これまでの彼への気持すべてが今感じていることなのであれば、ぜったい彼とは結婚しないわ。するもんですか。それに、ジョージの家族はわたしとの結婚にぜったい賛成しないでしょうよ。

ママ　どうして賛成しないの？

ベニーサ　ああ、ママ。マーチソン家の人々ってのは、正真正銘の生きた金持ち黒人一家なのよ。そして、この世で金持ちの白人より俗物根性のやつらといったら、それは唯一金持ちの黒人なんだわ。そんなこと誰でもわかっていると思ってたわ。ミセス・マーチソンに会ったことがあるけど、まあ見ものだったね！

ママ　金持ちだからって人を嫌うのはやめなさい。

ベニーサ　どうして？　貧乏ってことで人を嫌うのと同じくらい理屈が通っているし、たいていの人はそうでしょ。

ルース　（知恵のある年長者の風情で。ママに）まあ、ベニーもいずれこのようなことを乗り越えるでしょう――

ベニーサ　乗り越える？　何言ってんの、ルース？　いいこと、わたしは医者になろうとしているのよ。誰と結婚するかなんてまだ心配してないわ――そもそも結婚するならば、の話だけど。

ママとルース　結婚するならばですって？

ママ　ちょっと、ベニー――

ベニーサ　まあ、結婚はするかもしれないけど……でも、まず第一に医者になろうとしているの。例えばジョージなんか、そんなこと考えるのはかなり滑稽だといまだに思っているのよ。でもそんな雑音には惑わされないわ。わたしは医者になろうとしているのだから、まわりのみんなもそのことを理解してくれなくちゃ！

ママ　（やさしく）もちろんおまえは医者になれるとも。神さまがそうお望みになるならば。

ベニーサ　（そっけなく）神さまには何の関係もないわ。

ママ　ベニーサ――そんなこと言う必要はないよ。

ベニーサ　それなら――神さまだって必要ないって言うわ。神のこと聞くのはもううんざり。

ママ　ベニーサ！

ベニーサ　本気よ。年がら年中神さまのことを聞かされるのにはうんざりなの。神さまに何か関係ある？　神さまが授業料を払ってくれるの？

ママ　その生意気な口を閉じなさい！

ルース　この娘に必要なことはそれね！

ベニーサ　どうして？　どうしてこの家では、他所《よそ》の家みたいに言いたいことが言えないの？

ママ　若い娘がそんなことを言うなんてみっともない。そんなふうに育てた覚えはないよ。わたしとお父さんは、日曜日ごとに、おまえとお兄ちゃんをわざわざ教会に連れていってたんだから。

ベニーサ　ママ、わからないの？　これは全部考え方の問題なのよ。神というのはひとつの概念にすぎなくて、わたしには受け入れられないの。その概念は重要じゃないの。神を信じていないからといって、外で不道徳なことをしたりはしないし、罪を犯したりもしない。信じていないだけじゃなく、神について考えさえもしないわ。人類がたゆまぬ努力をして勝ち取ったあらゆるものが、神のおかげだっていう考え方にうんざりしているだけよ。忌々しい神なんか単純に存在しないのであって——いるのは人間だけなのよ。奇跡を作るのは人間なのよ！

ママはこの言葉を全部聴き、娘をじっと見つめ、おもむろに立ち上がると、部屋を横切ってベニーサのところまで行き、彼女の横面を強くビンタする。その後を沈黙が領する。娘は母親の顔から目を落とすが、母親の方は娘の前に高く聳え立っている。

ママ　さあ――わたしのあとについて言いなさい。わたしのお母さんの家には神さまはまだいらっしゃいます。（長い間。ベニーサは何も言わず床を凝視している。ママはこの文句を正しく冷静に繰り返す）わたしのお母さんの家には神さまはまだいらっしゃいます。

ベニーサ　わたしのお母さんの家には神さまはまだいらっしゃいます。

長い間。

ママ　（ベニーサから離れる。あまりにも心がかき乱されていて、勝ち誇った態度を取ることができない。立ち止まり、振り返って娘を見る）この家の中では受け入れられない考え方があるの。わたしがこの家の家長である限りは。

ベニーサ　はい。

ママは部屋から出てゆく。

ルース　（やさしく、深く理解を示して）ベニー。自分は一人前だと思っているようだけど――まだあんたは子どもなのよ。あんたのすることは子どもっぽいわ。だから、子どもみたいに扱われるのよ。

ベニーサ　わかった。（静かな声で）ママが独裁者でもかまわないとみんなが考えているってこともわかったわ。だけど、世界中の独裁者が全員でかかっても、神を天に据えることなんかできないのよ！（本を手に取って、出て行く。間）

ルース　（ママのベッドルームのドアまで行って）ベニーサが悪かったたって言ってました。

ママ　（ベッドルームから出てきて、植木鉢のところに行く）あの子たちが恐ろしいよ。ルース。わたしの子どもたちが。

ルース　良い子どもたちですよ、リーナ。時に少々突っ走ることはあるけれど――良い子たちですよ。

ママ　違う――わたしとあの子たちのあいだには壁がある。その壁のせいでお互いを理解し合えないの。それが何なのかわたしにはわからない。ひとりは始終お金のことばかり考えてほとんど正気を失っているし、もうひとりはわたしにはどうしたって理解できないようなことを話しはじめている。どうしてこんなに変わってしまったのかねえ、ルース。

ルース　（慰めるように、年齢より大人びた調子で）まあまあ……深刻に考えすぎなんですよ。あなたの子どもたちは意志が強いってだけですよ。その子どもたちをしっかりコントロールするには、あなたのような強い女性が必要です。

ママ　（植木鉢を見て、それに少しの水をふりかける）わたしの子どもたちは元気がいいね。ベニーとウォルターは元気がいい――このことは認めなきゃならないね。充分な陽光も何もなく育ったこの小さな植木みたいだよ――見てごらん……

リーナはルースに背を向けている。ルースはアイロンがけを中断しなければならず、何かによりかかり、手の甲を額に当てている。

ルース （ママに自分の状態を気づかれないようにしながら）本当に……その小さな植木を大事にしていらっしゃいますね……

ママ まあね。田舎ふうの家の裏に時々見かけていたような、あんな庭がほしいなあといつも思っていたんだけどね。育てるようになった時から、この子は背丈が伸びないのよ。（植物を窓枠に戻しながら窓の外を見る）やれやれ、天気の悪い日にこの窓から見える景色ほど心寂《うら》しい景色はないね。どうして今日は歌を歌わないの、ルース？　いつもの「疲れてなんかいない」*8を歌ってよ。あの歌を聞くといつも気分が上がるからさ――（やっと振り向いてルースの方を向くと、ルースは静かに滑り落ちるように床に倒れている。半ば意識を失っている状態）ルース！　ルース――どうしたの……ルース！

幕。

第二場

翌朝。土曜日の朝。ヤンガー家では大掃除が進行中である。家具は手前や奥に寄せられ、ママはキッチンの区画の壁の汚れを洗い落としている。ベニーサはデニムのオーバーオールを着て、顔の周りにハンカチを結んだいでたちで、壁の割れ目に殺虫剤のスプレーをかけている。大掃除のあいだラジオがかかっていて、サウスサイド・ディスクジョッキーの番組が、この場に不適切な、かなりエキゾティックなサクソフォンのブルーズの調べを、家じゅうに充満させている。トラヴィスだけがぶらぶらと何もせず、窓枠に乗せた両腕に寄りかかって窓の外を見ている。

トラヴィス おばあちゃん、ベニーが使っているやつがすごく臭い。下へ行っていい？　お願い。

ママ 自分の仕事はもう全部やったのかい？　あんまりやっているようにはみえなかったけど。

トラヴィス やったよ――早くに済ませたんだよ。今朝ママはどこに行ったの？

ママ （ベニーサを見ながら）ちょっとした用向きで出かけなきゃならなかったの。

電話が鳴る。ベニーサは、寝室から出てきたウォルターより先に電話に出ようと走って、受話器に手を伸ばす。

トラヴィス　どこへ行ったの？

ママ　用事があってね。

ベニーサ　もしもし……（がっかりして）はい、おります。（ウォルターに受話器を投げてよこす。ウォルターはかろうじて受け止める）ウィリー・ハリスよ、また。

ウォルター　（ママがじっと見ている中、できるだけ話を聞かれないようにして）もしもし、ウィリー。弁護士から書類を受け取ったかい？……いや、まだだ。郵便配達は十時半前には来ないって言っただろ？……いや、おれがそこへ行くよ。……うん！　すぐに行く。（電話を切って、コートを取りにゆく）

ベニーサ　お兄ちゃん、ルースはどこへ行ったの？

ウォルター　（出かけながら）おれが知るわけないだろ！

トラヴィス　ねえ、おばあちゃぁん。外行っていい？

ママ　ああ、いいよ。だけど家の真ん前にいてちょうだいね。郵便配達の人が来るのをしっかり見張りしていて。

トラヴィス　わかった。（ゴムボールとバットをとりに寝室に走ってゆく。ふたたび戻ってくると、ベニーサがひざまずき、お尻を高く上げて、ソファの下にスプレーをかけているのを見る。彼はそろりそろりと獲物に近づき、狙いを定め、彼女のお尻に一発お見舞いする。ベニーサはきゃっと叫び声を上げる）かわいそうなゴキブリはほっといてやってよ。お姉ちゃんに悪さはしてないだろ！（ベニーサがふざけて意地悪くトラヴィスを目がけてスプレーガンを振り回すと、彼は走って逃げる）おばあちゃん！助けて！

ママ　ベニーサ、殺虫剤がその子にこぼれ落ちないように気をつけなさい！

トラヴィス　（ママの体の後ろという安全地帯から）そうだよ、ほら、気をつけろよ！（退場）

ベニーサ　（そっけなく）トラヴィスを傷つけるとは思えないわ。これがゴキブリに効いたことないもん。

ママ　小さい男の子の皮膚はサウスサイドに住むゴキブリほど丈夫じゃないからね。箪笥の裏もやった方がいいよ。昨日、一匹がまるでナポレオンみたいに堂々と出てきたのを見たからね。

ベニーサ　ゴキブリを一網打尽にする方法はひとつしかないわ、マジで。

ママ　どうやるの？

ベニーサ　この建物に火を放つのよ！　ところで、ルースはどこ行ったの、ママ？

ママ　（意味ありげにベニーサを見て）医者に行ったんだと思う。

ベニーサ　医者に？　どうしたの？（二人は目を見交わす）まさか――

ママ　（ドラマチックに）ただの思いつきを言ってるんじゃない。それに、女に関してわたしの目に狂いがあったためしはない。

電話が鳴る。

ベニーサ （電話を取って）もしもし……（間。一瞬で電話の相手が誰かわかる）あら――いつ帰ってきたの？……どうだった？……もちろんよ、寂しかったわよ――それなりに。……えっ、今朝？　今朝はまずいわ。大掃除やなんかをやってるから、家がこんな状態の時に人を来させるのをママは嫌がるの。……あらそう？　まあ、それなら話は別ね。それは何――まあ、何でもいいわ。とにかくいらっしゃいな。……うん、じゃね。さよなら《アリヴェデルチ》。（電話を切る）

ママ （いつもするように、電話の話をしっかり聴いている）家がこんな状態の時に誰を招待したんだい？　持って生まれたプライドってものがないのかね！

ベニーサ アサガイは家がどうだろうと気にしないわ、ママ。彼は知識人だから。

ママ 誰って言った？

ベニーサ アサガイ。ジョーゼフ・アサガイ。アフリカ人よ。大学で出会ったの。この夏ずっとカナダで勉強していたの。

ママ 何て名前だって？

ベニーサ アサガイ、ジョーゼフ。ア・サ・ガイ。ナイジェリアからの留学生なの。

ママ ああ。ずっと前に奴隷たちが建国した小さい国だね……

ベニーサ　違うよ、ママ。それはリベリア。

ママ　わたしゃ、アフリカ人には一度も会ったことがないと思う。

ベニーサ　お願いだから、アフリカ人についてあれやこれや無知な質問をしないでね。つまり、アフリカ人は服を着るんですか、とかさ。

ママ　わたしたちがそんなに無知だと思うんなら、友だちをここに連れて来なきゃいい。

ベニーサ　普通の人はそんな馬鹿げた質問をするってことよ。ターザンくらいね、アフリカに関しては誰もが持っている知識は。

ママ　（怒って）どうしてわたしがアフリカについて何か知ってなきゃならないかね？

ベニーサ　教会の布教活動のために献金しているのはどうして？

ママ　そりゃ、人助けのためさ。

ベニーサ　野蛮な信仰から人々を救うためってこと？

ママ　（無邪気に）そうだよ。

ベニーサ　アフリカの人たちが必要としていることは、イギリス人やフランス人から救出されることだと思うよ。

ルースが侘しげな様子で帰宅し、憂鬱そうにコートを脱ぐ。ママとベニーサは振り返って彼女を見る。

ルース　（元気なく）嬉しそうな顔から判断すると――二人ともわかっているのね。
ベニーサ　赤ちゃんができたの？
ママ　あら嬉しい。かわいい女の子だといいなぁ。トラヴィスには妹が必要だもの。

ベニーサとルースは、このおばあちゃんらしい喜びように、絶望的な視線を向ける。

ベニーサ　何ヶ月なの？
ルース　二ヶ月。
ベニーサ　産むつもりだったの？　つまり、計画してたの、それとも偶然できたの？
ママ　計画するとかしないとか、あんたに何がわかるの。
ベニーサ　ママったら。
ルース　（疲れ切ったように）彼女はもう二十歳なんですよ、リーナ。
ベニーサ　計画してたの、ルース？
ルース　あんたに関係ないわ。
ベニーサ　関係あるわよ――その子はどこで生活するの？　屋根の上？（三人の女はその言葉が意味するところに反応して、その発言のあとしばしの沈黙）ちょっとぉ――そんな意味じゃないのよ。

ルース、ほんとに。もう、そんなふうに全然思ってないから。とても——すばらしいことだと思ってるんだから。

ルース　（大儀そうに）すばらしいことよね。

ベニーサ　そうよ——本当に。（通りから突然大騒ぎする声や音が聞こえてくる。ベニーサは窓の方に行って外を見る）いったいあそこで何をやってるの？　あの小僧たちは。（窓を大きく開くと、通りから子どもたちの叫び声が上がってくる。よく見るために頭を突き出し、大声を上げる）**トラヴィス！　トラヴィース……そこで何やってんの？**（見る）ひゃあ、ネズミを追っかけてるわ！

ルースは両手で顔を被い、顔をそむける。

ママ　（怒って）すぐに、あのわんぱくに上がってくるように言いなさい！

ベニーサ　**トラヴィース、上がってきなさい。すぐに！**

ルース　（顔を歪めて）ネズミを追っかけるだなんて……

ママ　（心配そうにルースを見て）お医者さんはすべて大丈夫だって言った？

ルース　（心ここにあらずの様子で）ええ——彼女が言うにはすべて大丈夫だろうって。

ママ　（すぐに疑って）「彼女」って——いったいどこの医者に行ったの？

ルースは意味ありげな目でママをただ見つめ、ママが話そうと口を開きかけた時、トラヴィスが勢いよく入ってくる。

トラヴィス　（興奮して、言いたいことがいっぱいあるというように、まっすぐ母親の元に行く）ママ、ネズミを見ればよかったのに。猫くらい大きなネズミだったよ、ほんとに！（誇張した大きさを両手で示す）ふーっ、あのネズミほんとにすごかった。ブバーが踵《かかと》でそいつを取り押さえたら、清掃員のバーネットさんが棒で叩いて、それから隅っこに追い詰めてて——**バン！　バン！　バン！**って。でもネズミはまだ逃げ回るんだ。いっぱい血を流したりもして。通りじゅうネズミの血だらけになっちゃって——

ルースは突然手を伸ばして顔さえ見ずに息子を掴み、彼の口を片手で塞ぎ、抱き寄せる。ママは急いで二人に近寄り、彼をルースから離して自分の方に向かせる。

ママ　もうそんな恐ろしいことを話すのはやめておくれ……（トラヴィスは唖然とした表情でルースを見つめる。ベニーサはすばやく近寄り、祖母から彼を引き離し、玄関ドアの方へ押しやる）

ベニーサ　外に行って遊んでおいで……だけど、ネズミはだめだよ。（やさしく彼をドアの外に押し出す。トラヴィスは母親がどうしたのか一所懸命見ようとしている）

ママ　（心配そうにルースの方に身をかがめてうろうろしている）ルース――どうしたの？　具合が悪いの？

ルースは腿の上で両手を握りしめて、湧き上がりくる泣き叫びの声を抑えようと闘っている。

ベニーサ　ルースはどうしたの、ママ？

ママ　（緊張を和らげようとルースの両肩に両手をおいて、指を動かしている）ルースは大丈夫。女は自分がやりたいようにやろうとする時、気分が落ち込むことが時々あるのさ。（やさしく、老成している者の風情で、早口に話す）さあ、落ち着きなさい。そうそう、それでいい。深く寄りかかって。何も考えなくていいよ……何もね。

ルース　大丈夫です……（うつろな眼差しはしだいに消え、やがて発作的な啜り泣きへと泣き崩れる。ドアのベルが鳴る）

ベニーサ　あっ困った。アサガイだ。

ママ　（ルースに）さあ、おいで、ルース。横になって少し休まなきゃ……それから温かい食事もとらなきゃ。

ルースは義母に寄りかかりながら、二人は退場。ベニーサはひどく動揺しながらも、ドアを開け、大きな包みを持った、かなりドラマティックな容貌の若者を招き入れる。

アサガイ　こんにちは、アライヨ。

ベニーサ　（ドアを支えたまま、嬉しそうに彼を見て）こんにちは。（長い間）さあ——中へどうぞ。いろいろ片づいてないけどごめんなさい。こんな状態の家に誰かを来させるって、お母さんがすごく怒ってるの。

アサガイ　（部屋に入ってきて）きみも動揺しているようだよ……何かあったの？

ベニーサ　（まだドアのところに立って、茫然として）うん……家族全員ひどいゲットー熱に冒されてんの。（微笑んで、彼の方へ来る。煙草が一本転がっているのを見る。座る）どうぞ——座ってよ！あっ、待って！（ソファに置いたままにしていたスプレーガンを引ったくるように取り、そこに複数のクッションを戻す。それからようやくソファの肘掛けの部分に座る。アサガイもソファに座る）それで、カナダはどうだった？

アサガイ　（インテリふうに）カナダっぽかった。

ベニーサ　（彼を見て）アサガイ、帰ってきてくれて嬉しいわ。

アサガイ　（今度は彼が彼女を見返して）ほんとに？

ベニーサ　うん——とても。

アサガイ　どうして？　きみはぼくが出かけるとき、とても喜んでいたよね。あのあと何が起きたのかな?

ベニーサ あなたがいなくなった。

アサガイ ははは。

ベニーサ 前は——あなたは真剣になりすぎてたでしょ。でも、そのあと時間が経ったから。

アサガイ 自分の気持がわかるまでに、人はどのくらい時間が必要なのかなぁ。

ベニーサ (この極めて個人的な会話を回避して。わざと子どもっぽい身振りで、両掌を相互に押し当てながら)何を持ってきてくれたの?

アサガイ (彼女に包みを手渡して)開けてみて。

ベニーサ (熱心に包みを開け、何枚かのレコードと色鮮やかな女もののナイジェリアのローブを引っ張り出す)まあ、アサガイ!……これをわたしに!……なんて美しいの。……それからレコードも!

(彼女はローブを持ち上げて、鏡の前に走っていって、体の前に布を当ててみる)

アサガイ (鏡の前の彼女のところに来て)正しい着方を教えなきゃね。(少しのあいだ彼女の体の周りに布を巻きつけている。それから後ろに下がって彼女を見る)ああ——オーペイゲイデイ、オーガームーシェイ(ヨルバ語[*9]の賞賛の叫び)。よく似合うよ……すごく似合うよ……短く切った髪も全部。

ベニーサ (突然振り返って)えっ、わたしの髪?　わたしの髪がどうかした?

アサガイ (肩をすくめて)生まれつきそんな髪なのかな?

ベニーサ (手を上げて髪にさわって)ううん……もちろん違うわ。(振り返って鏡を見る。動揺した様子)

アサガイ　（微笑んで）じゃ、どんな髪だったの？

ベニーサ　どんな髪かってよく知ってるでしょ……あなたのと同じ縮れ毛よ……元々はそんなふうよ。

アサガイ　そのままだと醜いと思うの？

ベニーサ　（早口で）あら、そんなことないわ。醜いなんて思ってないわ……（前よりゆっくりとした口調で、言い訳するかのように）でも、扱いがすごく難しいのよ。その――元のままだと。

アサガイ　それで、その髪をおとなしくさせるために――毎週髪を切除《ミューティレイト》しているんだね？

ベニーサ　切除してるわけじゃないわ！

アサガイ　（彼女が大真面目なのを声に出して笑って）いや……ごめんよ！　こういうことに対してきみが大真面目に反応するんで、ちょっとからかったんだよ。（ベニーサから離れ、胸の前で腕を組んで、彼女が鏡の前で髪を引っ張ったり、顔をしかめたりしているのをじっと見ている）大学で初めて会った時のことを覚えてる？……（笑う）きみはぼくのところに来て、こう言ったんだ――それで、ぼくは今まで会った中でもっとも真剣な女の子だなぁって思ったんだよ――きみはこう言ったんだ。（彼女の口調をまねる）「アサガイくん、あなたとお話ししたいの。アフリカについて。あのね、アサガイくん、わたし、自分のアイデンティティを探し求めているのよ！」ってさ。（笑う）

ベニーサ　（彼の方を向いて、笑わずに）そのとおりよ――（困ったような、深く動揺したような顔をする）

アサガイ　（まだからかうように、手を伸ばし、両手で彼女を顔を包み、その横顔を自分の方に向ける）

そうだな……まさしくこれはハリウッド・クィーンの横顔というよりむしろ、ナイル・クィーンの横顔だな――（この問題の重要性をわざと無視して）だけど、何が問題なのかな？　きみの国じゃ同化主義は日常茶飯事じゃないか。

ベニーサ　（くるりと向きを変え、熱っぽく、鋭く）わたしは同化主義者じゃないからね！

アサガイ　（少しのあいだ彼女の抗議は部屋の中に消えずに残る。アサガイは彼女を観察する。彼はもう笑っていない）いつも大真面目な人だな。（間）それで――ローブは気に入った？　すごく大事に扱ってほしいな。お姉さんの衣装箪笥からもらってきたんだから。

ベニーサ　（信じられないというふうに）はるばる――はるばるアフリカの家から送ってもらったの？　わたしのために？

アサガイ　（魅力的に）もちろんきみのためにさ。もっといろいろしたいけど……。まあ、今回はそれを届けるために来たのさ。じゃ、行くよ。

ベニーサ　月曜日に電話くれる？

アサガイ　うん……たくさん話すことがあるね。つまり、アイデンティティについてとか、時間についてとかさ。

ベニーサ　時間について？

アサガイ　うん。自分の気持がわかるのにどのくらい時間が必要かについてね。

ベニーサ　あのね！　男と女のあいだに存在しうる感情は一種類だけじゃないっていうことが、あなたにはわかってないようね。少なくともそうであるべきだってことがわかってないようね。

アサガイ　（否定するように、しかし穏やかに、頭を横に振って）いや違う。男と女のあいだの感情は一種類だけあればいい。ぼくはきみに対してそんなふうに感じている……今もね……まさにこの瞬間もね……

ベニーサ　わかってる――でもそれだけじゃ充分じゃないわ。そんなのどこにでもあるからね。

アサガイ　女性にとって、それは一種類だけであるべきだよ。

ベニーサ　わかってる――男が書いたあらゆる小説の中でそんなふうに言っているからね。でも、実はそうじゃないのよ。どうぞどうぞ、笑うがいいわ。でも、アメリカで誰かの小さなエピソードになることには、もしくは――（女性らしい激しさを込めて）――そうしたエピソードのひとつになることには、わたしはまったく興味がないのよ！（アサガイはふたたびどっと笑う）すごくおかしいでしょうよ、フン！

アサガイ　まさに、ぼくの知るアメリカの女の子はみんなそう言っていたよ。白人の娘も、黒人の娘も。この点に関しては、きみたちはみな同じ意見だね。みんな同じ話し方だしね！

ベニーサ　（怒って）おや、おや、おや！

アサガイ　世界でもっとも自由なはずの女の子たちが、実は全然自由じゃないんだって確信できるよ。きみたちはみなそういうことを議論しすぎなんだよ！

ママ入場。すぐに客人用の社交的な感じ良さを全身にまとう。

ベニーサ　ああ、ママ。こちらアサガイくん。

ママ　初めまして。

アサガイ　（年長者に対して完璧に礼儀正しく）初めまして、ミセス・ヤンガー。土曜日のこんな朝早い時間にお伺いしてまことに申し訳ありません。

ママ　まあ、よくいらっしゃいました。我が家がいつもこんな状態じゃないってこと、ご理解くださいね。（おしゃべりな感じで）またおいでくださいね。いろいろお聞きしたいんです――（国名が思い出せず）――あなたのお国のことを。わたしたちアメリカ黒人が、ターザンとかそんなこと以外アフリカのことを全然知らないのを、とても情けなく思いますもの。あと、教会にたくさんのお金をつぎ込んでいることもね。本当なら、あなたがたの土地を奪ったフランス人やイギリス人を追い出す手助けをしなきゃなりませんのに。（ひとり語りが終ると、わずかながら優越感溢れる眼差しをすばやく娘に送る）

アサガイ　（この突然の、まったく脈絡のない同情の表出にたじろぎながら）はい……はい……

ママ　（突然彼に微笑みかける。緊張が解け、彼の姿全体をざっと見て）ここからあなたのご出身地までは何マイルくらいなんですか？

アサガイ　何千マイルかです。

ママ　（ウォルターを見る時のように彼を見て）お母さまから遠く離れて、自分の身の周りのことも満足にはできていないでしょう。ちゃんとした家庭料理を食べに時々はこちらにいらっしゃいね……

アサガイ　（感動して）ありがとう。ありがとうございます。（二人は何も言わずに立っている。おもむろに）じゃ……帰ります。月曜日に電話するね、アライヨ。

ママ　何て呼んだの？

アサガイ　ああ――「アライヨ」って言いました。気になさらないでください。みなさんが「ニックネーム」と呼ぶものにあたります。ヨルバ語です。ぼくはヨルバ族なんです。

ママ　（ベニーサを見て）あら、わたしはてっきり、この方の出身は――その――（国名を思いだせない）

アサガイ　（事情を察して）ナイジェリアはぼくの国の名前です。ヨルバというのはぼくの部族の名前です。

ベニーサ　アライヨの意味を教えてくれてなかったよね……ひょっとしたら、「ちいさなお馬鹿さん」とか何とかいう意味じゃないの？

アサガイ　えーと……どう説明したものか……言語が変わると、言葉の意味も変わっちゃうからね。

ベニーサ　言い逃れだね。

アサガイ　いやいや、ほんとに難しいんだよ……（考える）意味はね……「パンのみ、つまり食べ物のみでは満足しない人」って意味。（ベニーサを見る）これでいい？

ベニーサ　（理解して、やさしく）ありがとう。

ママ　（一方から他方へと視線を動かす。二人の会話はまったく理解できていない）良かったわ。またおいでくださいね、ええと――

アサガイ　ア・サ・ガイです。

ママ　そうでしたね。またおいでくださいね。

アサガイ　さようなら。（退場）

ママ　（彼を見送って）あらまあ、いい男だったじゃないの！（当てこするように娘に）なるほど。なんで我が家がアフリカにそんなに興味をもちはじめたのか、やっとわかったよ。おばのジェニーが宣教師だったっけ！（退場）

ベニーサ　もう、ママったら！（ナイジェリアのドレスを手にとり、持ち上げて体に添わせ、ふたたび鏡の前へ行く。被りものをでたらめに頭に被る。すると、ふたたび自分の髪に気づいて、髪をぐいと掴む。被りものを元の位置に戻すと、鏡の中の自分に対してしかめ面をする。それから、ナイジェリアの女性がそうすると考えてか、鏡の前で体をくねくねとくねらせはじめる。トラヴィスが入場し、彼女の様子をじっと見ている）

トラヴィス　いったいどうしたの？　いかれちゃった？

ベニーサ　うるさい。（被りものをはずし、鏡の中の自分を見る。ふたたび髪を掴むと、まるで何かを想像しようとしているかのように、目を細める。それから、突然、レインコートとスカーフを手に取り、

急いで出かける準備をする）

ママ　（居間に戻ってきて）今ルースは休んでいるからね。トラヴィス、お隣へ走って行って、ジョンソンさんに、キッチン・クレンザーを少し貸してくださいって頼んでちょうだい。この缶がヤコブの鍋[*10]みたいに空っぽになっちまったから。

トラヴィス　帰ってきたばっかりなのに。

ママ　言われたようにしなさい。（トラヴィスは出てゆく。ママは娘を見る）どこへ行くの？

ベニーサ　（玄関ドアのところで止まって）ナイルの女王になるためよ！（息もつけないほどの栄光のきらめきの中、出てゆく。ルースが寝室のドアのところに現れる）

ママ　誰が起きていいって言った？

ルース　ベッドで寝ているほど調子は悪くないんです。ベニーはどこへ行ったのかしら？

ママ　（とんとんと指でテーブルを叩きながら）わたしの知る限りでは、エジプトに行ったようだよ。（ルースはただ義母を見る）もうすぐ何時になるかね？

ルース　十時二十分です。郵便配達の人は、これまで数えきれないほどの年月、毎朝してきたのと同じように、今朝あの呼び鈴を鳴らすんでしょうね。

トラヴィスがクレンザーの缶をもって入ってくる。

トラヴィス　ジョンソンさんが、あんまりないんだって言ってくれって。

ママ　（怒って）誰かさんはほんっとにケチだね！（孫に指示して）そこの買物リストに、クレンザー二缶って書いといておくれ。あの人がキッチン・クレンザーがなくてそんなに困っているなら、忘れずに一缶くれてやるわ！

ルース　リーナ――ただクレンザーを切らしていただけかもしれないわ。

ママ　（耳を貸さずに）――この何年ものあいだにわたしからたくさん借りていったベーキング・パウダーで、パン屋が開けるくらいさ！

突然、鋭い音で呼び鈴が鳴る。三人とも会話の途中だったが、びっくりして重々しく押し黙る。朝、その他の会話や用件がいろいろあったにもかかわらず、彼女たちはこれだけを待っていた。トラヴィスでさえそうだった。どうしたらいいかわからず、母親を見たり祖母を見たりしている。最初に我に帰ったのはルースである。

ルース　（トラヴィスに）階段を降りて取りに行って！

トラヴィスはぱっと我に帰り、郵便物を受け取りに飛び出す。

ママ　（目を見開き、片手を胸に当て）ほんとに来たと思う？

ルース　（興奮して）もちろんですよ、リーナ！

ママ　（体をしゃきっとさせて）ああ……なんでみんなこんなに興奮しているのかわからないよ。何ヶ月も前から来るってわかってるのに。

ルース　来るってわかっていることと、実際に両手でそれをしっかり持つことができることとは大違いですよ。一万ドルの価値のある一枚の紙きれをね。（トラヴィスが部屋に飛び込んでくる。小さなダンサーのように頭上高くに封筒を掲げている。顔を輝かせ、息を切らしている。突然ゆっくりとした儀式ばった身振りで祖母の元に行き、彼女の両手の中に封筒を置く。祖母は受け取り、それから、しばらくただ持ったままでそれを見ている）さあ！　開けてください……神さま、ウォルター・リーがいてくれたらいいのに！

トラヴィス　おばあちゃん、開けてよ！

ママ　（封筒を見つめて）さあ、みんな落ち着いて。ただの小切手だよ。

ルース　開けてください……

ママ　（まだ見つめたまま）馬鹿げたふるまいはしないようにね……わたしたちは、お金ごときで馬鹿げたふるまいをするような人間じゃないんだから——

ルース　（すばやく）これまでそんな大金を持ったことないんですから。**開けてください！**

とうとうママは力強く封筒を裂いて開け、一枚の薄っぺらい青色の紙を引っ張り出す。仔細に点検する。少年とその母親は、ママの肩越しに、夢中になってその紙を見つめている。

ママ　トラヴィス！（疑いながら、数を数えている）ゼロの数は合ってる？

トラヴィス　うん……一万ドル。すごいや、おばあちゃん。お金持ちだね。

ママ　（小切手を遠くに離して持ち、まだ見ている。彼女の顔はゆっくりと興奮から冷め、不幸の仮面へと変わる）一万ドル。（小切手をルースに手渡す）どこかにしまっといて、ルース。（ルースの顔は見ない。ママの目はどこかとても遠い所にある何かを見ているようである）一万ドルが支払われた。一万ドル。

トラヴィス　（真剣な顔で、母親に）おばあちゃんどうしちゃったの？　お金持ちになりたくないの？

ルース　（うわのそらで）さあ、外へ行って遊んできなさい。（トラヴィス退場。ママは放心状態で、一心に鼻歌を歌いながらお皿を拭きはじめる。ルースは怒ったように義母の方を向く）お母さんこそすっかりうろたえちゃってるじゃないですか。

ママ　（ルースを見ずに）あんたたちみんながいなかったらと思うよ……そうだったら、そのお金をただ貯金するか、教会かどこかに寄付するだろうに。

ルース　何てことを言うんですか。もしミスター・ヤンガーがあなたがそんな馬鹿なことを話すのを聞いたら、かんかんに怒りますよ。

ママ　（立ち止まって、遠くをじっと見て）そうだね……確かに怒るだろうね。（ため息をつく）あのお金のことで面倒なことになった。（そこで言葉を切り、振り返り、義理の娘をじっと見る。ルースは義母の視線を避ける。ママはきっぱりとした態度で手を拭き、硬い口調でルースに語りかける）ルース、今日どこへ行っていたの？

ルース　医者に行きました。

ママ　（イライラして）ねえ、ルース……そうじゃないでしょ。ジョーンズ老先生はちょっと変わっているけど、誰かが言い間違えて「彼女」って呼ぶほどのもんじゃないよ。今朝あんたが呼んだみたいに。

ルース　でも、そうなんですもの。言い間違えたんです。

ママ　あの女性のところに行ったんじゃないの？

ルース　（自己防衛しながらも、本音を表して）どの女性のことをおっしゃってるのかしら？

ママ　（怒りながら）だから、あの女性よ――

ウォルターがすごく興奮して入ってくる。

ウォルター　あれ届いた？

ママ　（静かな声で）キリスト教徒なら、お金のことをたずねる前に、人に挨拶はできないのかい？

ウォルター　（ルースに）来たの？（ルースは小切手を開いて、静かに彼の前に置く。自分自身の思いは胸に、じっと彼を見る。ウォルターは腰かけて、小切手を目の近くに寄せて掴み、ゼロの数を数える）一万ドル。（突然、熱狂的になって母親の方を向き、何枚かの紙を胸ポケットから取り出す）ママ――見てくれよ。ウィリー・ハリスのやつが紙に全部書き出したんだ――

ママ　ウォルター――おまえ、ちゃんと奥さんと話さなきゃいけないよ……その方がいいなら、わたしははずすから、あんたたちだけで話しなさい。

ウォルター　ルースとは後で話せるから。ママ、見てよ――

ママ　ウォルター――

ウォルター　**頼むから、今日だけは、誰かおれの話を聴いてくれ！**

ママ　（冷静に）この家で怒鳴ったり叫んだりは許さないよ、ウォルター・リー。わかってるね。（ウォルターは欲求不満で二人を睨みつけ、何回か言葉を発そうとして口をぱくぱくさせる）酒屋への投資はしません。

ウォルター　だけど、ママはこの紙を見さえしてないよね。

ママ　そのことについて二度と話すつもりはないよ。

長い間。

ウォルター　見ていないのに、そのことについて二度と話すつもりはない？　見さえしていないのに、すでに決めてしまっただって？（紙をくしゃくしゃにして）それなら、おれの息子にそう言ってくれよ。今夜、あいつを居間のソファに眠らせる時に。（ママの方を向く。そして、直接にママに向かって話す）そうさ――おれの妻にそう言ってくれ。明日誰か他人の子どもたちの面倒を見るためにあいつが出かけなきゃならない時に。それから、このおれに言ってくれ。新しいカーテンが必要になるたびごとに、ママが他人のキッチンに働きに出るのをおれが見なきゃならないたびごとに。そうだよ、そういう時にそう言ってくれよ！（出かけようとする）

ルース　どこへ行くの？

ウォルター　出かけるんだ。

ルース　どこへ？

ウォルター　この家の外のどこかさ――

ルース　（自分のコートを手に取って）わたしも行く。

ウォルター　きみは来るなよ！

ルース　あんたに話したいことがあるの、ウォルター。

ウォルター　あいにく都合が悪い。

ママ　（依然として冷静に）ウォルター・リー――（待つ。とうとうウォルターが振り向き、彼女を見る）お座りなさい。

ウォルター　ママ、おれは一人前の男なんだ。

ママ　誰もおまえが一人前じゃないなんて言ってないよ。だけど、おまえはまだわたしの家にいて、わたしの目の前にいるんだから。そうである限りは——妻には礼儀正しく話しなさい。さあ、座って。

ルース　（突然に）出て行けばいいわ。そして、死ぬほど大酒喰らえばいいわ！　ムカムカするわ！

（自分のコートを夫に対して投げつけ、寝室へと退場）

ウォルター　（妻の後ろ姿に、そのコートを乱暴に投げつけて）おれこそ、ムカムカするわ！（彼女の後ろでドアはバタンと閉まる）おれの最大の間違いはあいつだ——

ママ　（依然として冷静に）ウォルター、いったいどうしたの？

ウォルター　どうしたかって？　どうもしてないよ！

ママ　いや、どうかしているよ。何かがおまえを蝕んで、まるで気のふれた人みたいになっているよ。わたしがこの金をあげないと言う以前からそうだよ。この数年間をずっと、おまえがおかしくなっていくのを見てきたよ。神経質なふるまいになって、眼が狂気走ったようになっている——（ウォルターはこの言葉に我慢できないというふうにぱっと立ち上がる）そこにお座りなさいと言ってるでしょ。話している途中だよ！

ウォルター　ママ——今日おれにがみがみ小言を言うのはやめてくれ。

ママ　何かのことで、つねに苦しい状態から抜け出せなくなってしまったみたいだね。だけど、誰かがどうしたのかと訊ねても、おまえは怒鳴り散らし、家から逃げ出し、酒を飲みにどこかへ出てゆくだけなんだもの。ウォルター・リー、人はそんなふうなのを我慢することはできないよ。ルースはそれなりに良い娘で、我慢強い娘なのに、おまえの態度はひどすぎるよ。頼むから、あの娘がおまえから離れていくような間違いは犯さないでおくれ。

ウォルター なんで——あいつがおれに何をしてくれた？

ママ おまえを愛してくれているよ。

ウォルター ママ——おれは出ていくよ。どこかへ行って、しばらくひとりになりたいんだ。

ママ 酒屋のことについては希望に添えなくて悪かったね。でも、その計画はわたしたちには向かないことだったと思うよ。おまえにはそう言いたいんだよ——

ウォルター 行くよ、ママ。（立ち上がる）

ママ そんなことをするのは危ないことだよ、ウォルター。

ウォルター 何が危ないって？

ママ 心の安らぎを求めて男が家から出ていくようなことがだよ。

ウォルター （懇願するように）それじゃ、なんでおれはこの家で安らぐことができないのかい？

ママ どこか他の家に安らぎを見つけたんじゃないだろうね？

ウォルター まさか。他の女なんていないよ！ なんで女たちはいつも、男が落ち着かなくなると、どこかに女を作ったって思うのかな。（小切手をつまみ上げる）この金がおれにとってどんな意味があるか、ママにわかるか？ この金がおれたちのために何ができるのか、わかるか？（小切手を戻す）ママ――おれにはしたいことがたくさんあるんだ……

ママ　わかるよ、ウォルター――

ウォルター　したいことがたくさんありすぎて、頭が変になりそうなくらいなんだ。ママ――おれを見てくれ。

ママ　見ているよ。おまえはハンサムだし、仕事もあるし、良い奥さんもいるし、立派な息子もいるし、それに――

ウォルター　仕事か。（母親を見て）仕事って言ったね、ママ？　日がな一日、車のドアを開けたり閉めたりするだけさ。そいつのリムジンにそいつを乗っけて運転して、「はい。いいえ。わかりました。この通りを行きましょうか、旦那さま？」って言うんだ。そんなの仕事とはいえないよ……そんなの仕事でも何でもないよ。（非常に冷静に）ママに理解してもらえるかどうかわからないけどさ。

ママ　何をどう理解したらいいのかね？

ウォルター　（静かな口調で）時々、おれの目の前に、未来への道が伸びているのが見えるんだ――昼の光のようにはっきりとね。未来への道だよ、ママ。それがおれの日々の生活の先っちょに繋がっている。そこでおれを待っているんだ。でかくて、ぬーっと口を広げている何もない空間。そこには無しかないんだ。それがおれを待ってるんだ。だけど、そうじゃない可能性だってある。（間。ママの椅子の傍にひざまずく）ママ。時々ね、ダウンタウンで、おしゃれで静かそうなレストランを通り過ぎるとき、そこで白人の若造たちがゆったりと座って、あれやこれや話をしているんだ……そこに座って、何百万ドルという取引を動かしている……時には、そいつらはおれとそんなに歳が違わないふうなんだ――

ママ　ウォルター――どうしてそんなにお金のことばかり話すの？

ウォルター　（すごく感情を込めて）なぜって、それが人生だからさ、ママ！

ママ　（静かに）まあ――（とても静かに）それじゃ、今ではそれが人生なんだね。お金が人生なんだね。昔は自由を勝ち取ることが人生だったものなのに。それが、今じゃお金だとはね。世の中本当に変わっちまったんだね……

ウォルター　いいや――今までもずっと金だったんだよ、ママ。おれたちが金について知らなすぎただけなんだ。

ママ　いいや――何かが変わってしまった。（息子を見る）おまえも、新しい人種だよ。わたしが若い頃は、リンチされないようにとか、できることなら北部に行きたいとか、そして、どうやったら生き延びられるかということに気を揉んでいた。それでも、同時に、わずかであろうと人としての尊厳は失くしていなかったよ……だけど、今、おまえやベニーサは、わたしやお父さんがほとんど考えさえもしていなかったようなことを、平気で話すんだから。おまえたちは、わたしたちがしてあげたことに満足もしていなければ、誇りにも思ってくれていないんだね。つまり、わたしが言いたいのはこういうことさ――おまえたちには家があったじゃないか。大人になるまで困難や面倒から守ってあげたじゃないか。仕事に行くのに電車の後部座席に座らなくてもよくなったじゃないか。おまえたちはわたしの子どもだけど――わたしたちはもう昔のままじゃないね。

ウォルター　（長い間。母の片手を軽く叩いて、立ち上がる）わかってないな、ママ。ほんとにわかってないな。

ママ　ウォルター――ルースがもうひとりを妊娠したのを知ってるの？（ウォルターは唖然として立ち止まり、母親が言ったことを理解しようとする）あの娘はそのことをおまえに言いたかったんだよ。（ウォルターは椅子に沈み込む）これを言うのはわたしじゃないと思うけど――でも、おまえは知っておくべきだから。（待つ）ルースは、赤ちゃんを中絶しようと考えているようだよ。

ウォルター　（徐々に理解して）いや――いや――ルースがそんなことするはずない。

ママ　世の中がひどい状況になったら、女は家族を守るためにどんなことでもするだろうよ。すでに生まれている者たちのためにね。

ウォルター　彼女がそんなことをすると思っているとしたら、ママはルースのことをわかってないよ。

ルースは寝室のドアを開けて、弱々しい様子でそこに立つ。

ルース　（疲れきった様子で）あら、わたしそうするつもりよ、ウォルター。（間）頭金としてもう五ドル払ったんだから。

夫が妻を見つめ、母親は息子を見つめているあいだ、完全な沈黙。

ママ　（まもなくして）さあ――（きつい口調で）――いいかい、ウォルター。おまえが何と言うか聞きたいよ。（待つ）おまえが本当にお父さんの息子なのかどうか、聞いて確かめたいよ。お父さんのような人間になってほしいから。（間。うるさいほどの沈黙）おまえの妻が、子どもを堕ろすつもりだって言ってるんだよ。だから、お父さんみたいに言ってくれるのを聞きたいよ。わたしたちは子どもに命を与える者であって、命を奪う者じゃないって言うのを聞きたいよ。（立ち上がる）お父さんみたいに立ち上がって、こう言ってほしい。わたしたちは貧乏のせいで赤ちゃんをひとり亡くしたけれど、もうひとり亡くすことはぜったいにしないって……おまえの言葉を待っているよ。

ウォルター　ルース――（それ以上何を言うこともできない）

ママ　わたしの息子なら、ちゃんとルースに言いなさい！（ウォルターは鍵束とコートを掴み、出ていく。ママは惨めな気持で言葉を続ける）ウォルター……おまえは亡くなったお父さんの顔に泥を塗った。誰かわたしの帽子を持ってきてちょうだい！

幕。

第二幕

第一場

時：同日。第一幕より遅い時間。

幕開け：ルースはふたたびアイロンをかけている。ラジオをつけている。まもなく、ベニーサの寝室のドアが開くと、ルースは口あんぐりとなり、茫然としてアイロンを置く。

ルース　今夜はまた何を着てるの！

ベニーサ　（ドアから堂々と現れると、彼女がアサガイが持ってきたローブを全身にまとっているのが見える）あなたが見ているのは、身なりのよいナイジェリアの女性が身につけるものよ。（ルースのために行進してみせる。彼女の髪は被りもので完全に隠れている。あだっぽい様子で、東洋風の装飾的な扇で自分をあおいでいる。間違って使われているその扇は、どのナイジェリアのものというよりマダム・バタフライふうである）きれいじゃない？（ラジオのところまで練り歩き、傲慢で仰々しい身ぶりで、かなりの音量で流れているブルーズを消す）同化主義的ながらくた音楽はもうたくさん！（ルースは目でベニーサを追う。ベニーサは蓄音機のところに行くと、レコードを置き、回転させ、音楽が始まるのを儀式ばった様子で待つ。それから、雄叫びを上げる）**オコモゴーシエイ！**

ルースは驚いて跳び上がる。音楽が始まる。美しいナイジェリアの調べ。ベニーサはうっとりと聞き惚れ、目は遠くを見ている――「はるか昔」を。ルースはあっけにとられている。

ルース　その踊りは何？
ベニーサ　民族舞踊よ。
ルース　（パール・ベイリーふうに）[*11] それはどんな民族なの？
ベニーサ　ナイジェリアよ。歓迎の舞よ。
ルース　誰を歓迎してるの？
ベニーサ　村に帰ってきた男たちをよ。
ルース　男たちはどこへ行ってたの？
ベニーサ　知らないわよ――狩りかなんかでしょ。とにかく、今男たちは帰ってきたの。
ルース　そりゃよかった。
ベニーサ　（レコードに合わせて）

アルンディ、アルンディ
アルンディ、アルンヤ
ジョップー　ア　ジープア
アングー　ソォォォォ
アイ　ヤイ　ヤエ……
アイエハイエ――アルンディ……

踊りの最中にウォルターが帰ってくる。明らかに酔っ払っている。ずしっとドアにもたれかかり、最初はうとましげに妹を見ている。それから、彼の目は遠くを見る――「はるか昔」を。やがて両拳を頭上高く持ち上げ、叫び声を上げる。

ウォルター　そうだ……エチオピアの女神よ、ふたたびその手を掲げたまえ！

ルース　（冷たく彼を見て）はいはい――今夜、アフリカは確かに自己主張をしているわね。（二人のことは放っておいて、ふたたびアイロンをかけはじめる）

ウォルター　（酔っ払って、ドラマティックな雄叫びを上げて）うるさい！　おれは太鼓を叩いているぞ……太鼓の音がおれを熱くさせるぞ！……（縫うように妻の顔の方に歩み寄り、彼女の傍に寄りかかる）おれは、正真正銘の――（胸をどんどんと叩く）――戦士だぞ！

ルース　（見上げさえせずに）正真正銘、あんたは酔っぱらいだよ。

ウォルター　（妻から離れて、部屋中を、シャウトしながらうろつく）おれと、そしてジョモよ……（じっと妹の顔をみる。妹は踊りをやめて、これまでなかった姿の兄を見ている）あれはおれが崇める男ケニヤッタ*12だ。（雄叫びを上げ、胸をどんどんと叩く）火のごとく燃ゆる槍だ！　すごく熱いぞ！

ベニーサ　（突然、架空の槍を持ち、機敏な動作で部屋中の敵を槍で突く）**オコモゴーシエイ……**

ウォルター　（ウォルターのこの姿に魅了されて、彼を焚きつけるために）**オコモゴーシエイ、燃ゆる槍よ！**

ベニーサ　**ライオンが目を覚ますぞ……オウィモーウェ！**（シャツの前をはだけ、テーブルに飛び乗り、槍で突く身振りをする）

ウォルター　**オウィモーウェ！**

ベニーサ　（テーブルの上に立ち、心ははるか彼方に行き、目は完全に焦点が合っていない。彼にはわたしたちに見えないものが見えている。彼は部族のリーダーであり、偉大な首長であり、チャカ［一七八七?―一八二八年。アフリカのズールー族の首長］の子孫である。行進の時が来た）聞け、黒い兄弟たちよ――

ウォルター　**オコモゴーシエイ！**

ベニーサ　――沿岸地帯の岸に打ちつける波の音が聞こえるか？

ウォルター　**オコモゴーシエイ！**

ウォルター　――彼方の山々で雄鶏たちが甲高く鬨《とき》の声を上げているのが聞こえるか？　その山々の向こうでは、首長たちが、来たるべき大きな戦いに備えて会合を開いているのだ――

ベニーサ　**オコモゴーシエイ！**

今、ウォルターの空想の世界を暗示するために、ライトが微妙に変化する。すると、まったくの喜劇性から雰囲気が変化する。ウォルターの内なる語りの場面となり、サウスサイドのおかかえ運転手は予期せぬ荘厳さを身にまとう。

ウォルター　――われわれの土地の山々や低地の上を、低く飛ぶ鳥たちの羽ばたきが聞こえるか？

ベニーサ　**オコモゴーシエイ！**

ウォルター　――大きな家々の中で、赤子たちに、父祖たちの戦いの歌を歌って聞かせる女たちの歌声が聞こえるか？　甘美なる戦いの歌を口ずさむ声が！（ドアベルが鳴る）**ああ、聞こえるか、**

黒い兄弟たちよ！

ベニーサ　（完全にあちらの世界に行っている）聞こえます、燃ゆる槍よ。

ルースは蓄音機を止め、ドアを開ける。ジョージ・マーチソンが入ってくる。

ウォルター　**偉大な時**を迎える準備をせよとわれわれに告げているのだ！（通常のライトに戻る。ウォルターは振り向いて、ジョージを見る）黒い兄弟よ！（彼は兄弟の固い握手をするために片手を差し出す）

ジョージ　黒い兄弟て何すか？

ルース　（もう充分というように、兄妹のせいでまごまごしながら）ベニーサ、お客さまよ。いったいどうしたの？　ウォルター・リー・ヤンガー、そのテーブルから降りて。馬鹿みたいなふるまいはやめてよ……

ウォルターは突然テーブルから降り、急いでバスルームへと退場。

ルース　夫は少し酔ってるんですの……彼女の言い訳は何かわからないけど。

ジョージ　（ベニーサに）ねえ。ぼくらは劇場に行くことになっているけど――このままじゃ劇場に入れないよ。だから服を着替えなよ。

ベニーサは彼を見、ゆっくりと、仰々しく両手を上に上げ、被りものを取る。すると、彼女の髪は短く切られ、アイロンでまっすぐに伸ばされていない。ジョージは言葉の途中でぴたりと固まる。ルースの目は彼女の顔から放射状に飛び出さんばかりである。

ジョージ　いったいぜんたい――

ルース　（ベニーサの髪に触って）ベニーサ、あんた普通じゃなくなっちゃったの⁉　この頭ときたら！

ジョージ　頭はどうしたの？――つまり、髪って意味だけど。

ベニーサ　何も――切った以外はね。

ルース　その通りだわ。何もしてないってことだわ！　ベニーサ、この彼氏が、そんな頭全体縮れ毛の女の子とデートしてくれると思ってるの？

ベニーサ　（ジョージを見て）それはジョージ次第よ。自分が祖先から受け継いだものを恥じるというのなら――

ジョージ　そんなに自慢するなよ、ベニー。自分が変わってみえるからって。

ベニーサ　どうしてありのままなことが変わってるってことになるの？

ジョージ　それが変わってるっていうんだよ。ありのままでいることが。早く着替えろよ。

ベニーサ　そういう言い方好きじゃないわ、ジョージ。

ルース　どうしてあんたとお兄さんは、人が言うことに何でも議論をふっかけなくちゃならないのかねえ？

ベニーサ　なぜって、わたしは同化主義者の黒人が大嫌いだからよ！

ルース　どなたか、同化なんとかの意味を教えてくれませんか？

ジョージ　ああ、女子学生はよく、そういう意味で人をアンクル・トムって呼んでます。けど、同化主義者というのはアンクル・トムとはまったく関係がないよ。

ルース　それじゃ、それはどういう意味なの？

ベニーサ　（ジョージの言葉を遮って、彼を睨みながら、ルースに返答する）同化主義者というのはね、喜んで自分の文化を捨て去って、支配的な文化に——今の場合、抑圧的な文化ね——それに完全に自己を埋没させるような人のことを言うのよ！

ジョージ　ああ、やれやれ！　ほらね！　アフリカの過去についての講義が始まったよ！　おれたちの偉大な西アフリカの遺産についての講義が！　すぐに偉大なアシャンティ帝国[*13]についての話が始まるよ。偉大なソンガイ文明[*14]について、それから、偉大なベナン[*15]の彫刻について。それから、バンツー語[*16]で書かれた詩歌について。そして、この長広舌全体は「遺産」という言葉で締め括られることだろうさ。（意地悪く）ちゃんと事実に向き合おうよ、ベニーサ。きみの言う祖先から受け継いだものとか遺産とかやらは、たくさんのろくでもない黒人霊歌《スピリチュアル》や草葺《ぶ》き小屋にすぎないんだ！

ベニーサ　**草葺き小屋ですって？**（ルースはベニーサの傍に行き、彼女をベッドルームの方へと強引に押しやる）いいこと？　あんたってどうしようもなく無知だね。あんたが話しているのは、地球上で初めて鉄を精錬した人々なんだよ！（ルースは彼女をドアの向こうへ押しやる）アシャンティ人はすでに外科手術を行っていたんだよ！（ルースは、ベニーサをドアの向こう側に押し込んでドアを閉め、ジョージに優雅に微笑みかける。ベニーサはドアを開け、ジョージに対して喧嘩腰に最後の言葉を怒鳴る）――イギリス人がまだブルードラゴンの刺青をしていたような時代にね！（ベッドルームの内側に戻る）

ルース　お座りなさいな、ジョージ。（二人は座る。ルースは両手をきちんと膝の上に重ねている。自分たち一家の文明度の高さを示そうと決意して）暑いわねえ？　つまり、九月にしては。（間）ちょうどシカゴの天気についてよく言われることみたい。つまり、暑すぎるか寒すぎるか感じても、少し待ちなさい。そうすればすぐに天気が変わるって。（彼女はこの決まり文句中の決まり文句を言って楽しそうに微笑む）この天気は、発射が続いているあの爆弾［核実験のこと］とかと関係があるって、みんな言ってるわ。（間）冷たいビールでもいかが？

ジョージ　いいえ、結構です。ビールは好きじゃないんで。（時計を見る）早く支度してほしいなあ。

ルース　ショーは何時からなの？

ジョージ　開演は八時半です。だけど、それはシカゴ方式ですね。ニューヨークでは、標準的な開演時間は八時四十分です。（この知識をかなり自慢に思っている）

ルース　（その知識のすばらしさをちゃんと認めて）ニューヨークにはよく行かれるの？

ジョージ　（即座に）年に数回行きます。

ルース　まあ、すごいわ。わたしなんか一度もニューヨークに行ったことがないんですもの。

ウォルター入場。酔いが冷めたようであるが、非現実の感覚がまだ残っている。

ウォルター　シカゴにないものはニューヨークにもない。ただ、大急ぎで歩く人々が大勢ぎゅうぎゅう詰めになってるだけだ――それが「東部ふう」ってやつさ。（不愉快そうに顔をしかめる）

ジョージ　行かれたことがあるんですか？

ウォルター　数えきれないくらいね。

ルース　（彼の嘘にショックを受けて）ウォルター・リー・ヤンガー！

ウォルター　（妻を睨んで）数えきれないくらいね！（間）この家に飲み物はないのかい？　彼に冷たいものでも差し上げたらどうかね？（ジョージに）この家は、客のもてなし方も知らないんだから、まったく。

ジョージ　ありがとうございます――でも、ほんとに何もいらないんです。

ウォルター　（頭を触る。酔いが冷めてくる）ママはどこ？

ルース　まだ帰ってきてないのよ。

ウォルター　（マーチソンを頭からつま先までざっと見て、入念に仕立てられたカジュアルなツイードのスポーツ・ジャケット、その下のVネックのカシミア・セーター、その下の柔らかな素材のボタンダウン・シャツとネクタイ、そして柔らかな素材のスラックスをじろじろ見て、最後に白いバックスキンの靴をつくづくと眺める）きみたちカレッジ・ボーイは、どうしてみんなそんなゲイみたいな白靴を履くのかね？

ルース　ウォルター・リー！

ジョージ・マーチスンは発言を無視する。

ウォルター　（ルースに）すごく頭がおかしいように見えるよな――この寒いのに、白い靴なんて。

ルース　（打ちひしがれて）うちの人のことごめんなさいね――

ウォルター　いいや、謝らなくていいよ。どうして謝らなきゃならない？　どうしてきみはおれのために許しを乞うてばかりいるんだ？　許しを乞う必要がある時には、自分から許しを乞うよ。（間）白い靴なんておかしいよ。ベニーサがいつも履いて出かける黒いニー・ソックスと同じくらいお笑いぐさだよ。

ルース　あれがカレッジ・スタイルなのよ、ウォルター。

ウォルター　スタイルがなんだってんだ。脚が焦げてるみたいに見えるんだよ。

ルース　まあ、ウォルター――

ウォルター　（イライラしながら真似て）まあ、ウォルター！　まあ、ウォルター！（ジョージに）お父さんはご機嫌いかがかな？　大通りの大きなホテルを買収しようとしているらしいけど？（冷蔵庫にビールを見つける。ジョージのところにふらふらと戻ってきて、ビールを啜り、手の甲で唇を拭く。椅子に逆向きにまたがり、相手に話しかける）なかなか賢い動きだよね。きみのお父さんは大正解だよ。（自分の頭を軽く叩き、自分の言ったことを強調するために半ばウィンクのようなことをする）つまり、きみのお父さんには、ものごとをどう動かすべきかがわかっているね。つまり、もものごとをでっかく考えているね。わかるかい？　つまり、「家族」のためを考えているんだ。ね？でも、そろそろ良い考えも出尽くしているんじゃないのかな。おれはお父さんと話したいな。聞いてくれ。おれにはこの町をひっくり返せるほどの計画があるんだぜ。つまり、きみのお父さんが考えたように、でっかく考えているんだ。でかい投資をし、でかい賭けをする。失敗したらでかく負けるかもしれないけど。言ってる意味わかるよね。おれが考えているようなことを理解できる人間は、このサウスサイド全体でも見つけることは難しいね。わかるかい？（ジョージをふたたびじろじろ見、ビールを飲む。目を細め、男同士で秘密の話をするように、体を近づけてもたれかかる）おれときみは時々、膝を交えて語り合わにゃならんな。ああ、おれにはいろいろアイデアがあるんだがなあ……

ジョージ　（退屈して）ええ――時々はそうしなきゃなりませんね、ウォルター。

ウォルター　（その無関心な様子に気づき、腹を立てて）そうだよ――きみの時間のある時にさ。きみが忙しいことはわかっているけどさ。

ルース　ウォルター、お願いよ――

ウォルター　（苦々しげに、傷ついた様子で）学生社交クラブのピンバッジをつけて、白い靴を履いた黒人のカレッジ・ボーイほど忙しいやつはこの世にいないからな……

ルース　（恥ずかしさで顔を被って）もう、ウォルター・リー――

ウォルター　いつもきみを見ていたよ。両脇に本を抱えて、「クラース」（イギリスふう〝a〟の発音を真似て）に行っているところをさ。でも、何のために？　いったいぜんたいあそこで何を勉強しているんだ？　あそこのやつらは、きみらの頭を社会学やら心理学やら――（指を折って数えて）――でいっぱいにしているけれど、立派な男になるにはどうしたらいいかを教えているのかい？どのように世界を引き継ぎ、動かすのかを、教えているのかい？　天然ゴムのプランテーションや製鉄工場の運営の仕方を教えているのかい？　いいや、教えていないぜ。ただお行儀よく話し、本を読み、ゲイみたいな白靴を履くことしか教えていないんだ……

ジョージ　（嫌悪感、いやそれ以上の感情で、ウォルターを見る）あなたは恨みつらみで身も心もズタボロですね。

ウォルター　（集中して、ほとんど静かに、青年を睨みながら、歯のあいだから声を出して）それじゃ――きみはどうなんだ？　きみには恨みつらみはないのかい？　いままでにそんな思いをしたことがほとんどないのかい？　手を伸ばして掴みとることのできない輝く星々を見たことがないのかい？　それできみは幸せか？――満足し切った豚野郎さ――それできみは幸せなのか？　すでに成功し遂げているってか？　恨みつらみ？　そうさ、おれは活火山だ。恨みつらみ？　見ろ、おれは巨人だ。蟻たちが群がってくるぜ！　その蟻たちにゃ、巨人が何を話しているかすら理解できないのに。

ルース　（感情を込めて、そして唐突に）まあ、ウォルター――誰もあんたに群がり寄っちゃいないわよ！

ウォルター　（荒々しく）そうさ！　誰もおれの側に立っちゃくれないんだ。自分の母親さえもそうさ！

ルース　ウォルター、そんなひどいこと言わないで！

ベニーサ入場。今夜のためにカクテルドレスを着てイヤリングをつけている。髪は自然のまま。

ジョージ　ヘイ――（ベニーサに近寄る。今までとまるきり逆のことを言うことになるので、よく考えて、強調して）素敵だよ！

ウォルター　（妹の髪を初めて見て）頭はどうしたんだ？

ベニーサ　（今はもうふざけるのに飽き飽きして）切ったのよ、兄さん。

ウォルター　（髪をよく見るために近寄り、彼女の周りをぐるりと歩く）ああ、ひどい。これがよく言うアフリカン・ブッシュってやつか……

ベニーサ　ハハハ。行こ、ジョージ。

ジョージ　（彼女を見て）ねえ、その髪型好きだよ。シャープな感じ。ほんとにそう思うよ。（彼女がコートを着るのを助ける）

ルース　ええ――わたしもそう思うわ。（鏡のところに行き、自分の髪を掴みはじめる）

ウォルター　やめろよ！　きみの髪はそのままでいいよ。マチ針みたいな頭になりかねないぞ！

ベニーサ　じゃ行ってきます。

ルース　楽しんできてね。

ジョージ　ありがとう。さようなら。（ドアから外に出かけるが、ふたたびドアを開けて、ウォルターに）さようなら、プロメテウスさん[*17]！

ベニーサとジョージ退場。

ウォルター　（ルースに）プロメテウスって誰だい？

ルース　知らない。何でもいいでしょ。

ウォルター　（怒って、ジョージの去ったあとを指さし）いいか。やつらは面と向かって人を侮辱することもできないんだ――だから、誰も聞いたことがないようなことを言うしかないんだ！

ルース　どうして侮辱だったってわかるの？（彼を宥めて）プロメテウスって良い人なのかもしれ

ないじゃない。

ウォルター　プロメテウス！　そんなもの存在すらしていないに決まってるさ！　あの役立たずの低能野郎はきっとおれのことを――

ルース　ウォルター――（やっていることを中断し、彼を見る）

ウォルター　（大声で）言いはじめるなよ！

ルース　何を？

ウォルター　きみの小言をさ！　どこに行ってたの？　誰といっしょだったの？　お金はいくら使ったの？ってさ。

ルース　（悲しそうに）ウォルター・リー――わたしたち、あのことについて話し合ってみない？

ウォルター　（聞く耳を持たず）おれを理解してくれるやつらと話し合ってたんだ。おれが考えていることを気にかけてくれるやつらとな。

ルース　（疲れ切った様子で）つまりウィリー・ハリスのような人たちってことね。

ウォルター　そうだよ。ウィリー・ハリスのようなやつらとだ。

ルース　（突然我慢できないという身ぶりで）じゃ、あのことについて話すのなんかやめて、みんなで急いで銀行業を始めるがいいわ！　なんでそうしないの？

ウォルター　なんで？　なんでか知りたいか？　その理由はな、おれたちはみな、何をすべきかわからず、嘆いたり、祈ったり、子どもを作ったりするしかできない人種の繋がりから、離れるこ

とができないからさ！（その言葉はあまりにも辛辣で、言った彼自身にとってすらそう思われ、彼は妻を見て、座り込む）

ルース　ウォルター……（やさしく）わたしに喧嘩をふっかけるのはやめてくれない？

ウォルター　（考えなしに）誰がきみに喧嘩をふっかけてる？　誰もきみのことなんか気にかけちゃいないよ。（その言葉を発した時から、彼のイライラした気分が鎮まりはじめる）

ルース　ふーん――（長いあいだ待ち、それから、諦めたように、道具を片づけはじめる）わたしもう寝るわ……（いくぶん自分自身に言うように）わたしたちどこで道に迷っちゃったのかしら……でも、道に迷ったことだけは確かだわ。（それから、彼に）赤ちゃんのことごめんなさいね、ウォルター。でも、たぶんわたしが思い立ったことをする方がいいと思うの。わたしたちのあいだがどんなに悪くなっているか、気づいていなかった……ほんとに、これほどとは気づいていなかった……（ベッドルームに行こうとして、立ち止まる）ホットミルク飲む？

ウォルター　ホットミルク？

ルース　ええ――ホットミルク。

ウォルター　なんでホットミルクなの？

ルース　だって、そんなに大酒飲んで帰ってきたのだから、お腹に温かいものを入れたほうがいいからよ。

ウォルター　ミルクはいらない。

ルース　じゃ、コーヒーは？

ウォルター　いいや、コーヒーもいらない。温かい飲み物は欲しくないんだ。（ほとんど悲しげに）どうしていつもおれに何か飲み食いさせようとするんだ？

ルース　（立ち止まり、どうしようもないというように彼を見て）だって、他に何をあんたにあげられる、ウォルター・リー・ヤンガー？

ルースは立ったままウォルターを見るが、やがて向きを変えてふたたび部屋を出ていこうとする。彼は頭をもたげて、彼女が遠ざかるのを見つめる。彼が妻に「きみのことなんか気にかけちゃいないよ」と言ったとき、二人のあいだにこれまでとは違う雰囲気が表れはじめている。

ウォルター　乱暴な言い方をしちまったよな？（彼女はそれを聞いて立ち止まるが、振り向かない。すると彼は彼女の背中に対して話し続ける）二人の人間のあいだでは、普通思っているほど理解し合えてはいないんだよな。つまり、おれときみとのあいだのようにさ――（ルースは振り返り、彼と面と向かいあう）どうしておれたちは、お互いに対してやさしく話すのを恐れるようになっちまったんだろうな？（待つ。一所懸命考えている）どうしてそんなふうになっちまったんだと思う？（ほとんど子どものように物思いに沈んでいる）ルース、人間は寄り添いあうべきものなのに、いったいどうしちまったんだろうな？

ルース　わからない。そのことについていろいろ考えているわ。

ウォルター　きみとおれのために、ってことかい？　おれたちに起きていることについて。おれたちのあいだに起きてしまったってことについて。

ルース　わたしたちのあいだに大したことは起きちゃいないわ、ウォルター……あなたがわたしのところに来て、わたしに話しかけようとしてくれる限り、大したことはないわ。わたしといっしょにいるようにしてちょうだい……少しでいいから。

ウォルター　（完全に正直な気持になって）時々……時々だけど……どうしようとしたらいいかさえわからない時があるんだ。

ルース　ウォルター――

ウォルター　うん？

ルース　（彼のところに来る。やさしく、不安な気持で。しかし、とにかく彼のところに来る）ウォルター……人生がこんなふうでいいはずないわ。つまり、時に人は、ものごとが良くなるように行動することができるのよ。トラヴィスが生まれたとき、わたしたちがどんなに話し合ったものだったか覚えているでしょう。これからどんな生活をしようとか……家はどんなのがいいかとか……（夫の頭を撫でている）でも、そんなことが全部、わたしたちから滑り落ちはじめているのよ……

ウォルターは妻を自分の方に向かせると、二人はお互いを見つめあい、やさしく、貪るようにキスをする。ドアが開き、ママが入っている。ウォルターは身を離し、ぱっと立ち上がる。間。

ウォルター　ママ、どこへ行ってたの？

ママ　やれやれ――階段が前より長くなっているね。ふうーっ！（腰をかけ、息子の問いを無視する）夕方気分はどう、ルース？

ルースは、キスの途中で入って来られたことに狼狽して肩をすくめる。そして、事情はよくわかっているという顔で夫を見つめる。

ウォルター　ママ、一日中どこへ行ってたんだい？

ママ　（依然として彼を無視して、テーブルに寄りかかり、より快適な室内靴に履き替える）トラヴィスはどこ？

ルース　早くに出かけて行って、まだ帰って来てないんです。まったく、うんと叱ってやらなくちゃ！

ウォルター　ママ！

ママ　（まるで初めて彼の声が聞こえたかのように）何、ウォルター？

ウォルター　今日の午後どこに行っていたの？

ママ　やらなきゃならないある仕事を片づけに、ダウンタウンに行っていたのさ。

ウォルター　どんな仕事？

ママ　子どもみたいに質問する以外できないのかい、ウォルター。

ウォルター　（立ち上がり、テーブルの上に覆いかぶさるように体を前かがみにして）どこへ行ってたんだい、ママ？（両拳をどんとテーブルに置いて、叫ぶ）ママ、あの保険金を使って、何かを、何か変なことをやったんじゃないのかい？

玄関ドアがゆっくりと開き、それが彼の言葉を途切れさせる。トラヴィスの顔が覗き込む。何かいいことがあると期待している顔ではない。

トラヴィス　（母親に）ママ、ぼく――

ルース　「ママ、ぼく」じゃない！　お目玉だよ！　寝室に行って、待ってなさい！

トラヴィス　でも、ぼく――

ママ　まず子どもに釈明をさせてやったらどうだい？

ルース　今は黙っててください、リーナ。

ママは唇をきゅっと結ぶ。ルースは威圧するように息子に近づく。

ルース　そんなに遠くに行くなって、千回も言ったよね――

ママ　（孫に両腕を差し出して）まあ――少なくともわたしにこの子としゃべらせておくれよ。この子に最初に聞いてもらいたいから……おいで、トラヴィス。（少年は嬉しそうに従う）トラヴィス――（彼の肩に手を置き、その顔を覗き込む）――今朝郵便で受け取ったあのお金のことは知っているよね？

トラヴィス　うん――

ママ　じゃあ――おばあちゃんがあのお金で何をしたと思う？

トラヴィス　わかんない、おばあちゃん。

ママ　（強調するために、彼の鼻先を指でつついて）おばあちゃんは出かけていって、おまえのために一軒家を買ったんだよ！（このことが暴かれると、ウォルターは爆発したような身ぶりをする。椅子から飛び上がり、怒りでそこにいる全員から顔をそむける。ママはトラヴィスに対して話を続ける）家が買えて嬉しいかい？

トラヴィス　うん。ぼくいつも一軒家に住んでみたかったんだ。

ママ　わかったよ。それじゃ、ハグしておくれ。（トラヴィスは両腕を祖母の首に回す。彼女はトラヴィスの肩越しにウォルターを見つめる。それから、抱擁のあと、トラヴィスに）じゃあ、今夜お祈りをするとき、神さまとおじいちゃんにありがとうって言っておくれね。その家をおまえにあげるのはおじいちゃんなのだから——おじいちゃんなりのやり方でね。

ルース　（少年をママから離し、ベッドルームの方に押しやる）さあ、あっちに行って、お仕置きを待ってなさい。

トラヴィス　ああ、ママぁ——

ルース　ベッドルームに行ってなさい。（彼がベッドルームに入ると、彼女はドアを閉める。嬉々とした顔で義母の方を向く）それじゃ、とうとう実行されたんですね！

ママ　（静かな声で、つらそうに息子を見ながら）ああ、そうだよ。

ルース　（古典的な感じで両腕を高く上げて）**神さま、ありがとうございます！**（一瞬ウォルターを見るが、彼は何も言わない。急いで彼の傍に近寄る）ねえ、ウォルター、喜んでいいでしょ。あんたも喜びなさいよ。（両手を夫の両肩に置くが、彼は、振り向いて妻の顔を見ることなく、乱暴に彼女の手を振り払う）まあ、ウォルター……家よ、家なのよ。（彼女はママのところに戻る）それで——どこなんですか？　大きさはどのくらい？　いくらしたんですか？

ママ　えーとね——

ルース　いつ引っ越すんですか？

ママ　（ルースに微笑みかけながら）来月の初めに。

ルース　（歓喜で頭を後ろにのけぞらせ）神さま、ありがとうございます！

ママ　（自分やルースに背を向けた息子の背中をまだ見ながら、ためらいがちに）家は——良い家なんだよ……（息子に直接話さざるをえないと感じる。声や仕草が懇願するような調子であるために、今ではほとんど少女のような感じになる）寝室が三つあって——素敵な大きい部屋はおまえとルースの部屋だよ……わたしとベニーサは今のまま二人で一部屋を使うよ。だけど、トラヴィスには自分の部屋をあげられるよ。そして、（言いにくそうに）もし——生まれてくる子が男の子だったら、二段ベッドを入れればいいよね……裏庭には小さな土の区画があるから、わたしはそこで花を育てることができるよ……それに、立派な広い地下室もあるし……

ルース　ウォルター、喜びなさいよ——

ママ　（テーブルの上のものを指でいじくりながら、依然として息子の背中に話しかける）もちろん、実際以上に素敵に聞こえるように言うつもりはないよ……普通の小さい中古住宅にすぎないんだから。でも、造りは頑丈でちゃんとしているよ。それに、その家はわ、た、し、た、ち、の、ものになるんだよ。ウォルター・リー——自分の所有する家の床を歩くことができたら、男としての重みも違ってくるんじゃないかね……

ルース　住所はどこなんですか？

ママ　（このことを言うのを恐れながら）ええと——ええとね——あそこだよ、クライボーン・パーク——

ルースの顔の輝きは突然消えていく。ウォルターはようやく、ゆっくりと向きを変えて、信じられないという顔で、敵意を込めて、母親と向きあう。

ルース　どこですって？

ママ　（事務的に）クライボーン・パーク、クライボーン通り、四〇六。

ルース　クライボーン・パーク？　お母さん、クライボーン・パークに黒人は住んでないわよ。

ママ　（ほとんど何も考えてない人のように）まあ、今から、数人は住むことになるでしょうよ。

ウォルター　（苦々しげに）結局、それが、今日ママが出かけて、おれたちのために買ってきた平和と安心ってわけか！

ママ　（ようやく目を上げて、息子の目を見る）ウォルター――わたしは、家族のために、最小限のお金で買えるもっとも良い場所を見つけようとしただけだよ。

ルース　（ショックから立ち直ろうとしながら）ええ――まあ――もちろん、わたしは白人が怖いなんて思ったことないですから。これだけは言っておくわ。でも――どこか他の家はなかったんですか？

ママ　少し離れた地域にある黒人のための家は何件か紹介されたのだけれど、どれも他の家の二倍くらいかかるようなんだよ。だから、わたしにできる最良の選択をしたんだよ。

ルース　（良いことと困ったことのさまざまの段階からなるこのニュースに、気を失わんばかりに打ちのめされ、ルースは座ったまま、しばらく両拳で顎を支えて物思いに耽っている。それから、ようやく立ち上がり、元気よく両拳を下ろす。ふたたび輝きが顔じゅうに広がる）いいわ！　もし今が人生最良の時なんだったら——**最良の時**なんだったら——わたしに言えることは——（溢れんばかりの喜びと、ほとんど涙がでるほどの幸福を発散させながら、部屋を一周しはじめる。そうしながら、感情ははずみをつけて徐々に高まってゆく）——このひどいひび割れだらけの壁に——（壁をたたく）——そして、この堂々と歩いているゴキブリたちにさよならを言うことだけよ！（想像上のゴキブリの軍隊の行進めがけてモップをかける仕草をする）そして、元々も今もキッチンなんかじゃないこの狭苦しい小部屋にさよならを言うことだけよ！　それから、わたしは声に出してはっきり言うわ。**ハレルヤ！　惨めさよ、さようなら。おまえの醜い顔は二度と見たくない！**ってね。（彼女は、アパートを破壊したも同然のような気持で、嬉しそうに笑い、両腕を高く振り上げる。そして、幸せそうに、ゆっくりと、物思いにふけるように、両手を下ろし、それを腹部に置く。おそらく今初めて、そこにいる命が絶望ではなく、幸福の鼓動を打っていることに気づく）リーナ？

ママ　（感動して、ルースの幸福な様子を見つめながら）なーに？

ルース　（遠くを見るように）太陽の——太陽の光はいっぱい入るんですか？

ママ　（わかっていますよというように）もちろんよ、いっぱい入ります。

長い間。

ルース （我に帰り、トラヴィスが入った寝室のドアのところまで行って）さあ――トラヴィスの様子を見に行った方がいいわね。（リーナに）ああ、今日は誰も鞭打ちたい気分じゃないわ！（退場）

ママ （今、母親と息子は二人きりで残される。深く考え込みながらずっと待っていたが、やがて話しはじめる）ウォルター――わたしは――わたしのしたことをわかってくれないかい？（ウォルターはむっつりと黙りこくっている）わたしは――わたしは今日、家族がばらばらになろうとしているのを見てしまったんだよ……この目の前で、ばらばらになろうとしているのをね……今日みたいなことを続けていくことはできなかったんだよ。私たち家族は、前に向かってるんじゃなくて、後ろ向きに進んでいたよ――赤ちゃんを中絶する話をしたり、お互いが死ねばいいと思ったりね……人生がそんなふうになったら――何か今までとは違うことをしなきゃならないよ。一歩前に踏み出して、何かでかいことをしなきゃならないよ……（待つ）ねえ、何か言っておくれよ……心の奥底ではわたしが正しいことをしたと思っているって、言ってほしいよ――

ウォルター （ゆっくりと寝室のドアのところに行き、そこでようやく振り向き、一本調子の話し方で話す）ママが正しいことをしたって、なんでおれに言ってほしいんだい？　ママは家長なんだから、好きなようにおれたちの人生を差配したらいい。

ママの金なんだし、それに、その金ですでにやりたいことをやったんだろ。だったら、何のためにおれに、それが正しいことだったって言ってほしいんだい？（苦々しげに、可能な限り深く母親を傷つけようとして）ママはおれの夢をぶち壊しにしたんだ――ママは――いつもおれたちが夢を持つべきだって言ってるくせにね……

ママ　ウォルター・リー――

彼は後ろ手にドアを閉める。ママはひとりきり座って、重苦しい様子で考え込む。

幕。

第二場

時：二、三週間後の金曜日の夜。

幕開け：たくさんの梱包用の木箱が一家の引越しの意志を示している。ベニーサとジョージ入場。ふたたび夜のデートから帰ったところらしい。

ジョージ　わかった……わかったよ、きみがそう言うならそれでいいよ……（二人はソファに座る。ジョージはベニーサにキスしようとする。彼女は離れる）ねえ、楽しい夜だったんだから、台無しにしないようにしようよ、ね？

彼はふたたび彼女の顔を自分の方に向けさせ、鼻先をすり寄せようとするが、彼女は顔をそむける。彼が嫌いだからというのではなく、その時、そういうことに興味が向かなったからである。二人が話し合っていた話題をさらに追究したいという気分だったのである。

ベニーサ　あなたと話そうとしてるのに。

ジョージ　いつも話してるじゃないか。

ベニーサ　そうだけど――話すのが好きなんだもの。

ジョージ　（すごく怒って、立ち上がる）知ってるよ。時々はそれでいいよ。やめてほしいんだよ――つまり、気分屋なところは。そういうとこは好きじゃないよ。きみは素敵だよ……頭からつま先までね。それだけでいいんだよ。雰囲気なんてどうでもいいよ。男は雰囲気を求めてデートするんじゃないんだ――自分が見つめるものを求めてデートするんだ。そのことを喜んでほしいよ。グレタ・ガルボの言動を真似するのはやめなよ。似合ってないから。ぼく的には、素敵で――（言葉を探している）――気取ってなくて（深く考えて）――教養のある女の子がいいんだ……詩人はごめんこうむるよ。わかってくれる？（彼はキスしようとするが、彼女はふたたび拒絶する。彼はぱっと立ち上がる）

ベニーサ　なんで怒ってるの、ジョージ？

ジョージ　なんでって、馬鹿げてるからさ！「沈黙の絶望」の本質を議論したりとか、きみの考えをすべて聞いたりとかするためにデートしてるんじゃないんだ。なぜって、きみが何を考えようと、世界はそれ自身の考えを考え続けるだろうからね――

ベニーサ　それじゃ、なんで本を読むわけ？　なんで大学に行くわけ？

ジョージ　（うわべは忍耐強さを装って、指折り数えながら）簡単なことだよ。本を読むのは、事実を学ぶため――単位を取るため――講義に受かるため――学位を取るためさ。それだけのことさ。思考とは何の関係もないんだ。

長い間。

ベニーサ　わかった。（ジョージは腰を下ろしかけるが）おやすみなさい、ジョージ。

ジョージは怪訝そうに彼女を見、それから帰ろうとする。ママが入ってくるのに出会う。

ジョージ　あっ――こんばんは、ミセス・ヤンガー。

ママ　こんばんは、ジョージ。ご機嫌いかが？

ジョージ　元気――元気です。お元気ですか？

ママ　少しくたびれてるわ。一日仕事した後であの階段を上るのはこたえるのよね。二人とも、今夜は楽しいデートだった？

ジョージ　ええ――楽しかったです。楽しかったです。

ママ　それじゃ、おやすみなさい。

ジョージ　おやすみなさい。（退場）

ママ　（ママは後ろ手にドアを閉める）ただいま。どうしてそんなふうにじっとしてるんだい？

ベニーサ　ただ座ってるだけ。

ママ　デートは楽しくなかったの？

ベニーサ　全然。

ママ　全然？　いったいどうしたの？

ベニーサ　ママ、ジョージったら馬鹿なのよ――ほんとに。（立ち上がる）

ママ　（持って帰った包みを降ろすのにおおわらわになっている。動きを止めて）そうなのかい？

ベニーサ　うん。（ベニーサは話しながら、トラヴィスの寝床を作っている）

ママ　本当に？

ベニーサ　うん。

ママ　それじゃ――馬鹿な男に時間を無駄遣いしない方がいいだろうね。

ベニーサは母親を見上げて、彼女が冷蔵庫に食料品をしまうのをじっと見る。ようやく、自分の荷物をまとめて、ベッドルームへ行こうとする。ドアのところで立ち止まり、母親の方を振り返る。

ベニーサ　ママ――

ママ　なあに？

ベニーサ　ありがとう。

ママ　何のお礼？

ベニーサ　今回はわたしのことわかってくれて。（素早く退場。母親は微笑みを浮かべ、ベニーサが立っていた場所を見ながら、立ち尽くしている。ルース入場）

ルース　ちょっと、食べ物をもてあそばないで、リーナ――

ママ　ああ、少し小分けにしとこうと思っただけだよ。お兄ちゃんは家にいるの？

ルース　いますよ。

ママ　（心配そうに）あの子は――

ルース　（ママの目の表情を読み取って）そうなんです。

ママは何も言わない。すると誰かが玄関ドアをノックする。ママとルースはうんざりしたような、誰かわかっているという視線を互いに交わす。ルースはドアを開け、隣人のミセス・ジョンソンを招き入れる。ミセス・ジョンソンはかなりキーキー声の、びっくりしたような眼をした女性である。年齢的な特徴はない。新聞を小脇に挟んでいる。

ママ　（すごく嬉しそうに表情を変え、鈴の鳴るような楽しげな挨拶で迎える）まあ、こんばんは、ジョンソンさん。

ジョンソン　（彼女はずっと以前に人生のすべてのことに情熱的であろうと決めた女性である。意見を述べる時に感極まると、勢いよく手首を振りがちである）こんばんは、ヤンガーさん！　ご機嫌いかが、ルース？

ルース　（あまり愛想よいふりをするタイプではなく）元気です。ジョンソンさんはいかがですか？

ジョンソン　元気よ。（すばやく手を伸ばして、ふざけて、ルースのお腹を軽く叩いて）まだ、お腹は大きくなりはじめていないわね！（このようになれなれしすぎる所見を述べて、嬉しそうに大げさな表情を作ってみせる。目はすばやく周囲を見回して、木箱やら梱包の準備やらを見る。ママの顔には冷たい忍耐の表情が広がっている）あら、だけど、準備はできつつあるわね？　さあっ！　とくとご覧ください！　ヤンガー家の方々はまさに「さらなる高みへと上ってゆく」準備をされております！　神に祝福あれ！

ママ　（祝福している人が本当に誠意があるのかどうか疑って、少々そっけなく）神に祝福あれ。

ジョンソン　息子さんはお元気？

ママ　ええ、元気よ。

ジョンソン　時々不思議な仕事のし方をされているものだから……でも働いてはいるのね？

ママ　（同じくそっけなく）ええ、働いてますよ。

ジョンソン　みなさんお元気で、わたし、とおーっても嬉しいわ。それに、この人は――（ルースのこと）幸福でポンとはじけちゃいそうにみえるものね？　ところで、家の方たちはみなさんどこにいらっしゃるの？

ママ　ベニーは寝ているわ――

ジョンソン　病気じゃないと――（妊娠をほのめかして）いいけど……？

ママ　いえいえ――ちょっと疲れただけよ。今夜はデートだったから。

ジョンソン　（すべてのセリフが囁くような話し方になる。強調するような囁き声）まあ――素敵じゃない？　ベニーサはまだあのマーチソン家の子とつきあってるの？

ママ　（そっけなく）そうよ。

ジョンソン　まあ、素敵。お子さんたちは本当に素敵よね、ヤンガーさん。わたしとアイザイアはいつも話しているのよ。ヤンガーさんはなんて立派なお子さんたちに恵まれていらっしゃるんだろうって。本当にそう話しているのよ。

ママ　ルース、ジョンソンさんにスウィートポテト・パイとミルクを差し上げて。

ジョンソン　まあ。わたし一分もいられないんだから――何かわたしにできることはないか伺いに、ちょっと立ち寄っただけなのよ。（易々と食べ物を受け取って）みなさんもう、今週の黒人新聞を賑わせているニュースをご覧になった？

ママ　いいえ――今週はまだ新聞を受け取ってないの。

ジョンソン　（大惨事の時の心構えをもって、頭を高くもたげ、目をしばたたく）まだ読んでないっていうの？　あの、家を爆破された黒人たちのニュースを。

ルースは心配そうに姿勢を正し、新聞を手に取って読む。ジョンソンは彼女に気づいて、コメントを加える。

ジョンソン　シカゴじゃ、白人たちの素行がすごく悪くなっているのが問題よね？　ミシシッピ州にでもいるのかと思うほど悪くなっているのよ！（とてつもなく、むしろ不真面目といえるほどにメロドラマ調で）もちろん、黒人たちが困難を乗り越えて進んでいくことは素晴らしいと思うわよ。でも、このあたりの黒人たちには、自分たちに来てほしくないと言っているような場所にはぜったい行かない、とかなんとか言っている人もいるらしいわ。もちろん、わたしじゃないわよ！（これは嘘）わたしウィルヘメニア・オセラ・ジョンソンは、行きたいと思ったら、いつだって、どこへだって行くわ！（強調するために頭を振る）そうよ、ぜったいにそうするわよ！　あんな貧乏白人連中のなすがままにさせたら、あわれな黒人《ニガー》たちは何も手に入れられやしないわ——（自分の口を片手で塞ぐ）あらま、この家ではそんな悪い言葉を使っちゃいけないのに、いつもそのことを忘れちゃう。

ママ　（彼女を見て、静かな声で）だめよ、わたしは許しませんよ。

ジョンソン　（ふたたび元気に）わたしも許さないわ！　昨日もアイザイアに言ったばかりなの。わたしの目の前でそんな言葉を使うもんだから、言ってやったの——「アイザイア、ミセス・ヤンガーがいつもおっしゃってるでしょ」って。

ママ　もっとパイはいかが？

ジョンソン　いいえ――もう結構。おいしかったわぁ。でももうおいとまして、家に帰って夜中のコーヒーを飲まなくちゃ。寝る前にコーヒーを飲むと夜眠れなくなると言う人もいるけど、わたしは、このさーいごの一杯を飲まなくちゃ、ちゃんと目も閉じられないってわかってるの……（彼女は待つ。間。挫けることなく）わたしは「おやすみコーヒー」って呼んでるのよ！

ママ　（ルースとのあいだで、何度も目をキョロキョロさせて連絡をとりあって）ルース、ジョンソンさんにコーヒーを差し上げて。

ルースは、ママの親切に対して不愉快そうな視線をママに送る。

ジョンソン　（コーヒーを受け取って）お兄ちゃんは今夜はどちらかしら？

ママ　寝ているわ。

ジョンソン　ふーん、きっと男前をしっかり休ませてるんでしょうね？　いい男だものねえ。ほんとにいい男だ！（ルースのお腹に触ろうとふたたび手を伸ばして）だから、ここらへんでは赤ちゃんができ続けるんだろうねえ。（ママにウインクする）お兄ちゃんについてひとつ言えることは、いい素敵な時の過ごし方をよく知ってるってことだね。それに、とおーっても野心家だもんね！　クライボーン・パークへ引っ越そうというのは、ぜったいあの人が考えたんでしょ。ああ――来月の今頃には、あなたたちみんなの名前が新聞を賑わすかもしれないわね――（両手を上げて、自分の目の前にあると想像する新聞の見出しの一語一語を区切るような仕草をして）**「黒人、クライボーン・パークに攻め込むも――爆破される！」**

ママ　（彼女とルースは、驚いてジョンソンを見る）別にそこへ引っ越しても、爆破されるとは限らないわよ。

ジョンソン　まあ――わたし毎日神さまにお祈りしてるのよ、そんなことが何も起きませんようにって！　でも、人生そんなことも起きうるって考えておいた方がいいわよ。それに、シカゴの貧乏白人《ペッカーウッド》どもは相当なワルばーっかりだからね。

ママ　（うんざりして）そんなことはみんな考え済みよ、ジョンソンさん。

ベニーサがローブ姿でベッドルームから出てきて、バスルームに行くために居間を通り抜ける。ミセス・ジョンソンは振り向く。

ジョンソン　こんばんは、ベニー！

ベニーサ　（はきはきと）こんばんは、ジョンソンさん。

ジョンソン　大学はどう？

ベニーサ　（はきはきと）いいですよ、ありがとう。（ドアを出る）

ジョンソン　（侮辱されたように感じて）あの子誰ともあまり話さなくなったわね。

ママ　バスルームに行く途中だったからよ。

ジョンソン　わかってるけど――時々あの子は、大学に行ってない人とは誰とも時間を過ごす暇はない、みたいにふるまうわね。あら――批判してるんじゃないのよ。ただ――黒人の若者たちが、少し教育を受けると、どんなふうになるかご存知でしょ。そんなふうになる若者もいるのよ。（ママとルースは何も言わないで、ただジョンソンを見ている）そうなのよ。それじゃ、もうおいとました方がいいわね。（微動だにせず）もちろん、あの子が高慢になったりする理由もわかるわ――家族の中でただひとり、ここまでの成功を収めたんだものね。お兄ちゃんだって、ただのおかかえ運転手ってことにはけっして満足してないでしょうけど。でも、そんなふうに感じるべきじゃないわ。おかかえ運転手というのは悪い仕事じゃないんだから。

ママ　悪いところがたくさんあるみたいだよ。

ジョンソン　今何て？

ママ　悪いところがたくさん、ね。夫がいつも言ってたっけ。召使いの仕事はどんな仕事でも、大人の男がするのに適した仕事じゃないって。夫はいつも言ってた。男の手はものを作るか、土を掘り起こすかするようにできているんで、誰かのために誰かの車を運転するとか――（彼女は自分の両手を見る）――誰かのおまるを運ぶとかするようにできてるんじゃないって。息子はあの人によく似ているよ――あの子は誰かに仕えるのには向いていないんだわ。

ジョンソン　（少し怒った様子で、立ち上がり）まあああ。ヤンガー家の人たちはとてもわたしの手には負えないわ！（見回す）本当に、誇り高き黒人たちの集まりだわね。でもね――わたしいつも思うの。あるときブッカー・T・ワシントン[*18]が言ったみたいにね――「教育は多くの鋤《すき》持つ手をダメにしてしまった」って。

ママ　それ、あのブッカー・Tがほんとに言ったの？

ジョンソン　確かに、彼の言葉よ。

ママ　まあ、ブッカー・Tの言いそうなことだね。馬鹿なやつさ。

ジョンソン　（怒って）何てことを――あの人は偉大な黒人のひとりよ。

ママ　誰がそう言ったのかしら？

ジョンソン　（当惑して）わたしとあなたは、いくつかの点では全然意見が合わないわね、リーナ・ヤンガー。それじゃ、おいとまするわ――

ルース　（すばやく）おやすみなさい。

ジョンソン　おやすみなさい。ああ――（新聞をルースに押しつけて）新聞はどうぞ。（鳥がさえずるような声で）おやすみなさい。

ママ　おやすみなさい、ジョンソンさん。

ミセス・ジョンソン退場。

ルース　無知なることは黄金《きん》か……

ママ　シッ。人が背中を向けたあとに、その人のことを話すんじゃないよ。

ルース　お母さんだって。

ママ　わたしは歳取ってガタがきてるからいいんだよ。（ベニーサ入場）ジョンソンさんに失礼な態度だったよ、ベニーサ。ああいう態度は好ましくないね。

ベニーサ　（ベッドルームのドアのところで）ママ、わたしたち黒人が打ち勝たなければならないものが二つあるとしたら、ひとつはクー・クラックス・クラン[19]で――もうひとつはジョンソンさんだね。（退場）

ママ　知ったふうな口きいて。

電話が鳴る。

ルース　わたしが出ます。

ママ　やれやれ、今夜は我が家は人気があること。

ルース　（電話で）はい――少しお待ちください。（ドアまで行く）ウォルター、ミセス・アーノルドからよ。（待つ。電話に戻る。緊張して）もしもし。はい、家内でございます……夫は今床についております。はい……明日には仕事に参ります。すごく具合が悪かったものですから。ええ――電話をおかけするべきでしたが、今日はきっと伺えるだろうと思っていたものですから。ええ――ええ、本当に申し訳ありません。はい……ありがとうございます。(電話を切る。ウォルターは彼女の後ろ、ベッドルームのドアのところに立っている) ミセス・アーノルドからだったわよ。

ウォルター (無関心な様子で) そうかい?

ルース もし明日も来ないなら、新しい人を雇うって言ってたわよ……

ウォルター そりゃ悲しい――悲しくて泣けてくるね。

ルース ミセス・アーノルドは、三日間タクシーを頼まなきゃならなかったって言ってたわ……ウォルター、三日も働きに行ってなかったのね! (ルースはこのことを初めて知った) いったいどこへ行ってたの、ウォルター・リー・ヤンガー? (ウォルターは妻を見、それから笑いはじめる) 仕事をクビになってしまうわよ。

ウォルター そのとおり…… (ラジオをつける)

ルース まあ、ウォルター。あなたのお母さんだって毎日あくせく働いているのに――

エロティックでディープなブルーズの音色が部屋に流れだす。

ウォルター それもまた悲しい――すべてが悲しい。

ママ　この三日間どこへ行ってたの、ウォルター？

ウォルター　ママ――男に暇ができたとき、この街でどんなことができるか全然知らないだろうね……今日は何曜日だ？　金曜日の夜か？　じゃ水曜日のことだな――水曜日は、ウィリー・ハリスの車を借りて、ドライヴしたよ。ひとりきりで。どんどん車を運転して……ずっと遠くへ行った……シカゴ南部を過ぎて行った。そして車を止めて、座って、一日中製鉄工場を見ていたよ。何時間もただ車の中に座って、大きな黒い煙突が立ち並ぶさまを見ていた。それから、戻って、グリーン・ハット[20]へ行った。（間）そして、木曜日――木曜日には、また車を借りて、別の方向に向かっていった。別の方向に車を走らせて――何時間も――ずっとずっと北上してウィスコンシン州まで行って、農場を見た。おれはただ車を走らせて、農場を見ていた。それから、戻って、グリーン・ハットへ行った。（間）そして、今日――今日おれは車を借りなかった。今日はただ歩いた。サウスサイドじゅうを歩いて、黒人たちを見た。黒人たちもおれのことを見ていた。ようやくおれは三十九番通りとサウス・パークウェイ[21]の交差点のところの縁石に腰を下ろして、ただ座ったまま黒人たちが通りすぎるのをじっと見ていた。それから、グリーン・ハットへ行った。みんな、悲しいか？　がっかりしてるか？　でも、もうわかるだろう、おれが今どこへ行こうとしているか――

ルースは静かに部屋を出て行く。

ママ　ああ、お父さん《ビッグ・ウォルター》、これが、わたしたちが苦労してきた日々の結果なのかねえ？

ウォルター　おれがグリーン・ハットが好きな理由がわかる？　そこでサックスを吹いている小柄なやつが好きなんだ……そいつはサックスを吹くんだ。そいつはおれに話しかけてくれる。背丈が五フィート［一五二・四センチ］くらいしかなくて、髪はコンク[*22]にしてて、いつも両眼を閉じて演奏している。そいつはもう体じゅうが音楽なんだ――

ママ　（立ち上がり、ハンドバッグから紙のようなものを取り出す）ウォルター――

ウォルター　それから、もうひとり、ピアノを弾いているやつがいる……こいつらは本当に良い音を出すんだ。つまり、やつらはすごい音楽を生み出すことができるんだ……世界でもっとも優れた小さなジャズ・バンドがグリーン・ハットで演奏しているんだぜ……ただそこに座って、酒を飲みながら、三人が演奏するのを聞くんだ。すると、いろんなことがちっとも問題じゃなくなって、ただそこにいることだけが大事に思えてくるんだ――

ママ　おまえがそうなるのに、わたしが一役買ってしまったんだね？　ウォルター、わたしが間違っていたよ。

ウォルター　いいや――ママは全然間違ったことなんかないよ。

ママ　よくお聞き。わたしは自分が間違っていたって言ってるんだよ。世間の他の人たちがおまえにしてきたのと同じことを、わたしはおまえにしていたんだね。（ラジオを消す）ウォルター――

（言葉を切る。彼がゆっくりと母親を見上げると、彼女は息子の目を懇願するように見る）おまえはわかっていないようだけど、わたしは、おまえのためじゃないものなんか、何も手にしたことはないし、所有していたこともないし、本当に、欲しいと思ったこともないんだよ。わたしにとって、おまえほど価値のあるものはないんだよ……もしそれが——もしそれが、わたしの大事な息子を壊してしまうことになるんだったら、お金だって、夢だって、他の何だって、しがみつく価値のあるものなんてないんだよ。（彼女はハンドバッグから封筒を取り出し、彼の前に置く。彼はものも言わず、動きもせず、彼女を見つめている）家の頭金として不動産屋に支払ったのは三千五百ドル。だから六千五百ドル残っている。月曜日の朝、このお金を持って、そこから三千ドルを、ベニーサの医学部の学費のために定期預金口座に入れてちょうだい。残りのお金は——おまえ名義の預金口座に入れるといい。そして、今からは、その口座から出たり入ったりするお金はすべて、おまえが管理するんだよ。おまえがどう使うかを決めるんだよ。（これ以上どうしようもないというふうに両手をだらりと下ろす）たくさんではないけど、それがわたしがこの世に持っている全財産だよ。それをおまえの手に委ねるよ。今からはおまえが一家の長になりなさい。いずれそうなると決まっているのだから。

ウォルター　（小切手を凝視する）そんなにおれを信用してくれるの、ママ？

ママ　おまえを信用しなかったことなんてないよ。おまえを愛さなかったことがないのと同じにね。

ママ退場。ウォルターは座ったままテーブルの上の小切手を見ている。とうとう、決心したという身ぶりで立ち上がり、喜びとやけくそが入り混じったような感情で、小切手をつまみ上げる。同時に、トラヴィスが即席ベッドで寝るために入場。

トラヴィス　どうしたの、パパ？　酔っ払ってるの？

ウォルター　（やさしく、観客がこれまで見たこともないようなやさしさで）いいや、パパは酔っ払ってないよ。パパはもう二度と酔っ払ったりしないよ……

トラヴィス　それじゃ、パパ、おやすみなさい。

父親はソファの後ろから来て、前かがみになって息子を抱く。

ウォルター　トラヴィス、今夜はおまえと話したい気分だ。

トラヴィス　何について？

ウォルター　たくさんのことについてさ。おまえのこと、おまえが大きくなってどんな人間になるかについて……トラヴィス――トラヴィス、大きくなったらどんなふうになりたい？

トラヴィス　バスの運転手になりたい。

ウォルター　（少し笑って）何だって？　おいおい、それはなりたいと望むような仕事じゃないよ！

トラヴィス　どうして？

ウォルター　どうしてかっていうと――それは充分にでかい望みじゃない。パパの言う意味わかるだろ。

トラヴィス　わかんない。まだ決めてないし。時々、ママもそのことを訊いてくるよ。それで、時々、ぼくがパパみたいになりたいって言ったら、ママは、そんなふうになってほしくないって言うんだ。それから、時々、ママはこう言うんだ……

ウォルター　（両腕の中に息子を抱き寄せて）いいかい、トラヴィス？　七年後、おまえは十七歳になる。七年後には、いろんなことがすごく変わってくるぞ、トラヴィス。おまえが十七歳になったある日、パパは家に帰ってくる――ダウンタウンのどこかにあるパパのオフィスから帰ってくるんだ――

トラヴィス　パパはオフィスで働いてないじゃない。

ウォルター　働いてないさ――だけど、今夜からは変わるぞ。今夜パパが何かしたあとは、オフィスができるだろうよ――たくさんのオフィスがね……

トラヴィス　今夜何をするの、パパ？

ウォルター　おまえにはまだわからないだろうよ。でも、おまえのパパは、ある取引をするんだ……ビジネスの取引さ。それがおれたちの人生をがらりと変えることになるんだ……おまえが十七歳くらいになったある日、パパがオフィスから帰宅する理由はそれさ。たくさん会議があったり、秘書たちがやり方を間違ったりでたいへんな一日を過ごしたあとだから、パパはとても疲れていることだろう。言ってる意味わかるよね。経営者の生活ってのはすごくたいへんなんだぜ――（話せば話すほど、彼の意識はますます現実から遠のいてゆく）それから、おれは車を私道に駐車する……普通の黒のクライスラーだと思う。内側は白で――いや――タイヤは黒だ。そっちの方がエレガントだからな。金持ちは派手にする必要はないんだ。だけど、ルースにはもう少しスポーティなタイプを買ってやらなきゃな――たぶん、ショッピングに行くにはキャディラックのコンヴァーティブルがいいだろう……それから、家への階段を上がろうとすると、庭師が生垣のところで植木の剪定をしていて、「こんばんは、ミスター・ヤンガー」と話しかけるだろう。おれは「こんばんは、ジェファソン。調子はどうだい？」と返事する。それから、家に入る。ルースが階下へ降りてきて、ドアのところでおれを出迎えてくれる。おれたちはキスを交わし、あいつはおれの腕をとる。二人でおまえの部屋に上がっていくと、おまえは、床にアメリカじゅうのあらゆる有名大学のカタログを広げて、その真ん中に座っている……いや、世界中のすべての有名大学だ！　そして――おれは言う。いいよ、トラヴィス。今日はおまえの十七歳の誕生日だ。どの大学に決めたんだ？　おまえの行きたい大学を言いなさい。言うだけで、おまえはどこへでも行ける。何になりたいのか言いなさい。言うだけで、おまえはなりたい者になれる。何になりたいと思おうがね――そうさ！（彼はトラヴィスに両腕を開いて差し出す）おまえはやりたいことを言いさえすればいいんだ、トラヴィス……（トラヴィスは腕の中に飛び込む）そうすれば、おれがおまえに世界を手渡してやる！

ウォルターの声は高くなり、ヒステリックなまでの約束をする。最後のセリフを言うとき、彼はトラヴィスを高く持ち上げる。

暗転。

第三場

時：一週間後の土曜日。引越しの日。

幕が上がる前に、ルースの声が静けさを裂いて聞こえてくる。甲高く、朗々と響きわたる教会のアルトのような声。

暗闇の中から聞こえる声は、勝ち誇って高まり、期待感を表明して甲高く響きわたる。「ああ、神さま。疲れてなんかいない！　愛しき子どもたちよ、ああ、グローリー・ハレルヤ！」

幕が上がると、居間にいるのはルースだけで、家族の荷造りの最後の仕上げをしている。今日は引越しの日なのだ。木箱に釘を打ちつけたり、段ボール箱を縛ったりしている。ベニーサが、ギターケースを持って入場。義理の姉の元気溢れる様子を見つめる。

ルース　ヘイ！

ベニーサ　（ギターケースを片づけて）ハイ。

ルース　（包みを指さして）ベニーサ、あの包みの中を見てごらん。今朝サウス・センターで安売りしてたのを見つけたのよ。（ルースは起き上がり、包みのところまで行き、カーテンを引っ張り出す）見てごらん――裾が手縫いで折り返してあるのよ！

ベニーサ　引越し先の窓の大きさ知ってるの？

ルース　（そのことに思い至ってなかった）あっ――でもまあ、きっと、家の中にはどこかちょうどいい大きさの窓があるでしょうよ。とにかく、見過ごすにはあまりにもお買い得の品だったのよ。（ルースは、突然何かを思い出して、自分の頭をぴしゃりと叩く）しまった、ベニー――向こうにあるあの段ボール箱に、特別にメモを付けとくつもりだったのに。あれは、お母さんの上等の磁器で、すごく注意してくれって言われていたの。

ベニーサ　わたしがやる。（ベニーサは紙を見つけて、それに大きな文字を描きはじめる）

ルース　新しい家に入ったらすぐにわたしがやりたいこと、何だかわかる？

ベニーサ　何なの？

ルース　それはね――バスタブに、ここらへんまでお湯を張るの……（ほとんど鼻の穴のところまで指を当てて）それから、バスタブに入って、そのお湯の中に浸かって……浸かって……浸かり尽くすの。最初に早く出てくれと言いにノックした人は――

ベニーサ　朝一番で撃ち殺されるね。

ルース　（幸せそうに笑って）当たり！（ベニーサが何も考えずに大きな字でメモを書いているのに気づいて）ベニーサ、飛行機の上から読むんじゃないんだから。

ベニーサ　（自分ながら笑って）どうしてだか、いっつも、ものごとは大きければ、強調されていいって考えちゃうの。

ルース　（彼女を見上げて、微笑みながら）あんたとお兄ちゃんは、それを人生哲学としているようだわね。ああ、あの人――あの人は最近すごく変わったのよ。ねえ――昨晩わたしたちが何をしたと思う？　私とウォルターー・リーが。

ベニーサ　何をしたの？

ルース　（ひとりニンマリしながら）映画に行ったのよ。（ベニーサがちゃんと理解したかどうかを観察する）わたしたち、映画に行ったのよ。わたしとウォルターーがいっしょに映画に行ったのはいつだったか知ってる？

ベニーサ　知らない。

ルース　わたしもよ。そのくらいずっと前ってことよ。（ふたたび微笑む）だけど、わたしたち、昨晩行ったのよ。映画はそれほど良くなかったけど、そんなことどうでもいいように思えた。わたしたちは映画に行って――そして手を繋いだのよ。

ベニーサ　あらまあ！

ルース　手を繋いだのよ――それから、あのね。

ベニーサ　なになに？

ルース　映画館から出ると、時間が遅くて、あたりは暗くて、店やなんかはみんな閉まっていたの……肌寒くて、通りにあまり人はいなかったの……それで、ずっと手を繋いだままでいたのよ、わたしとウォルターーは。

ベニーサ　あてつけるねえ。

ウォルター、大きな包みを抱えて入場。深い幸福感に満たされている。新たに見いだした溢れんばかりの幸せに、じっとしていることができない。歌ったり、体をくねらせたり、指を鳴らしたりしている。包みを部屋の隅に置き、持って帰ったレコードをレコード・プレーヤーの上に置く。ソウルフルで官能的な音楽が鳴りはじめると、彼は踊りながらルースのところまで行き、いっしょに踊らせようとする。彼女はとうとう根負けして、夫のエロティックな踊りに加わる。ひとしきり発作のようにくすくす笑いをしながら、みずから彼の気分に引き込まれていく。二人がディップ［ダンスで一瞬体を低くすること］すると、クラシックな、両方の体を結合させて踊る「スロー・ドラッグ［スローテンポのブルーズ］」のリズムに乗って、彼女はとろけるように彼の腕の中に入る。

ベニーサ　（長いあいだ踊っている二人をじっと見つめ、それから、息を吸い込んで、ひどく誇張されたコメントを発する。本気で言っているわけではない）あああ、こーれがまさに、旧態依然とした黒い人てやつでえーす！

ウォルター　（瞬間ダンスをやめて）どんな黒人だって？（彼はこの言葉をおもしろがっている。今日は妹に対して腹は立てないし、誰に対しても腹を立てない。ふたたび妻と踊りはじめる）

ベニーサ　旧態依然の黒人って言ったのよ。

ウォルター　（ルースと踊りながら）いいかい、やつら「新しい黒人《ニュー・ニグロ》」連中が集会を開く時にゃ――（妹を指さして）――こいつが「依然として繰り返される扇情的ふるまいに関する委員会」の委員長になるだろうよ。（踊り続ける、それから踊りを中断して）人種、人種、人種だってさ！　ベニーサ、おまえは、自分の洗脳に成功した、全人類史上初の人間に違いないぜ。（ベニーサは笑いこけ、彼はダンスを続ける。ふたたび中断して、妹をからかうのを楽しむ）なんだってんだ。かの「全国黒人地位向上協会[23]」だってたまにゃお休みするだろ！（ベニーサとルースは笑う。彼はルースともう少し踊ってから、笑いはじめ、立ち止まって、手術台にかがみこんでいる人のパントマイムをする）いつの日か、この娘が、手術台に載っているどこかの哀れな男を見下ろしている姿が目に浮かぶぜ。そいつを切り刻む前に、こう訊くんだ……（袖をまくりあげながら、悪意を込めて）「ところで、今騒がれている公民権についてどう思います？」

ウォルターはふたたびベニーサを笑い、楽しそうにダンスを再開する。ドアベルが鳴る。

ベニーサ　棒や石で襲われたら骨も折れるけど、言葉でだったらなんともないわ！

ベニーサはドアまで行って、開ける。ウォルターとルースはふざけながら踊りを続けている。

ベニーサは、ひとりの穏やかそうな中年の白人男性が、帽子とブリーフケースを片手に持ち、小さい紙を見ながら立っているのを見て、いくぶん驚く。

男　あのう――はじめまして。ミセス――（紙切れを見る）――ミセス・リーナ・ヤンガーにお目にかかりたいのですが。（我を忘れて踊っているウォルターとルースの姿を見てひどく驚いて、突然言葉を切る）

ベニーサ　（少々困惑して、自分の髪をなでつけて）あら――ええ、それはわたしの母です。ちょっとすみません。（彼女はドアを閉め、振り返って他の二人を静かにさせる）ルース！　ウォルター！（はっきりと、しかし小さい声で、「玄関に白人が来てる！」と発音する。二人はダンスをやめ、ルースは蓄音機を止める。ベニーサはドアを開ける。男は興味津々のすばやい一瞥を、全員に投げかける）あの――どうぞお入りください。

男　（入りながら）ありがとうございます。

ベニーサ　母は今外出しています。仕事関係のことですか？

男　ええ……まあ、そんなところです。

ウォルター　（家の長として、自由闊達な感じで）お座りください。わたしはミセス・ヤンガーの息子です。母の仕事関係のほとんどはわたしが取り仕切っています。

ルースとベニーサはおもしろそうに目配せしあう。

男　（ウォルターをじっと見て、それから腰をかける）あの――わたしの名前はカール・リンドナーと申します……

ウォルター　（片手を差し出して）ウォルター・ヤンガーです。こちらはわたしの妻で――（ルースは礼儀正しくうなずく）――それから、妹です。

リンドナー　はじめまして。

ウォルター　（自分も椅子にゆったりと座って、愛想よく、興味深そうに体を両膝の上に前のめりにして、何の用事か期待して、客人の顔を覗き込む）どんなご用件でしょうか、リンドナーさん！

リンドナー　（膝の上で帽子とブリーフケースの位置を少し動かして）実は――わたしは、「クライボーン・パーク改善組合」の代表をしております――

ウォルター　（指さして）お持ちのものを床に置かれたらどうですか？

リンドナー　ああ――そうですね。ありがとうございます。（ブリーフケースと帽子を膝から滑らせて椅子の下に置く）申し上げましたように――わたしは「クライボーン・パーク改善組合」から参った者です。この前の会合で、あなたさま方が――少なくともあなたのお母さまが――（ふたたびあの紙切れを探して鞄の中に手を突っ込む）――クライボーン・パーク四〇六に住居をご購入になったというニュースが、われわれの注目するところとなりました……

ウォルター　そのとおりですよ。お飲み物はいかがですか？　ルース、リンドナーさんにビールを差し上げて。

リンドナー　（何らかの理由で動揺して）いいえ結構です——本当に。お気遣いありがたく頂戴しますが、結構です。

ルース　（無邪気に）コーヒーはいかがですか？

リンドナー　ありがとうございます。でも、何もいりません。

ベニーサは男を注意深く見ている。

リンドナー　その、あなた方が、わたしどもの組織のことをどのくらいご存知なのかはわかりませんが。（彼は紳士である。思慮深そうだが、態度にはいくぶん不自然なところがある）わたしどもの組織は——ええと——区画《ブロック》の維持管理や特別の企画のようなことの世話をするために設立された、地域共同体組織のひとつなんです。それとは別に、「新入居者オリエンテーション委員会」と呼ぶ組織もあります……

ベニーサ　（そっけなく）へえ——それで、その委員会は何をするの？

リンドナー　（少し彼女の方を向き、それからウォルターへと主力を戻し）ええ——それは、一種の歓迎委員会と呼んでもいいかもしれません。わたしはその委員会の委員長を仰せつかっておりますが——つまり、住民たちは、つまり、わたしどもは、地域に越してこられる新入居者の方々にお目にかかりに参り、クライボーン・パークでの流儀に関して実情をお教えするようなことをやっているのです。

ベニーサ　（ルースとウォルターにはよくわかっていない二つの組織の意味するところを正しく理解して）なるほど。

リンドナー　また、わたしどもの委員会は——（どこか他のところを見る）——あの——コミュニティ特別問題と呼んでいる部類の問題も扱っています……

ベニーサ　へえ——それはどんな問題なの？

ウォルター　ベニーサ、話を聞きなさい。

リンドナー　（控え目に安堵して）ありがとうございます。このことをわたしなりにご説明したく思っております。つまり、あるやり方でご説明したいと存じます。

ウォルター　続けてください。

リンドナー　はい。さてと。率直に要点をお話ししようと思います。長い目で見たら、わたしどもはみな、そうして良かったと思うことを確信しておりますので。

ベニーサ　はいはい。

ウォルター　黙って聞きなさい！

リンドナー　さてと——

ルース　（依然として無邪気に）別の椅子はいかがですか？　なんだか居心地が悪そうですもの。

リンドナー　（困惑するというより、イライラして）いえ、結構です。どうかお気になさらず。さてと——要点を申しますと——（大きく息を吸うと、やっと話しはじめる）黒人の方々がある地域へ越してこられるようなとき、何件もの事件が市のさまざまな場所で起きています。そのいくつかはみなさまもご存知のことと思います。（ベニーサは重苦しく息を吐き出し、果物を手にとって投げ上げては受け止めるをしはじめる）さて——わたしどもの組織は、アメリカの地域共同体生活において、独特な形態の組織になるだろうと思われます。すなわち、わたしどもは——その種のことをただ憂えるだけでなく——それに対して何かを行おうとしているのです。（ベニーサは投げ上げるのをやめ、不審そうにではあるが新たな興味を感じて振り向く）わたしどもは——（話しかけている人々の顔に興味津々な様子が伺えたので、自分の役割に自信を得て）——わたしどもは、この世のたいていの問題は、それに取り組むとき——（強調するために片膝を打つ）——たいていの問題は、人々が膝を突き合わせて、互いに話しあうということをしないがために起きるのだ、と感じております。

ルース　（この発言に喜んで、まるで教会にでもいるかのように、うんうんとうなずく）おっしゃるとおりですわ、リンドナーさん。

リンドナー　（そのような肯定的反応にさらに勇気づけられて）この世に、相手側の問題を理解しようと一所懸命努力して、しすぎることはないのです。相手側のものの見方をです。

ルース　ええ、そのとおりです。

ベニーサとウォルターは、純粋に興味深そうに、ただ見つめ、話を聴いている。

リンドナー　そうです――そのようにクライボーン・パークの住民たちは感じております。そういうわけで、わたしが選ばれて、この午後こちらに伺い、あなた方とお話しすることにあいなったのです。友好的な方法で。つまり、人と人とが互いに話をして、このことを解決する何らかの方法を見つけられないかどうか、見きわめるのです。今申しましたように、相手側をどのように気遣えるかということが、問題のすべてなのです。あなた方が素晴らしいご家族で、勤勉で正直な方々だということは、誰が見てもわかります。確かなことです。（ベニーサは、彼を見つめながら、首を傾けて、わずかに、いぶかしげに眉根を寄せる）今日、誰もが、何かの外側にいるということがどういうことを意味するのかを知っています。そして、もちろん、よくわからない人々に付け込もうとする人間もつねにいます。

ウォルター　どういう意味ですか?

リンドナー　そのう――わたしどものコミュニティの構成員はですね、この小さな共同体を作り上げるために何年も、がむしゃらに、一所懸命に働いてきた人々なんです。金持ちでも、上流階級でもありません。ただ勤勉で正直な人々です。本当に、あの小さな家と、そこで子どもを育てたいと思うようなコミュニティであってほしいという夢以外、多くを所有してはおりません。もちろん、わたしどもが完全だとは思っておりません。住民たちが望むことの中には多分に間違っていることもあることでしょう。しかし、正しいにせよ間違っているにせよ、人には、自分の住む地域を自分が望むように保ちたいと思う権利があることは、お認めいただかなければなりません。そして、現時点で、わたしどもの圧倒的多数の住民は、互いが共通の背景を持っていれば、より良くやっていけるし、コミュニティの生活においてより多くの共通の利益が得られると感じているのです。

信じていただきたいのですが、今回の問題に人種的偏見はまったく関係ないと申し上げます。申し上げておりますように、正しいにせよ間違っているにせよ、すべての関係者の幸福のために、黒人家庭の方々は、ご自分たち自身のコミュニティにお住みになる方がお幸せであろう、というのがクライボーン・パークの住人たちの確信するところなのです。

ベニーサ （大きく辛辣な身ぶりをして）みなさん、これが「歓迎委員会」の実態です！

ウォルター （あっけにとられて、リンドナーを見ている）このことを言いに、わざわざここまで出向いて来たのかい？

リンドナー あの、今、すばらしい対話をしている最中なんです。みなさん、最後までわたしの話を聞いてくださいませんでしょうか？

ウォルター （きつい口調で）続けてくれ。

リンドナー　それでですね――このように申し上げましたものの、わたしどもは、あなた方ご一家に、たいへんお得な申し出をさせていただく心づもりでおります……

ベニーサ　銀貨三十枚きっちり、[*24] 一枚も欠かさずにね！

ウォルター　それで？

リンドナー　（眼鏡をかけ、ブリーフケースから書類を取り出す）住人たち全員の努力で、わたしどもの組織は、あなた方ご一家からあの家を買い取る準備がございます。みなさまにご利益が出るような価格で買い取らせていただきます。

ルース　ああ、神さま、これは生き地獄でしょうか！

ウォルター　わかった。それで終わりかい？

リンドナー　あのう、金銭的取り決めの正確な条項をお受け取りください――

ウォルター　取り決めの正確な条項なんて聞きたくもない。仲良く語りあうことについてまだ言うことがあるのかどうか、教えてくれ。

リンドナー　（眼鏡をはずして）あのう――気分を害されてないかと……

ウォルター　おれの気分なんて気にしないでくれ。座ってお互い話しあうべきだとかについて、もう言うことはないのかい？　ないなら、出て行ってくれ。

リンドナー　（敵意に満ちた顔々をぐるりと見回して、手を伸ばし、帽子とブリーフケースを手元に集める）えーと――あなた方が、どうしてこんなふうに反応なさるのか理解に苦しみます。あなた方に来てほしくないと思っているような近所に引っ越して、何か得があるとお思いですか？　その地域では、いくつかの要素が――えーと、つまり――自分たちの生活のし方全部が、それまで努力して積み上げてきたもの全部が脅かされると感じたら、住民たちがひどく腹を立てるということになりかねません。

ウォルター　帰ってくれ。

リンドナー　（ドアのところで、名刺を手にして）そうですか――こんなふうになって残念です。

ウォルター　帰ってくれ。

リンドナー　（ウォルターを見つめてほとんど悲しげに）人の考えを無理に変えさせることはできませんよ。

彼は振り向いて、名刺をテーブルの上に置き、出てゆく。ウォルターは、刺すような憎悪を抱いて、ドアを押して閉め、それから立ったまま名刺を見ている。ルースはただ座り、ベニーサはただ立っている。全員何も言わない。ママとトラヴィス入場。

ママ　まあ――今朝わたしが出かけてから、荷造りはすべて終ったんだね。神さまに証言するよ、わたしの子どもたちは死者たちからたくさん活力をもらっているって！　引越し業者はいつ来ることになってるのかね？

ベニーサ　四時よ。ママ、今日人が訪ねてきたわよ。（からかうように微笑んでいる）

ママ　あらそう――誰が？

ベニーサ　（生意気そうに腕組みをしている）歓迎委員会の人が。

ウォルターとルースはくすくす笑う。

ママ　（無邪気に）誰だって？

ベニーサ　歓迎委員会。当方にお越しになったら、お目にかかれるのを嬉しく思うって言ってたわ。

ウォルター　（おどけていたずらっぽく）そうそう。あなた方のお顔を拝見するのが待ち切れないとか言ってたぜ。

笑い声。

ママ　（彼らのふざけた態度から何かを感じ取って）みんないったいどうしたの？

ウォルター　おれたちについては何の問題もないさ。午後に会いに来た紳士のことを報告しているだけだよ。クライボーン・パーク改善組合から来たんだって。

ママ　何のために？

ルース　（ベニーサとウォルターと同じ感じで）歓迎するためですって、お母さん。

ウォルター　住民たちはほとんど待ち切れないって言ってたな。今そこになくて、すごく欲しくてたまらない唯一のものが、立派な黒人の立派なご家族なんだって言ってたよ！（ルースとベニーサに）そうだよな？

ルース　（からかうように）そうよ！　名刺を置いていったわ――

ベニーサ　（名刺をママに手渡して）何かあったらって。

ママは、植木鉢の植物と、数本の棒きれと、結び紐が置いてあるテーブルに椅子を引き寄せながら、名刺を読み、それを床に捨てる――事情を理解して、遠くを見る。

ママ　父なる神よ、力を与えたまえ。（よくわかっているという顔で――そして、ふざけてではなく）その男、脅してきた？

ベニーサ　あら――ママ。白人たちはもうそんなふうなことはしないわ。あの男が語ったのは、友愛よ。彼は言ってたわ。すべての人は、キリスト教の良き親睦の精神で、いかに膝を交え、互いを憎みあうかを学ばなければならないって。（彼女とウォルターは、その発言をからかうように、握手を交わす）

ママ　（悲しそうに）神さま、お守りください……
ルース　わたしたちから家を買うためにあの人たちが集めたお金の額を、聞いておくべきだったわ。わたしたちが支払った分に、いくぶん加えるって言ってたもの。
ベニーサ　わたしたちがどうすると思っているのかしら――あの人たちを食べるとでも？
ルース　違うわ、結婚するって思っているのよ。
ママ　（頭を左右に振って）ああ、神さま、神さま……
ルース　つまり――そうやって白人たちは滅びてゆくからよ。（間）冗談よ。
ベニーサ　（笑いながら、母親が何かしているのに気づいて）ママ、何をしてるの？
ママ　引越しの途中で、植木が傷つかないように固定してるのよ……
ベニーサ　ママ、それをあの新しい家に持っていくつもりなの？
ママ　そうだよ――
ベニーサ　そんなくたびれたぼろいしろものを？
ママ　（動作を止めて、娘を見て）これはわたしの分身も同然なの！
ルース　（嬉しそうに、ベニーサに）ほらね、ただの「もの」じゃないのよ。「植木さん」なのよ！

ウォルターは突然ママのところに来て、彼女の後ろから体をかがめ、両腕で力いっぱいぎゅっと抱きしめる。ママはその突然のふるまいに圧倒される。嬉しくはあるものの、彼女の態度はルースやトラヴィスの態度と同じようになる。

ママ　気をつけて、ウォルター！　植木さんが潰れてしまうじゃないの！

ウォルター　（彼の顔はぱっと明るくなる。母親に回した両腕はそのまま、彼女の傍にすっと両膝をつく）ママ……馬車《チャリオット》に乗るってどういう意味かわかる？

ママ　（とても幸せな気持で、ぶっきらぼうに）さあ、もう放しとくれ……

ルース　（プレゼント用の包装をした箱の近くで、ウォルターの目をこちらに向けさせようとして）ちょっと……

ウォルター　あの古い歌[*25]の意味はね、ママ……

ルース　ウォルター——今よ。（箱を指さす）

ウォルター　（歌の歌詞を、やさしく、陽気に、母親の顔の前で話す）
　ぼくには翼がある……きみにも翼がある……
　すべて神の子には翼がある……

ママ　ウォルター——目の前からどいて、仕事しなさいな……

ウォルター　天国に行ったら、翼をつけよう
　神の国じゅうを飛び回ろう[*26]……

ベニーサ　（居間の反対側から、からかうように）天国を語る者は、天国には行けぬ！

ウォルター　（彼らの方へ箱を運んできているルースに向かって）わかんないなあ。あれをあげるべきだと思う？　ママはあんまり喜ばないかもしれないなあ。

ママ　（明らかにプレゼントらしい箱を目にして）それ何？

ウォルター　（ルースから箱を受け取り、ママの前のテーブルの上に置く）さあ――何だと思う？　ママにあげるべきかなあ？

ルース　あら――ママは今日はとても良い子よ。

ママ　良い子にしますよ――（ふたたび箱に目を向ける）

ベニーサ　さあ、開けて、ママ。

ママは立ち上がり、それを見、振り返って全員を見る。それから両手を合わせて、まだ箱を開けない。

ウォルター　（やさしく）開けてみなよ、ママ。ぼくらからのプレゼントだよ。（ママは彼の目を見る。クリスマス以外でもらう人生初めてのプレゼントだった。彼女はゆっくりと箱を開け、ま新しいピカピカのガーデニング道具セットを、一つひとつ持ち上げて箱から出す。ウォルターはルースを促して言う）ルースがカードを書いたから――さあ読んで……

ママ　（カードをつまみ上げて、眼鏡の位置を調整して）「わたしたちのミセス・ミニヴァー[*27]へ――ウォルター、ルース、ベニーサから愛をこめて」なんて素敵なの……

トラヴィス　（父親の袖を強く引っ張って）パパ、ぼくのもあげていい？

ウォルター　いいとも、トラヴィス。（トラヴィスは急いで自分のプレゼントを取りに行く）

ママ　もう今持ってるナイフや熊手は使わなくてもいいわね……

ウォルター　トラヴィスはおれたちといっしょじゃいやだっていうんで、自分のプレゼントを用意したんだよ、ママ。（いくぶんおもしろがって）おれたちも何か知らないんだ……

トラヴィス　（大きな帽子箱を抱えて急いで居間に戻ってきて、祖母の前に置く）はい！

ママ　あらまあ、トラヴィス。おばあちゃんに帽子を買いに行ってくれたの？

トラヴィス　（とても誇らしげに）開けてよ！

祖母はふたを開け、手の込んだ作りの、しかし手の込みすぎた作りの、大きな園芸用のハットを持ち上げる。大人たちはそれを見てみな大笑いする。

ルース　トラヴィス、これは何？

トラヴィス　（それが美しくかつ適切なものだと思っている）ガーデニング・ハットだよ！　庭仕事をするとき、雑誌の女の人がいつも被ってるみたいな。

ベニーサ　（激しくくすくす笑いをしながら）トラヴィス――わたしたちは、ミセス・ミニヴァーをイメージしているのに。これじゃスカーレット・オハラじゃないの！

ママ　（怒ったように）みんなどういうことなの！　これは美しい帽子だよ！（大げさに）ちょうどこんなふうなのがずっと欲しかったんだよ！（孫に今自分が言ったことを証明するために、ハットをひょいと頭に載せる。そのハットは滑稽な感じで、かなり大きすぎるしろものである）

ルース　あら素敵！　イケてるわ、リーナ！

ウォルター　（体を折り曲げるようにして笑う）ごめん、ごめん、ママ――でも、今にも外に出て、綿摘みをしそうにみえるよ、ほんとに！

ママ以外全員が笑うが、ママはトラヴィスの感情を尊重して笑わない。

ママ　（少年を抱き寄せて）おまえのやさしい心根に祝福あれ――こんな美しい帽子は今まで持ったことがないよ。（ウォルター、ルース、ベニーサは、それに同意する――騒々しく、陽気に、あまり真面目にではなく、トラヴィスのプレゼントを祝福する）なんでみんなここに突っ立ってんの？　まだ荷造りは終ってないよ。ベニー、あんたまだ一冊も本を梱包してないよ。

ドアのベルが鳴る。

ベニーサ　引越し業者ということはありえないわ……まだ二時にもなってないから。（ベニーサは自分の部屋に行く。ママが玄関ドアのところに行こうとする）

ウォルター　（ドアを振り返り、体をこわばらせて）待って――待って――おれが出る。（立ち上がり、ドアを見る）

ママ　お客さんが来る予定だったの、ウォルター？

ウォルター　（ただドアを見て）ああ――そうだよ……

ママはルースを見る。二人は視線を交わすが、無邪気な視線であり、ぎょっとしている様子ではない。

ママ　（何もわからず）じゃあ、入ってもらいなさい。

ベニーサ　（自分の部屋から）もう少し紐が要る。

ママ　トラヴィス――荒物屋に走っていって、荷物紐を買ってきておくれ。

ママは退場。ウォルターは振り向き、ルースを見る。トラヴィスは小銭を取りにお皿のところに行く。

ルース　ねえ、どうしてドアに応対しないの？

ウォルター　（突然飛び跳ねて部屋を横切り、妻を抱きしめる）なぜって、未来の始まりを見るのが難しい時もあるんだ！（彼女の顔に身をかがめる）

　ぼくには翼がある！　きみにも翼がある！

　すべて神の子には翼がある！

彼はドアまで行き、ぱっとドアを開ける。そこに立っているのは、とても痩せた小柄な男で、あまり裕福そうなスーツを着ておらず、不安そうな怯えた目をしている。帽子を深く被り、額のところでつばを上げている。トラヴィスは、訪問者と父のあいだを通り抜けて、退場。まだ歓喜の中にいるウォルターは深く前かがみになって、男の顔を覗き込む。

天国に行ったら、翼をつけよう

神の国じゅうを飛び回ろう……（小柄な男はただウォルターを見つめている）

天国――（突然言葉を切って、小柄な男越しに誰もいない廊下を覗き込む）ウィリーはどこだい？

ボーボー　いっしょじゃない。

ウォルター　（慌てずに）そう――まあ入ってくれ。妻は知っているよね。

ボーボー　（無口な感じで、帽子を取って）ああ――こんにちは、ルースさん。

ルース　（静かに、すでに夫とはかけ離れた気分で。ボーボーを見て）こんにちは、ボーボーさん。

ウォルター　今日は時間どおりに来たね……時間ぴったりだ。その調子だぞ！（ボーボーの背中をパンと叩く）座ってくれ……話を聞かせてくれ。

ルースは体をこわばらせて、静かに二人の後ろに立っている。どういうわけか死を嗅ぎ取っているかのように。目は夫に釘付けになっている。

ボーボー　（怯えたような目は床を見ており、帽子は手に持っている）話をする前に、水をいただけないかい、ウォルター・リー？

ウォルターは男から目を逸らさない。ルースは手探りするようにして蛇口のところに行き、コップに水を入れ、ボーボーに持っていく。

ウォルター　何もまずいことはないんだよな？

ボーボー　まあ話させてくれ——

ウォルター　おい——何もまずいことになってないよな？

ボーボー　とにかく話させてくれ——ウォルター・リー。（ルースを見て、ウォルターにというより、彼女に話しかける）どういうふうだったかもうわかっているでしょう。どういうふうだったか話さなきゃならないね。つまり、まず、どういうふうだったかを始めから終りまで話さなきゃならない……つまり、おれが投資した金についてなんだけど、ウォルター・リー……

ウォルター　（今や緊張し動揺している）きみが投資した金がどうした？

ボーボー　実は――おれが投資した金は、おれたちが言ってたほどの額じゃなかったんだ――つまり、おれとウィリーがさ。（言葉を切る）悪かったよ、ウォルター。この件については、何かいやな予感がしていたんだ。本当にいやな予感がしていたんだ……

ウォルター　おい、なんでそんなことをごちゃごちゃ言うんだ？……スプリングフィールド［イリノイ州の州都］で何が起きたかを話してくれよ……

ボーボー　スプリングフィールドね。

ルース　（死んだ女のようになって）スプリングフィールドで何があることになっていたの？

ボーボー　（ルースに）おれとウォルターは、ウィリーと、こういう取引をしたんです――つまり、おれとウィリーがスプリングフィールドに行き、酒類販売業免許の交付をそれほど長く待たなくてもいいように、いくらかの金子を各方面にばら撒くことにしようという……おれたちはそれをやろうとしていました。そういう方法を取らなきゃならんって、みんなが言ってましたから。わかりますか、ルースさん？

ウォルター　いったい――そこで何が起きたんだ？

ボーボー　（哀れな様子。泣きそうになって）今言おうとしているよ、ウォルター。

ウォルター　（突然彼に対して怒鳴り声で）**そんなら、さっさと言えってんだ、ちくしょう……いったいどうしたっていうんだ？**

ボーボー　くそっ……昨日、おれはスプリングフィールドには行かなかったんだ。

ウォルター　（その瞬間、生命が停止したようになり、動きを止めて）どうして？

ボーボー　（次の言葉を言うのに長くかかり、なかなか言葉が出てこない）なぜって、行く理由がなくなったから……

ウォルター　いったいぜんたい、何言ってるんだ！

ボーボー　事実を言ってるんだ。昨日の朝、おれが駅に着いたとき――おれたちが計画したとおり八時に駅に着いたとき、ちくしょう、ウィリーは現れなかっ、た、い、い、い、い、い、たんだ。

ウォルター　どうして？……あいつはどこにいたんだ？……あいつは今どこにいるんだ？

ボーボー　そのことも言おうとしているよ……わからないんだ……おれは六時間待っていた……ウィリーの家にも電話して……待ったよ……六時間も……あそこの鉄道駅で六時間待ち続けたよ……（わっと泣き出す）あの金は、おれがこの世で持っている、自由にできる金のすべてだったんだ……（涙が顔を伝い落ちるにまかせて、ウォルターを見上げる）あああ、ウィリーはいなくなってしまったんだ。

ウォルター　いなくなってしまった？　ウィリーがいなくなってしまったってどういう意味だ？

どこへ行ってしまったんだ？　ひとりで行ってしまったって意味かい？　スプリングフィールドへひとりで出かけたって意味かい——酒類免許取得の手続きをするために？（振り返り、不安そうにルースを見る）たぶん、あそこで取引するのにあまりたくさんの人はいらないって、やつが考えたって意味かい？（前と同じように、ふたたびルースを見る）ウィリーには自分なりのやり方があるからな。（ボーボーを振り返る）たぶん、昨日、きみは時間に遅れたんだろう。それで、あいつはきみを置いてスプリングフィールドへ行ったというだけのことだろう。おそらく——きっと——何が起きたかとかを言おうとして、きみの家に電話をしてたんじゃないかな。ひょっとしたら——たぶん——病気になっただけなのかもしれない。どこかにいるさ——どこかにいるにちがいないさ。あいつを見つけなきゃ——おれとおまえで、あいつを見つけなきゃならない。（ボーボーの襟を無意識に掴み、彼を揺らしはじめる）そうしなきゃ！

ボーボー　（突然の怒りと恐怖の苦しみの中で）いったいどうしたんだ、ウォルター！　誰かがあんたの金をもってトンズラするとき、道路地図を置いといちゃくれないいいいいいいいいいよ！

ウォルター　（まるでこの部屋にいるウィリーを探しているかのように、半狂乱のていで振り返って）ウィリー！　ウィリー……そんなことしないでくれ……頼むからそんなことしないでくれ……ちくしょう、あの金にそんなまねをしないでくれ……頼むから、あの金にそんなまねをしないでくれ……。ああ、神さま、こんなこと嘘であってくれ……（うろうろと歩き回る。ウィリーを求めて叫び、彼を探し回る。もしくは、神の助けを求めてそうしているのかもしれない）なんてこった……おまえを信用していたのに……おれの人生をおまえの手に委ねたというのに……（ルースは恐怖で顔を被うと、彼は突然床の上にくずおれる。ママが自室のドアを開け、居間に入ってくる。彼女の後ろからベニーサも入ってくる）なんてこった……（啜り泣きながら、両拳で床を叩きはじめる）**あの金は父さんの血と肉でできているんだぞ――**

ボーボー　（どうすることもできず、ウォルターを見下ろして立っている）気の毒に思うよ、ウォルター……（その言葉への返答として聞こえるのはウォルターの啜り泣きの音だけ。ボーボーは帽子を被る）おれだって、この取引に人生をかけていたんだぜ……（退場）

ママ　（ウォルターに）ウォルター――（息子のところに行く。かがみ込んで、彼のうつむいた顔に問いかける）ウォルター……お金はなくなったの？　おまえに六千五百ドル渡したけど、それがなくなったのかい？　全部なくなったのかい？　ベニーサのためのお金も？

ウォルター　（ゆっくりと頭をもたげて）ママ……おれ……銀行には行かなかったんだ……

ママ　（信じられずに）つまり……妹の学費も……それも使ってしまったって意味なのかい、ウォルター？

ウォルター　そうなんだ！　全部……全部失くしちまったんだ……

完全な沈黙となる。ルースは両手で顔を被って立っている。ベニーサは、母親へのプレゼントを結わえていた赤いリボンをもてあそびながら、虚しげな様子で壁に寄りかかっている。

ママは動きを止め、茫然と息子を見る。それから、はっきりとした考えなしに、無意識に、息子の顔を平手打ちしはじめる。ベニーサは二人のところまで行き、それを止める。

ベニーサ　ママ！

ママは打つのを止め、子どもたち両方を見る。ゆっくりと立ち上がり、ぼんやりして、目的もなしにふらふらと彼らから離れる。

ママ　わたしは見ていたよ……毎晩毎晩……お父さんが帰ってきて……あの絨毯を見て……それからわたしを見て……眼が充血していて……静脈がこめかみに浮き出ていて……お父さんが、まだ四十前なのに、痩せて老け込んでいくのをずっと見ていたよ。誰かの老いぼれ馬みたいに、働いて、働いて、働いて……死んでしまった……それなのに、おまえは――一日で、それを全部なくしてしまうなんて――（もう一度息子を打とうとして両腕を上げる）

ベニーサ　ママ――

ママ　ああ、神さま……（神を見上げる）このさまをご覧ください――そして、どうかお力をお示しください。

ベニーサ　ママ――

ママ　（体を折り曲げて）お力をお示しください……

ベニーサ　（悲しそうに）ママ……

ママ　お力を！

幕。

第三幕

一時間後。

幕開け。居間を照らすライトは薄暗く陰鬱である。第一幕第一場の始まりに似ていなくもない灰色のライト。下手《しもて》に、ウォルターがひとりきりで彼の部屋にいるのが見える。彼はベッドの上に足を伸ばして寝ている。シャツの前をはだけ、両腕を頭の下に置いている。煙草は吸わず、泣き叫んでもいない。ただ横になり、天井を見上げている。この世界でひとりぼっちであるかのように。

居間では、ベニーサがテーブルに向かって座っている。今となってはほとんど不気味にもみえる荷造り用木箱に依然として取り囲まれている。彼女の目は遠くを見ている。観客には、おそらくこの雰囲気は一時間前に生み出されたものであり、それが今も空虚な音と深い失望に満たされて残存している、と感じられる。観客には、二人は兄の部屋から同一線上におり、両者の態度が同一であることが見てとれる。しばらくして、ドアベルが鳴り、ベニーサが、それに応答することに何の意欲も興味もないというていで立ち上がる。訪問者はアサガイである。満面に笑みを浮かべ、元気いっぱいに、楽しいことを期待して、嬉しそうに話しながら、部屋に入っている。

アサガイ　来ちゃった……暇ができたものだから。荷造りを手伝えるかと思って。ああ、荷造り木箱を見るの好きだな！　一家で旅立つ準備をしている！　その光景を見て悲しく思う人もいるかもしれないけど……でも、ぼくは別のように感じるんだ。命の流れみたいなものをね。わかるかな？　さらに言えば、前に進むことみたいな。それはアフリカを思わせるんだよ。

ベニーサ　アフリカ！

アサガイ　これはどういう気持なのかなあ。きみはぼくを深く感動させるってこと、前に言ったっけ？

ベニーサ　あの人、お金をなくしちゃったのよ、アサガイ……

アサガイ　誰が、何のお金をなくしたって？

ベニーサ　保険のお金よ。兄がなくしちゃったのよ。

アサガイ　なくした？

ベニーサ　投資に使ったのよ！　トラヴィスでさえ、あの子の一番擦り切れたビー玉だって預けないような輩《やから》に、金を預けたのよ。

アサガイ　それで、なくなっちゃったの？

ベニーサ　そうよ！

アサガイ　それは残念なことだね……それで、きみはどうかしたの？

ベニーサ　わたし？……わたしがどうかしたかって？……わたしは、もう何者でもないわ……このわたしは。小さい時、冬にはよくそり遊びをしたものだった。わたしたちがそり遊びをする丘は、家の、通りへと降りてゆく凍った石段だけだったけど。その階段を雪で山盛りにして、平に均《なら》して、一日中すべって遊んでた……でも、その遊びはとても危険なの。わかるよね……坂が急すぎるのよ。それで、当然そうなるのだけど、ある日ルーファスという子が速く滑り降りすぎて、歩道に体当たりしちゃったの。すぐそこで、わたしたちの目の前で、ルーファスの顔が大きく裂けているのが見えたの……よく覚えているわ。その場に立ちつくしたまま、裂けて血だらけになった顔を見ながら、もうルーファスは死ぬんだって思ったのよ。でも、救急車が来て、ルーファスを病院に連れて行った。医者たちが折れた骨を治し、裂け目を縫い合わせてくれた……そして、次にルーファスに会った時には、顔の真ん中に細い筋が一本入っているだけだったのよ……信じられなかった……

アサガイ　何が？

ベニーサ　つまり、それが、ひとりの人間が他の人にしてあげられることだったってことが。人を治してあげるってこと――問題を解決して、ふたたび大丈夫にしてあげるってことが。そのことは、この世でもっとも驚くべきことだった。そして、わたしはそういうことがやりたいって思ったの。それは、人間がすることのできるこの世で唯一の具体的なことだって、これまでずっとそう思ってきたの。病気の人を治してあげるってこと、そしてふたたび元気にしてあげるってことが。これこそが本当に神の仕事なんだって……

アサガイ　神になりたかったの？

ベニーサ　そうじゃなくて——治してあげたいって思ったの。そのことは、わたしにとってずっと重要なことだったのよ。人を治してあげたい。それこそが重要なことだったの。気にかけてあげたいって思った。つまり、いろんな人のことを、その人たちの体がどんなに痛むかってことを……

アサガイ　それで、もう気にかけるのはやめたの？

ベニーサ　まあ——そういうことね。

アサガイ　どうして？

ベニーサ　（苦々しげに）だって、それが、人類を苦しめていることに充分に深く、充分に近く寄り添っていることのように思えないからよ！　そんなのは、子どもじみたものの見方だったのよ——あるいは、理想主義者のものの見方だったのよ。

アサガイ　時に子どもにはとてもよくものごとが見えているよ。それに、理想主義者にはさらによく見えているよ。

ベニーサ　それがあなたの考え方だってわかってるわ。だって、あなたはまだわたしが出発した地点にいるんだから。いつもアフリカのことを語り、いつもその夢を見てるんだから！　まだ、自分には世界のほころびを直せるって思ってるんだもんね。（高慢な感じで、嘲るように）独立というペニシリンで――植民地主義の大きな傷口を治せるんだって！

アサガイ　思ってるさ！

ベニーサ　独立したからって、それでどうなるっていうの？　以前と同じように、権力を手にして盗みや略奪を働く悪党や、泥棒や、ただの馬鹿どものことはどうするの？　今度はそいつらが黒人になったっていうだけの話よ。新たな独立という名のもとに同じことをするでしょうよ――**そいつらのことはどうするの!?**

アサガイ　それはその時になってからの問題さ。まずそこまで行かなきゃ。

ベニーサ　それじゃ、終りはどこなの？

アサガイ　終り？　誰が終りのことなんて言った？　命の終りのこと？　人生の終りのこと？

ベニーサ　悲惨さに終りはあるのかってことよ！　愚かさに終りはあるのかってことよ！　真の進歩なんてないってわからないの、アサガイ？　ひとつの大きな円があるだけで、その上をわたしたちはぐるぐる歩いているのよ。それぞれが、目の前にそれぞれの小さな未来図を掲げてね――わたしたちが「未来」だと考えているそれぞれの小さな蜃気楼を掲げてね。

アサガイ　それは間違っているよ。

ベニーサ　なんですって？

アサガイ　きみが円だって言ったことさ。円じゃないんだ――たんに一本の長い線さ。幾何学にあるように、ね。永遠へと伸びる一本の線さ。終りが見えないんだから――その線がどう変化するかも見えないのさ。おかしいことだけど、その変化を見ようとする人間を――変化を夢み、諦めようとしない人間を、「理想主義者」って呼んでるんだ。一方、円しか見ようとしない人間を、「現実主義者」って呼んでるんだ！

ベニーサ　アサガイ、わたしがあそこのベッドで寝ているあいだに、いろんな人がやって来て、わたしの手から未来の権利を奪っていったのよ！　誰もわたしに訊いてもくれない、相談もしてくれない――ただ、やって来て、わたしの人生を変えてしまったのよ！

アサガイ　それって、きみのお金だったの？

ベニーサ　どういう意味？

アサガイ　お兄さんがなくしたのはきみのお金だったの？

ベニーサ　わたしたち家族全員のお金だったのよ。

アサガイ　でも、そのお金はきみが稼いだものなの？　お父さんが亡くなっていなかったら、そもそものお金は手に入っていたの？

ベニーサ　そうじゃないけど。

アサガイ　じゃあ、良い夢にしろ悪い夢にしろ、すべての夢が、ひとりの人間の死に寄りかかっているような家は――つまり世界は――どこか間違っているんじゃないかな？　きみがこんなふうになろうとは思ってもみなかったよ、アライヨ。あのきみが！　お兄さんが間違いを犯した。そして、そのために、今やっと、病み苦しむ人類を見捨てることができると、彼に感謝しているんだからね！　頑張ったって何になるんだ、どんなことをしたって何にもならないって話を、きみはしているんだぜ！　ぼくたちはみなどこに行こうとしているんだ、何のために思い悩んだりしているんだって話を、きみはしているんだぜ！

ベニーサ　そして、あんたにはその答えがわからないんでしょ！

アサガイ　（彼女が言い終らないうちに大声で）**ぼくはその答えを生きているよ！**（間）ぼくの故郷の村では、新聞を読めるのさえ例外的な人だけなんだ……本自体を見ることでさえね。ぼくは故郷に帰るよ。ぼくの話の多くは、村の人々にとっては奇妙に思えることだろう。でも、ぼくは教えるよ。活動するよ。そのうちに、ゆっくりと、しかし急速に、いろんなことが起きるだろう。時には、まったく何も変わらないと思えることもあるだろう……そうするうちに、ふたたび、歴史を未来に向かって飛躍させるような突然の劇的なできごとが起きる。でも、それからまた何も起きなくなる。後戻りさえもする。銃撃とか、殺人とか、革命とかも起きる。そして、人が死んだり憎みあったりするよりも、何も起きない方がいいんじゃないかって、思い悩む時だってあるだろうさ。でも、村を見回して、人々が読み書きができなかったり、病気だったり、無知だったりするのを見ると、そう長く思い悩みはしないと思うよ。そして、おそらく……おそらくぼくは偉大な人になる……つまり、おそらくぼくは真実の本質を見失うことなく、つねに正しい道を歩むことだろう……そして、おそらく、そのために、ある夜帝国の手の者によって、ベッドの上で惨殺されるかもしれない……

ベニーサ　殉職ね！

アサガイ　（微笑む）……あるいは、おそらく生き延びて高齢となり、新しい国家において尊敬され、重んじられるかもしれない……そして、おそらく要職に就くだろう。このことは言っておきたいのだけれど、アライヨ。おそらく、今ぼくが国のためだと信じているようなことは、将来間違っていたり、時代遅れになったりすることだろう。それでも、ぼくはそのことがわからず、自分の思うとおりにものごとを進めようとして、あるいは、たんに権力を保持しようとして、恐ろしいことをいろいろするかもしれない。ある晩、闇に紛れて、もう何の役にも立たなくなっているこのぼくの喉《のど》をかき切ろうとする若者たちが、男でも女でも、現れることだろう――その時は英国の兵士じゃなくて、我が同胞の黒人の若者だろう。そんなふうに思わないかい？　そのような若者たちはこれまでもずっといたし……これからもずっとい続けるだろう。そして、ぼく自身の死のようなことが、前に進むことに繋がるんだ。そう思わないかい？　ぼくを殺すかもしれない者たちですら、実際、ぼくのいた場所をすべて新しく塗り替えてゆくんだ。

ベニーサ　ああ、アサガイ。わかるわ、全部。

アサガイ　いいぞ！　それなら、もう嘆いたりぶうぶう言ったりはやめて、きみがやろうとしていることを教えてくれよ。

ベニーサ　やろうとしていること？

アサガイ　ちょっと提案があるんだけど。

ベニーサ　何？

アサガイ　（彼にしてはかなり小さい声で）いろんなことが全部終ったら――ぼくの家に来ないかっていう――

ベニーサ　（彼を凝視して、怒って打ち消して）ちょっと――アサガイ――こんな時に恋愛モードになろうとするなんて！

アサガイ　（すぐに彼女が誤解しているとわかって）いやいや。新世界のうら若き乙女よ。この町の中でのことを言ってるんじゃないよ。大洋を横断して、ぼくの故郷へ――アフリカへ行くって意味だよ。

ベニーサ　（徐々に理解して、彼の方を向き、驚きで囁き声になって）アフリカへ？

アサガイ　そうだよ！……（微笑みながら、ふざける仕草で両手を上げて）三百年後、アフリカの王子は海から立ち上り、先祖たちが連れて行かれた中間航路[*28]を逆行して、風のごとく乙女を連れ帰るのさ――

ベニーサ　（ふざけることができず）――ナイジェリアへ？

アサガイ　ナイジェリアへ。ぼくの故郷へ。（純粋な恋愛モードの軽さで、彼女に近寄って）きみに山を見せるよ。星々を見せるよ。ひょうたんのひしゃくから冷たい飲み物をあげるよ。ぼくの民族に伝わる古い歌や風習を教えるよ。そして、そのうちに、ぼくたちはこう言うようになるよ——（とても小さな声で）——きみは一日いなかっただけで、ずっとここにいたって。ぼくのところへ来るって言ってくれよ（彼女を振り回すようにして、両腕にしっかりと抱き止め、キスをする。キスは情熱的になる）

ベニーサ　（突然体を離して）あなたのせいで頭が混乱しちゃう——

アサガイ　どうして？

ベニーサ　今日はたくさんのことが起きすぎだわ——あまりにもたくさんのことが。座って、考えなきゃ。今は、まともに何かを感じられるような気がしない。（即座に腰かけ、拳の上に顎を載せる）

アサガイ　（魅了されて）わかった。帰るよ。いやいや——立ち上がらないで。（やさしく、穏やかに彼女に触れる）しばらく座ったままで考えてみて……じっと座って考えることをけっして恐れないで。（ドアまで行き、彼女を見る）何度きみを見て、言ったことだろう。「ああ——この人こそ、ついに新世界アメリカが作り上げたものだ」って。

アサガイ退場。ベニーサはひとりで座っている。まもなくウォルターが自分の部屋から出てきて、荷物をかき回して捜しはじめる。熱心に何かを捜している。彼女を顔を上げて、椅子に座ったまま振り返る。

ベニーサ　（歯の隙間から話す）はいっ――新世界アメリカが作り出したものです！……とくとご覧あれ！（強い嫌悪感をもって身ぶりをする）この人です！　黒人のプチブルさんです！　ほらこの人――新興階級のシンボルです！　起業家です！　制度の巨人です！（ウォルターは完全に彼女を無視して、必死に、破滅的な形相で何かを捜している。捜す過程で、いろんなものを床に放り投げたり、元あった場所から引き剥がしたりしている。ベニーサは、兄の奇矯な行動を無視して、彼を侮辱するひとりしゃべりを続ける）ミシガン湖に浮かぶヨットの夢でも見たの、ウォルター？　あの最後の審判の日に、自分が会議のテーブルについてでもいたの？　アメリカの、権力を持った禿《はげ》のじいさんたちみんなに取り囲まれて。全員動きを止めて、息もせず、お兄ちゃんが産業に関する声明を発表するのを待ってでもいるの？　委員会の議長であるお兄ちゃんを待ちかまえてでもいるの？（ウォルターは探し物を見つける。それは一片の小さな白い紙である。それをポケットに突っ込み、コートをはおり、彼女の方をまったく見ることなく急いで出ていく。彼女は彼の後ろ姿に向けて叫ぶ）わたし、お兄ちゃんを見ているわよ。愚かさが、この世で最終的な勝利をあげるのをね！

ドアはばたんと閉まり、彼女はふたたび座っているだけに戻る。ルースがママの部屋から急いで出てくる。

ルース　誰だった？

ベニーサ　あなたの夫。

ルース　あの人どこへ行ったの？

ベニーサ　知るわけないでしょ——U・S・スティール*[29]で会合でもあるんじゃない？

ルース　（心配そうに、怯えた目をして）あの人に何か意地悪なことを言わなかった？

ベニーサ　意地悪？　あの人に何か意地悪なことを言う？　言わないわよ——お兄ちゃんはやさしくて、夢がいっぱいあって、全部が全部マジ文句なし最高って言ったのよ。白人の若者がよく言うみたいにね！

リーナがベッドルームから入場。放心したような様子で、ぼんやりしている。以前のように、この世界を統御する力を保持し、その意味するところをいくぶんでも理解しようと試みてはいるものの、その力は依然として彼女の手からすり抜けていったままである。徒労感に襲われ、足取りもおぼつかない。いくぶん詫びるような気持が、彼女の両肩にのしかかっている。テーブルに置いたままになっている植木鉢のところへ行き、それを見、持ち上げ、窓のところへ持ってゆき、窓の外に置く。そして、長いあいだ立ったままそれを見ている。それから、窓を閉め、やっとのことで自分の体をしゃんとさせ、ぐるっと体を回して、子どもたちの方に向く。

ママ　さぁて——それにしても、ここはごちゃごちゃしてないかい？（わざと明るい様子で、何かを言いはじめようとする）みんなふさぎこむのはやめて、仕事を終えてしまう方がいいね。この荷物を全部取り出したりなんかをしなきゃね。（ルースは、この言葉の意味に反応してゆっくりと頭をもたげる。そして、ベニーサは、同じように、とてもゆっくりとした動作で振り向いて、母親を見る）誰かひとり、引越し業者に電話して、来ないでくれと言った方がいいね。

ルース　来ないでくれって言うんですか？

ママ　そうだよ。わざわざここに来て、また引き返す必要はないしね。それに、その往復の代金を請求されるだろうしさ。（腰を下ろし、額に指を当てて、考える）まったく。子どもの時からずっと、いろんな人がこう言っていたのを覚えているよ——「リーナ——リーナ・エグルストン。あんたはいつも高望みしすぎなんだよ。そう焦りなさんな。もう少し人生をあるがままに見ることだよ。少しのんびり構えなさいな」って。田舎じゃいつもそう言われていたものだったよ——「ああ、あのリーナ・エグルストンは高望みする娘だ。いつかその報いを受けるよ！」

ルース　まあ、リーナ……

ママ　わたしもお父さんも、ちゃんと学ばなかったんだねえ。

ルース　リーナ、いやですよ！　わたしたちは行かなきゃ。ベニー——お母さんに言ってよ……（立ち上がり、両腕を伸ばしてベニーサのところまで部屋を横断する。ベニーサはそれに応えない）お母さんに言ってよ、わたしたちはまだ引っ越せるって……必要なお金は月に百二十五ドルだけでしょ。この家には大人が四人もいるんだから——みんなして働けるわ……

ママ　（自分自身に）いつも高望みばかりしてたんだよ——

ルース　（振り向いて、さっとリーナのところに行く。切羽詰まった、死にもの狂いのような言葉が口から溢れ出す）リーナ——私、働くわ……シカゴじゅうのキッチンで、一日二十四時間働くわ……必要なら、赤ちゃんをおんぶ紐でおんぶして、アメリカじゅうの床を全部磨くわ。アメリカじゅうのシーツを全部洗濯するわ。そうしなきゃならないならそうする——でも、**わたしたちは引っ越さなきゃならないのよ！　ここから出ていくべきなのよ!!**

リーナは放心状態のまま手を伸ばし、ルースの手を軽く叩く。

ママ　いやいや——他のやり方もあるよ。考えていたんだけど、この場所を少し直すのにできることがいくつかあるよ。先日マックスウェル通りで、ちょうどあそこに置くのに合う中古の箪笥を見つけたんだよ。（新しい家具が置かれるであろう場所を指さす。ルースはふらふらと彼女から離れる）把手をいくつか新しくしたり、それから、少しニスを塗ったりしなきゃならないけど、そしたら、まっさらのようにみえるよ。それから、キッチンに新しいカーテンを付けようよ……そうすりゃ、この場所も素敵にみえるだろうよ。みんな元気を出して。トラブルがあったことは忘れましょう……（ルースに）それに、あんたたちの部屋に、赤ちゃんのベッドの周りに立てる何か素敵な衝立を買えばいいよ……（懇願するように、二人を見る）時には、諦める時を知らなきゃね……そして、今自分が持っているものをしっかり握って離さないようにしなきゃね……

ウォルターが外から入場。疲れ切った様子で、ドアに寄りかかる。コートを肩に引っかけている。

ママ　どこに行ってたの、ウォルター？

ウォルター　（息づかい荒く）電話してきた。

ママ　誰に？

ウォルター　あるお方にね。（自分の部屋に向かう）

ママ　どの方？

ウォルター　（ドアのところで立ち止まり）あるお方にだよ、ママ。あるお方と言ったら、どういう人かわからない？

ルース　ウォルター・リー？

ウォルター　あるお方さ。街の黒人連中はこう呼ぶよ――お偉いさん、ボス、白人の旦那……大将、どうぞ、ご主人さま……

ベニーサ　（突然）リンドナーに電話したのね！

ウォルター　そのとおり！　いいことさ。すぐ来てくれって言った。

ベニーサ　（事態を理解して、激しい口調で）何のために？　何のために会いたいの？

ウォルター　（妹を見て）取引をするんだ。

ママ　何の話をしてるの、ウォルター？

ウォルター　人生についての話さ、ママ。みんないつもおれに言ってるだろ、あるがままに人生を見ろって。やれやれ――今日という今日は、さすがのおれも骨身に沁みたよ……それで、わかったんだ。あるがままに人生を見るんだって。誰が持っていて、誰が持っていないか。（コートを持って座り、笑う）わかるだろ、ママ、すべてはっきり分かれちゃってるんだ。人生ってのはそうなんだ。確かなことさ。「奪うやつ」と「奪われるやつ」とに分かれちゃってるんだ。（笑う）おれにもやっとわかったよ。（みなを見回す）そうさ、おれたちの中にはいつも取られっぱなしのやつがいるんだ。（笑う）ウィリー・ハリスみたいなやつらは、ぜったい取られないんだ。残ったおれたちがなんで取られるのかわかるだろう？　なんでかっていうと、おれたちがみんな曖昧な態度を取るからなんだ。ひどくどっちつかずなんだよ。うろうろ見回して、何が正しくて何が間違っているのか考えるんだ。そのことを気に病んで、泣いて、夜通し眠れなかったりするんだ。年から年じゅう、ものごとの何が正しくて何が間違っているのかを解き明かそうとしているんだ……やれやれ、それで、いつもいつも奪うやつらは奪い続けるんだ。奪って奪って奪い続けるんだ。ウィリー・

ハリス？　いやいや――ウィリー・ハリスなんてものの数じゃない。ものごとの大きな仕組みの中では、やつなんてものの数じゃない。ただ、かのウィリー・ハリスについてこのことだけは言える……あいつはおれにいいことを教えてくれた。この世の中で何が大事かってことに目を逸らすなって教えてくれたんだ。そうさ――（少し声を張り上げて）ありがとよ、ウィリー！

ルース　なんで電話なんかしたの、ウォルター・リー？

ウォルター　ショーを見にきてもらうためにさ。あの男のためにショーをするんだ。あいつが見たいものを見せてやる。いいかい、ママ。あの男は今日、おれたちが引っ越す先のやつらが腹を立てて、金を払うから引っ越してこないようにと言っていると、言いに来たんだ！（ふたたび笑う）そして――ああ、ママがその場にいたら、おれとルースとベニーサがとった行動を誇りに思っただろうね。おれたちはあいつに出ていけって言ったんだ……神さま、ご慈悲を！　あいつに出ていけって言ったんだ！　ああ、今日の午後には、おれたちはいっぱしの誇り高き人々だったのさ。そうさ。（煙草に火をつける）あの時にはまだ、あの昔懐かしい誇りってものでいっぱいだったのさ……

ルース　（ゆっくりと彼に向かって歩いてくる）あの家に引越しさせないための、あの人たちのお金を受け取るって話なの？

ウォルター　ただ話してるだけじゃないよ、ルース――そのことが今まさに起きようとしているって言ってるんだ！

ベニーサ　ああ、神さま！　これ以上落ちぶれようっていうの！　それ以上落ちることのできない本当の、正真正銘のどん底はどこなの？

ウォルター　いいかい――よくある話だ。きみたちと今日やって来たあの男とのあいだの話さ。きみたちは、みんなで国旗や槍を掲げて、行進曲かなんかを歌うことを望んでいるんだろ？　ものごとを見て、何が正しいか、何が間違っているかを理解しようとしながら、生きていくことを望んでいるんだろ？　そうだろ？　そうなのさ。いつの日かあの男の身の上に何が起きるか、きみたちにはわかってるんだ。つまり、あいつは生涯牢獄に閉じ込められるって――そして、勝者はその鍵を手にするって、そう考えてるんだ！　とんでもない話さ！　この世に大義なんかないんだよ――勝ち組になること以外何もないんだよ。一番たくさん取る人間が一番賢いんだ。どういやって取るかなんて、何の関係もないんだよ。

ママ　おまえの話を聞いて、心の奥で何かが叫び声を上げているよ、ウォルター。心の奥がひどく痛むよ。

ウォルター　泣かないでよ、ママ。わかってよ。あの白人はあのドアから歩いて入ってきて、おれたちが書いたより大きい額の小切手を書くことができるんだ。それがやつにとって重要なことなんだから、おれはやつの手助けをするんだ……ショーを演じてみせるよ、ママ。

ママ　ウォルター――わたしは、奴隷から小作人を経て五世代続いた家族の一員だよ。だけど、その家族の誰も、おのれが地上を歩くにふさわしくない印となるようなお金を、誰からも受け取ったことはないよ。それほどまでに落ちぶれたことはないよ。（目を上げて、息子を見る）そんなふうになったことは——心が死んでしまったようなことは、一度もないよ。

ベニーサ　まあ——わたしたちは今や死んでいるようなもんだけどね。この家で交わしてきた夢とか陽当りとかの話は全部。全部死に絶えてしまったのよ、今じゃ。

ウォルター　みんないったいどうしたっていうんだ！　おれがこんな世の中を作ったわけじゃないぜ。生まれた時からこんなふうだったんだ！　ああ、そうだよ。いつの日かヨットを持ちたいよ！　そうだよ、妻の首に本物のパールのネックレスをかけてやりたいよ。パールなんて身につけるガラじゃない？　誰か教えてくれ。この世でどういう女がパールを身につけるにふさわしいと、いったい誰が決めるんだ——教えてくれよ。おれは言うよ、おれは「一人前の男」だって。だから、おれの妻はこの世でパールを身につけるにふさわしいって思っているよ！

この最後のセリフはかなり長いあいだその場に停滞する。そして、ウォルターは部屋を動き回りはじめる。「一人前の男」という言葉は、彼の意識の奥深くまで貫いていた。彼は動き回りながら、奇妙に、動揺しているように、間《ま》を空けながら、繰り返しその言葉を自分に言い聞かせるようにつぶやいている。

ママ　ウォルター、心の中でどんなふうに感じるだろうね？

ウォルター　大丈夫さ！……申し分ないだろうよ……くそっ……
ママ　それじゃ、心に引っかかるものは何もないんだね、ウォルター・リー。
ウォルター　（母親に近づいて）何もないさ、ママ。あいつの眼をじっと見て、こう言うんだ――（口ごもる）――こう言うんだ。「はい、リンドナーさん――（さらにひどく口ごもる）――そこはあなたがたがお住まいのところです！　あなたがたには、それをお好きなように守る権利があります。お好きなように所有する権利があります！　小切手にサインしてください。そうすれば――家はあなたがたのものです」って。それから――こう言うんだ――（声が途切れそうになる）「あなたがたは――ただお金をくれさえすればいいんです。そうすりゃ、この汚らわしい黒人《ニガー》どもの隣に住む必要はなくなりますよ！」（背を伸ばして母親から離れ、部屋を一巡する）ひょっとしたら――ひざまずくかもしれないぜ……（ひざまずく。見つめるルース、ベニーサ、ママは恐怖に凍りつく）「旦那、大将、ボス――（映画のステレオタイプである頭の悪い黒人をひどく苦しそうに真似て、ペコペコ平伏し、にやにや笑いをし、両手を揉み合わせる）へへ、へへ、へへ！　へえ、ご主人さま！へえ、旦那さま！　偉大な白人の――（声が途切れがちになるが、なんとか喋り続ける）――神さま、後生ですから、お金をください。そうすりゃ、わたしどもは――あなたがた白人が住まわれているところに出かけて行って、そこを汚すようなことはいたしませんから……」（完全に言葉が途切れる）気分いいだろうよ！　気分いいいさ！　**すごくいいさ！**（立ち上がって、ベッドルームに入っていく）

ベニーサ　あいつは一人前の男じゃないね。牙を抜かれたドブネズミでしかない。

ママ　ああ――とうとうこの家に死神がやってきたね。（頷いて、ゆっくりと、深くものを思いながら）わたしの子どもたちの口を借りて、死神がわたしの家に入ってきてしまった。子どもたちこそ、わたしの新たな始まりだと思っていたのに。おまえたちこそ――わたしの成果だと思っていたのに。（ベニーサに）おまえは――兄さんが死んだと思ってるの？

ベニーサ　あいつはもう兄さんじゃない。

ママ　今何て言った？

ベニーサ　あの部屋にいるあの人間はわたしの兄さんじゃないって言ったのよ。

ママ　そう言ったと思ったよ。今日、おまえは、自分の方があの子より人間として上だと考えているのかい？（ベニーサは答えない）そうなのかい？　少し前おまえは何て言った？　あいつは一人前の男じゃないって言ったよね？　そうなのかい？　わたしの目の前で、あの子を見捨てるのかい？　世間の他の人と同じに――おまえもあの子に最終判断を下しちゃったのかい？　おやまあ、そんな権利を誰がくれたんだい？

ベニーサ　一度くらいわたしの味方になってよ！　あいつがたった今やったことを見たでしょ、ママ！　あいつがひざまずくのを見たでしょ？　進んでそんなことをするような者はどんな者でも軽蔑するように教えたのは、ママじゃなかったっけ？

ママ　そうだね――そういうふうに教えたね。わたしとお父さんとで。でも、他のことも教えたと思っていたよ……きょうだいを愛するように教えたと思っていたよ。

ベニーサ　きょうだいを愛する？　愛なんて残ってないわ。

ママ　いつだって愛するところは残っているものだよ。そのことを学んでいないのなら、何も学んでいないのと同じだよ。（ベニーサを見て）今日、あの子のために泣いてやったかい？　お金がなくなっちまったことで、自分のために泣くとか、家族のために泣くとかじゃないよ。わたしが訊いているのは、あの子のために泣いたかってことだよ。あの子がどんなひどい経験をしたか、そのことであの子がどんなに打ちのめされたかということを考えたかってことだよ。ベニーサ、どういう時が一番人に愛をあげる時だと思う？　その人が、みんなのために善いことをしたり、ものごとを楽にしてあげたりした時かい？　もしそう思うなら、おまえの学びはまだ充分じゃない――なぜって、そんなのはまったくそうするにふさわしい時じゃないから。その人がどん底にいて、世界中がひどく鞭打つものだから、自分で自分が信じられなくなるような時に、愛をあげるんだよ！　人を物差しで測るのならば、正しく測りなさい、ね。正しく測りなさい。どこであるにしろそんなどん底にその人がたどりつく前に、どんな山や谷を経験してきたかを、ちゃんと考えるように心がけなさい。

ママの話の終りに、トラヴィスが、ドアを開けっぱなしにしたまま部屋に飛び込んでくる。

トラヴィス　おばあちゃん――引越しの人が下に来たよ！　トラックがちょうど停まったところだよ。

ママ　（振り向いて彼を見る）そうかい、トラヴィス？　下に来た？

リーナはため息をついて腰を下ろす。リンドナーがドアのところに現れる。彼は覗き込んで、注意を引くために軽くノックし、入ってくる。全員が振り向いて彼を見る。

リンドナー　（帽子とブリーフケースを手に持って）あの――こんにちは……

ルースは機械的な動きで居間を横切ってベッドルームへと行き、ドアを開ける。惜し気もなくゆっくりと振り開ける。するとライトが、室内にいるウォルターに当たる。彼はコートを着たまま部屋の奥の隅に座っている。彼は顔を上げ、部屋越しにリンドナーを見る。

ルース　夫はここにいます。

長い一分が経過し、ウォルターはゆっくりと立ち上がる。

リンドナー　（てきぱきとした動作でテーブルのところにやって来て、テーブルの上にブリーフケースを置き、書類を開いたり万年筆のキャップを開けたりしはじめる）さて、みなさまからお返事をいただいて心より喜んでおります。（ウォルターは、時折袖の裏側で口を拭いながら、むしろ小さな男の子のように、ゆっくりとぎごちない様子で、ベッドルームからのろのろと移動しはじめている）本当に、人生はたいてい、実際よりはるかに簡単にいくものですね。さてと――どなたとお話しいたしましょうか？　ミセス・ヤンガー、あなたさまでしょうか、それとも、こちらにいらっしゃるご子息さまでしょうか？（ウォルターが前に進み出る。ママは膝の上で指を組み合わせて座り、目を閉じている。トラヴィスがリンドナーに近づき、好奇心いっぱいの様子で書類を見る）正式な書類だよ、坊や。

ルース　トラヴィス、下に行ってなさい――

ママ　（目を開いて、ウォルターの眼をじっと見て）いいえ、トラヴィス、ここにいなさい。おまえがすることをこの子にわからせなさい、ウォルター・リー。しっかりとこの子に教えなさい。ウィリー・ハリスがおまえに教えてくれたように。わたしたちが五世代かけてどこにたどり着いたかを見せてやりなさい。（ウォルターは母親から息子へと視線を移す。トラヴィスは何もわからず父親に向かってニカッと笑う）さあ、進めなさい、ウォルター――（指を組み合わせて、目を閉じている）さあ。

ウォルター　（ようやく、契約書を点検しているリンドナーに近づく）あの、リンドナーさん。（ベニーサは体をそむける）あなたにお電話しましたのは――（彼の話し方には深刻な、ひたすら手探りするような感じがある）――その、わたしと家族は、（見回し、足の重心を一方から他方へ置き換える）その――とても平凡な人間です……

リンドナー　はい――

ウォルター　つまり――わたしはずっとおかかえ運転手として働いてきましたし、ここにいる妻は、よそさまのキッチンで家内仕事をしています。母も同じです。つまり――わたしたちは平凡な人間だということです……

リンドナー　ええ、ヤンガーさん――

ウォルター　（本当に小さな男の子のように、自分の足元の靴を見て、それから男を見上げて）その――つまり――わたしの父ですが、その、生涯労働者をしていました……

リンドナー　（まったくわけがわからず）ええ、はい――わかりますよ。（契約書に視線を戻す）

ウォルター　（間。相手を見つめて）父は――（突然激しく）父は、かつてある男が父を侮辱した名かなにかで呼んだという理由で、そいつを死ぬほど殴りつけました。言っている意味がわかりますか？

リンドナー　（ぎょっとして見上げる）いえ、あの、よくわかりません――

ウォルター　（間。緊張が漂う。それから、ウォルターは緊張の場から一歩下がって）そうなんです。ええと――言いたいことは、われわれの祖先はたいへん誇り高い人たちだったってことです。つまり――われわれはとても誇り高いのです。あそこにいるのは妹ですが、あいつは医者になろうとしていります。つまり、われわれには誇りが――

リンドナー　ええ、とてもいいことだと思いますよ。でも――

ウォルター　言いたいのはこういうことです。われわれがとても誇り高い人間だということを言うために、あなたにおいでいただきました。それから、この――（トラヴィスに合図する）トラヴィス、こっちにおいで。（トラヴィスが来ると、自分の前に引き寄せる。リンドナーと面と向かうように立たせる）こいつはわたしの息子です。この国に住んでこの子で六世代目になります。あなたのお申し出についてよく考えました――

リンドナー　ああ、そうですか……そうですか――

ウォルター　そして、新しい家に引っ越すことに決めました。だって、あの家は、父が――亡き父が――レンガひとつずつをこつこつと稼いで建ててくれたものだからです。（ママは目を閉じたまま、まるで教会にいるかのように体を前後に揺らし、首を振って「エイメン、イエス」の相槌を打っている）わたしたちは誰に対してもトラブルを起こしたくはありませんし、大義を争いたいわけでもありません。良き隣人になろうと努力するつもりです。言うべきことはそれだけです。（リンドナーの目をじっと見る）お金は必要ありません。（彼は踵を返して、歩き去る）

リンドナー　（全員を見回して）それでは――みなさんは引っ越すと決められたということですね……

ベニーサ　兄がそう申しましたよね。

リンドナー　（夢心地にいるママに向かって）それでは、ミセス・ヤンガー、あなたさまとお話ししたく存じます。年長者であり、より賢明で、よりよくものごとを理解していらっしゃると信じておりますので……

ママ　あなたはよくわかっていらっしゃいませんね。息子は、引っ越すと申しました。だから、わたしがそれ以上申し上げることはありません。（そっけなく）最近の若い人たちがどんなふうだか、ご存知でしょう。彼らとことを構える気はありません！（リンドナーが口をぽかんと開けていると、彼女は立ち上がる）お引き取りください。

リンドナー　（書類をたたみながら）それでは――みなさまがそのように最終的なご判断をされたというのであれば……もう何も申し上げることはありません。（彼は言葉を終えるが、家族は彼に注意を払っておらず、ウォルター・リーに関心を集中させている。ドアのところでリンドナーは立ち止まり、ぐるっと見回す）本当に、今後どのようなことになるか、よくわかっていらっしゃるといいのですけれどね。（首を振って退場）

ルース　（あたりを見回して、我に帰り）さあ、お願いだから。引越し業者が来ているのなら――**さっさとここから出ていきましょうよ！**

ママ　（動き出して）そのとおりじゃないか！　この散らかったありさまをごらんよ。ルース、トラヴィスにお出かけ用の上着を着せて……ウォルター・リー、ネクタイをきちんとして、シャツを中に入れなさい。どこかのチンピラみたいにみえるから！　あれまあ、わたしの鉢植えはどこにいった？（家族全員が大騒ぎしている中を鉢植えを取りにそちらへ急いで行く。家族は、少し前に起きた気高い行動について、わざと気に留めていないかのようにふるまっている）みんな始めるんだよ……トラヴィス、何もせずにぼーっとしてないで……ルース、わたしのフライパンを入れたあの箱はどこに置いたっけ？　すぐわかるようにしておきたいんだよ……今晩は、これまでで一番の盛大なディナーをふるまうつもりだからね……ベニーサ、そのストッキングはどうなってるの？　ちゃんと引っ張り上げなさい……

二人の引越し業者が現れる。業者は動き回り家族にぶつかりながら、家具の重いものから運び出しはじめると、家族は列を作って外に出はじめる。

ベニーサ　ママ、今日アサガイが結婚してくれって言ったの。そしてアフリカへ行こうって——

ママ　（出かけようと動いている最中で）ほんと？　まだ誰とも結婚するような年じゃないだろうに——（引越し業者が危なっかしげに椅子のひとつを持ち上げてるのを見て）あなた、それは綿の俵じゃないんだから。また座れるように丁寧に扱ってくださいよ！　その椅子は二十五年間使ってきたんだから……

引越し業者は怒ったようにため息をつき、仕事を続ける。

ベニーサ　（女の子っぽく、状況を無視して会話を続けようとする）アフリカへ行こうですって、ママ。アフリカで医者にですって……

ママ　（他のことに気をとられて）そうかい――

ウォルター　**アフリカ**だって？　何のためにおまえにアフリカに来てほしいんだ？

ベニーサ　そこで医者になるためよ……

ウォルター　ベニーサ、そんな馬鹿な考えは頭から全部追い出しちまいな！　金持ちの男と結婚した方がいいよ……

ベニーサ　（怒って。この劇の最初の場面とまったく同じような様子になる）誰と結婚しようがあんたに関係ないね！

ウォルター　おおいに関係あるさ。ジョージ・マーチソンなんかどうかな――

ベニーサ　ジョージ・マーチソン！　ぜったいに結婚しないね！　彼がアダムでわたしがイヴだとしてもね。

ウォルターとベニーサは互いに激しくわめきあいながら外へ出る。二人の声が小さくなっていくまで、大声で本気で怒り続けている。ルースはドアのところに立って、ママの方を向き、またやっているというように微笑む。

ママ　（最後に帽子の位置を直して）ああ――大丈夫だね、わたしの子どもたちは……

ルース　そうですよ――あの人たちはたいしたもんです。さあ行きましょう、リーナ。

ママ　（家を見回しはじめ、時間稼ぎをする）そうだね――行くよ。ねえ、ルース――

ルース　はい？

ママ　（小声で、女どうしの会話）今日、あの子はとうとう一人前の男らしくふるまったよね？　雨が降ったあとに虹が出たみたいな感じだね……

ルース　（ママの前で誇らしい気持が爆発しないように、下唇を噛みながら）そうですね、リーナ。

やかましく二人を呼ぶウォルターの声がする。

ウォルター　（舞台の外で）早く来いよ！　業者は時間ごとの料金なの知ってるだろ！

ママ　（ぼんやりして、手を振ってルースに先にいけと合図する）さあ――降りて行きなさい。わたしもすぐに行くから。

ルースは躊躇い、それから退場。ママは最後に居間でひとりきりになって立っている。彼女の目の前のテーブルには植木鉢があり、ライトは両者へと降りてゆく。ママはすべての壁や天井をぐるりと見回す。子どもたちが下で呼んでいるあいだ、突然、思いもよらず、彼女の内側から大きなものが込み上げてくる。拳を口に当て、込み上げてくるものをぐっと抑え、最終的な賭けに挑むような眼差しをする。コートを身に引き寄せ、帽子を軽くたたき、外に出る。ライトは薄暗くなる。ドアは開いたままになっている。ママは戻ってきて、植木鉢を引っ掴むと、これを限りに部屋を出ていく。

幕。

訳註

*1 ラングストン・ヒューズ（一九〇二―六七年）は、アフリカ系アメリカ人の詩人、小説家、劇作家。ハーレム・ルネサンスの若き旗手として登場した。引用の詩は「ハーレム」の全文。『延期された夢のモンタージュ』（一九五一年）所収。

*2 サウスサイドは、シカゴ市南部に位置するアフリカ系アメリカ人が多く居住する地区。南北戦争後の南部からの職を求める黒人たちの大移動による。

*3 米国はソ連に対抗するために、大規模な核兵器の開発を急いだ。ネヴァダ州の核実験場で、一九五一年から五八年まで（実際には六二年まで）地上での原子爆弾の実験を繰り返した。地下核実験は一九五七年から九二年まで続けられた。一九五四年以降は、マーシャル諸島ビキニ環礁において水素爆弾の実験を行った。

*4 ロバート・ラザランド・マコーミック（一八八〇―一九五五年）。米国の弁護士・実業家。シカゴ在住。『シカゴ・トリビューン』紙社主。第一次世界大戦に従軍し大佐となったことから、そう呼ばれた。

*5 ヘレロ族とは、ナミビア、アンゴラ、ボツワナに住むバンツー語系の民族。一九〇四年から〇八年にかけてドイツ軍による大虐殺が行われ、人口は激減した。

*6 ひきわりトウモロコシのお粥。米国南部の定番料理。

*7 「マタイによる福音書」五：一三にある文言をそのまま引用している――「塩に塩気がなくなれば、その塩は何によって塩味が付けられよう。もはや何の役にも立たず、外に投げ捨て

られ、人々に踏みつけられるだけである」。'fresh' には「塩気がない」という意味があるので、それにかけて言った。このように、ベニーサはしばしば聖書からの引用を口にしている。

＊8 黒人霊歌 "No Ways Tired". サビは "O Lord, I don't feel no ways tired. Children, oh, glory hallelujah!" この歌詞を、第二幕第三場でルースが歌っている。

＊9 ナイジェリア、ベナン、トーゴに居住する西アフリカ最大の民族集団の言語。

＊10 「ヤコブの鍋」とは、旧約聖書「創世記」二五に書かれたエサウとヤコブの逸話に由来するものと思われる。ヤコブが鍋で煮ていたレンズ豆のシチューを、お腹を空かせたエサウは全部食べてしまった。

＊11 パール・ベイリー（一九一八―九〇年）は米国の黒人女優・歌手。ブロードウェイの舞台で活躍し、映画、テレビにも出演した。

＊12 ジョモ・ケニヤッタ（一八九七?―一九七八年）はケニヤの政治家。大英帝国の植民地支配を廃してケニヤを独立に導き、ケニヤ初の現地人大統領となった（一九六四―七八年）。ハンズベリは尊敬する人物として彼の名を上げている。

＊13 アシャンティ帝国は、一六七〇―一九〇二年ガーナ内陸部にあった王国。

＊14 ソンガイ帝国は、十五―十六世紀西アフリカを支配した、アフリカ史上もっとも大きい帝国のひとつ。一五九一年滅びる。

＊15 ベナンは、現在のベナン共和国設立（一九六〇年）以前、一九〇四年からのフランス植民地支配以前から、西アフリカに栄えた地域・文明である。十七世紀ダホメ王国時代に奴隷貿易を行い、この地域は奴隷海岸と呼ばれた。「フランス領ダホメ」、「ダホメ共和国」などの

名称ののち、今日の国名になった。

＊16 バンツー語は、中央アフリカ、南アフリカ、東アフリカ、東南アフリカの広大な地域で話されてきた六百以上の言語からなる語族。現在アフリカ人口の三十パーセントがバンツー語を話している。

＊17 プロメテウスはギリシア神話に登場する男神。天界の火を盗んで人類に与えたかどでゼウスの怒りを買い、山頂に縛られ、毎日生きながら鷲に肝臓をついばまれるという罰を受けた。人類のために犠牲となって苦しむプロメテウスに喩えて、皮肉ったのか。

＊18 ブッカー・T・ワシントン（一八五六―一九一五年）は、アフリカ系アメリカ人指導者、教育家。奴隷として生まれた自身の体験を自伝『奴隷より立ち上がりて』（一九〇一年）として出版した。黒人の専門教育を目指したタスキーギ学園の初代校長となり、学生の職業教育に尽力した。黒人の経済的自立を第一に考えるワシントンの方針は、基本的人権を主張するW・E・B・デュボイスの考え方と対立した。

＊19 クー・クラックス・クランは、南北戦争後に結成された白人至上主義を標榜する秘密結社。白い覆面という不気味な格好で、意に添わない黒人らに対してリンチ、殺人、放火などの暴虐行為を繰り返した。消長を繰り返しながら今日まで存続している。

＊20 架空のバーの名前。

＊21 シカゴ市サウスサイドにある二つの通り。サウス・パークウェイは市南東部を南北に横切る大通り。

＊22 コンクとは、アルカリ薬品で縮れ毛を伸ばし、軽くウェーヴをかける髪型。

＊23 全国黒人地位向上協会（NAACP）は、一九〇九年設立の米国初の黒人団体であり、現在まで続く米国最大の黒人人権擁護団体である。設立者はデュボイス、アイダ・B・ウェルズ、メアリー・ホワイト・オーヴィントン、ムアフィールド・ストーリーら。機関誌『クライシス』を発行。多くの差別撤廃訴訟に関わり、公民権法成立に大きな役割を果たした。

＊24 新約聖書「マタイによる福音書」二六：一五にある記述。十二使徒のひとりユダは銀貨三十枚の代価を得てイエスを裏切った。当時の奴隷ひとり分の価格だったといわれる。

＊25 聖歌「馬車に乗りなさい Ride the Chariot」のこと。新約聖書「使徒言行録」八に由来する。最後の審判の日、華やかな馬車に乗ってイエスに会いに行くという歌詞。

＊26 黒人霊歌「すべて神の子には翼がある All God's Chillun Got Wings」の一節。

＊27 ミセス・ミニヴァーは、一九四二年公開の米国映画『ミニヴァー夫人』の主人公。ウィリアム・ワイラー監督。グリア・ガーソン主演。アカデミー賞多数部門受賞。第二次世界大戦下のイギリスで、戦争に翻弄され、空襲で娘を失くすなどつらいことがあっても、強く生きる主人公や人々を描く。愛国的メッセージの映画。主人公は薔薇を育てている。

＊28 「中間航路」とは、アフリカ中西部から現地人が、奴隷として南北アメリカ大陸・カリブ海地域へと連れ去られた大西洋上の航路のこと。「三角貿易」（もしくは「四角貿易」）と呼ばれる貿易ルートの中間に位置するのでそう呼ばれた。奴隷貿易は十六世紀から十九世紀初めまで続けられた。

＊29 J・P・モーガン、アンドリュー・カーネギーらによって設立された米国の大手製鉄会社。一時は世界最大の鉄鋼生産量を誇った。

『北斗七星*1』

The Drinking Gourd

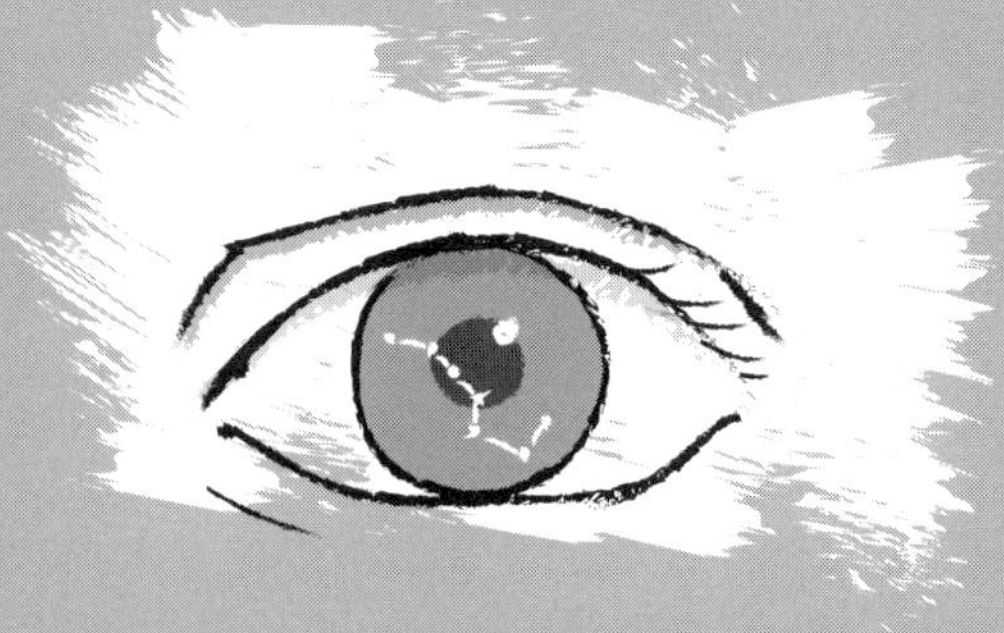

登場人物（登場順）

兵士――――――――語り手
奴隷たち（男たち・女たち・子どもたち）
リッサ――――――――老年の女性奴隷、ハニバルの母
セイラ――――――――若い女性奴隷
ジョシュア――――――リッサの長男のアイザイアの息子
ハニバル――――――リッサの次男
ハイラム・スウィート――スウィート・プランテーションの主人
マライア・スウィート――ハイラムの妻
男性家内召使い二人（ハリーを含む）
エヴァレット・スウィート―ハイラムの長男
トミー・スウィート――ハイラムの次男
メイコン・ブレット医師―ハイラムの主治医
ゼブ・ダドリー――――農場主、奴隷監視人
エリザベス・ダドリー――ゼブの妻
ダドリーの子ども二人

牧師
コフィン――――――――――――――男性奴隷、奴隷監督
奴隷監督たち

タイトルの背後からフェイドイン

戸外

明るい日中、ハニバルとトミーのツー・ショット

ハニバルは十九歳か二十歳くらいの若い奴隷。トミーは十歳くらいで、主人の息子。ハニバルはバンジョー［ギター属の楽器。アフリカ起源。丸い胴と長い棹から成る］を奏でている。バンジョーのネックは、クロースアップされ、オープニングの画面に入っている。

カメラは下がってより広い画角を捉えると、トミーが音楽の拍子に合わせて両手をパチパチと打ち鳴らしている。二人は木々に囲まれた小さな場所に座っている。陽光と葉影が二人の顔の上で遊んでいる。二人の顔は生き生きとして楽しそうである。

可能なら、最初のシーンから二人に歌わせる。

タイトル、クレジットが終わると、フェイドアウト。

第一幕

フェイドイン

戸外。高い角度からのパン・ショット[*2]

夕暮れ時の米国東海岸

カメラはパンしながら長く続く海岸線へと下りてゆき、やがて最終的な情景が決まるとそこで止まる。まもなく、ひとりの人物が遠くから現れてくる。その人物は背が高く痩せ型で、米国で広く理想化されたある種の人物像であることを暗示している。リンカーンではないが、おそらくリンカーンっぽい風貌である。顔の両側に十九世紀ふうの頬髭をたくわえ、髪は、その時代のニューイングランドふうか南部農場主ふうに、首の後ろで長くなっている。彼は濃い色の軍服のズボンとブーツを身につけているが、それらからどの階級か、どの特定の軍隊かは判明しない。シャツの襟を開け、両袖をまくり、濃い色の軍服の上着を肩に羽織っている。戦闘で傷ついたり、汚れたりはしていないし、戦争の混乱を暗示するものは何もない。しかし、彼の足取りは困惑し、もの思いに深く沈んでいるような足取りである。話す時の声には、どの地域か特定できるようなはっきりした特徴はない。彼が一般化を強制されているのは、象徴的な米国人の特徴とするためである。この人物は語り手である。彼が海の方を向き、話しはじめると、カメラは彼の顔に近づく。

兵士　これは大西洋です。（彼は必要に応じて、易々と身振りをする）向こうのどこかにヨーロッパがあります。そして、あの方角の向こうはアフリカだと思われます。（振り向いて陸の方を向く）そして、こちら側全部は、あらゆる方角に何千マイルも何千マイルも伸びているのは、新世界です。

彼はかがんで、彼のハンカチの中の一山の土くれを海岸の砂の上に空ける。

そして、これは土です。南部の土です。（拳を開く）それから、これは綿花の種です。ヨーロッパ、アフリカ、新世界、綿花。これら全部がいっしょくたに混ざりあって、トラブルが発生したのです。

彼は陸地の方へ歩きはじめる。何度も止まったり身振りしたりしながら、ぶらぶらとした足取りで進む。

いいですか、この綿の種とこの土は――（今、自分の周りの土地を指さす身振りをして）――第三の力を加えることによって初めて、意味を――潜在的な力をもちます。その第三の力とは労働力です。

風景は南部の田園地帯に変わる。遠くに、信じられないほど美しい柳や木蓮《マグノリア》の花々の陰の向こうに、壮麗な円柱を施した大きな白い荘園領主の邸宅がある。邸宅に近づくと、姿は見えない多くの奴隷たちが、黒人霊歌の中でももっとも哀しい歌のひとつを歌う、やさしく、名状し難いまでに美しい声が漂い聞こえてくる。

声

逃れゆこう、逃れゆこう
イエスのみもとに
逃れゆこう、ふるさとに――
この世に長くはいられない

主は呼びたもう
かみなりを起こして
ラッパは鳴り響く
我が魂に――
この世に長くはいられない

逃れゆこう、逃れゆこう
イエスのみもとに
逃れゆこう、逃れゆこう――
この世に長くはいられない[*3]

邸宅の向こうには――綿花畑がある。綿花畑は幾列も幾列も続く。そして、語り手が歩き続けると、やっと白いペンキを塗られた小さな小屋の列が現れる。奴隷居住地区である。

この時、奴隷居住地区は、まるで夢の中でしか遭遇したことがないかのように、まったく人気がない。語り手は、居住地区の中央と思われる場所に、そこをよく知っているような気安さで、ぶらぶらと入ってゆく。

これから語るであろうことと同じく、語り手はこのプランテーションをよく知っている。視聴者がこれから見るであろうすべてのことをよく知っている。視聴者の大多数が、見たことに対してどんな反応をするか、このドラマの終りにどんなことを心に決めるかについても、よく知っている。だから彼は、仕草や言葉で何も説得しようとはしないだろう。ただ事実を告げるだけだ。ただ脇に立って、視聴者に自分でものごとを見てもらおうとする。そのように努めながら、彼はほとんどのんびりとした様子で、ひとつの小屋の釘に引っ掛けられているバケツから水を飲んで英気を養う。ぶらぶら歩いて、居住地区の中央にある、みんなで使う野外炉のところまで行き、それにもたれかかりながら語りはじめる。

兵士　労働力はあり余るほどだったので、しばらくのあいだは、死ぬまで働かせ、そのあとに別の者を買い入れるほうが、緩やかに働かせるより安くつくだろうと思われていました。

奴隷たちの歌う静かな讃美歌が終ると、それとともに、気まぐれのように唐突に、ぬばたまの夜の暗闇が到来する。遠くのどこかで、ゴングかベルの音とともに、奴隷監督[*4]が「終了！終了！」と叫ぶ声がする。生活の静かな気配が語り手の周囲で動きはじめる。視聴者は、いくつかの小屋に点々と灯りがともるのに気づく。そして、語り手が寄りかかっている暖炉には、盛大な火が静かに唸《うな》り声を上げはじめている。大勢の奴隷たちもまた静かに、列をなしてその場所にやって来はじめる。何人かはすぐに地面に座り、ただじっと座っているか、あお向きで完全に動かず横たわっているかして、じっと空間を見つめている。また、間に合わせの食器を持って、ゆっくりと暖炉の前に静かな列を作る者たちもいる。語り手は、必要な時には、彼らのために場所を空けるために移動し、また、あたかも視聴者がちゃんと見ているかどうかを確かめるかのように、時折、奴隷たちからこちら側へと視線を移したりする。ここにいる者たち全員には、疲労困憊の陰鬱な様子がある。なぜなら、彼らは今ちょうど、十二時間から十四時間に及ぶほとんど変化のない単調な労働を終えたばかりだからだ。男たちはだいたい、いい加減な長さの織目の粗いズボンとごわごわしたシャツを着ている。帽子を被っている者もいる。女たちはゆったりとしたワンピースを着ていて、それに袖や襟のついていないものもある。南北アメリカ大陸の黒人女性奴隷が昔からよく身につけていたバンダナを頭に縛って、髪の毛を閉じ込めている者もいれば、綿花畑で被る幅広の麦わら帽子を頭に載せたり、手に持ったりしている者もいる。

この人たちは奴隷です。喜んでここに来たわけではありません。この人たちの祖先は、このような事業をビジネスとする者たちによって、大部分はアフリカ西海岸において捕獲されたのです。

語り手が語るにつれて、人々の顔は大きくクローズアップされる。カメラは男たちから、女たちへ、そして子どもたちへと名残惜しげにゆっくりと移動する。

互いに話ができる人はほとんどいませんでした。人々は多くのさまざまな民族や文化から連れて来られたからです。奴隷商人たちはそのことは注意しました。隣にいる囚人に話しかけることさえできなければ、暴動を起こすことは非常に難しいのです。

捕虜になった人々すべてが航海を生き延びたわけではありません。たんに窒息死した人もいました。病気で死んだ人もいれば、自殺した人もいました。反乱を起こして殺された人もいました。そして、とうとう奴隷貿易が禁止されると――英国の軍艦が奴隷船を見つけて追跡した時などには、時には船上から投げ捨てられた人々もいました。証拠隠滅のためにです。

奴隷貿易は三世紀のあいだ続きました。故郷から盗み去られた人々は何人くらいだと思いますか? 千五百万人という学者もいれば、五千万人という学者もいます。本当の人数はだれにもわからないでしょう。

とにかく、今日、これらの人々を維持する費用は、ひとりにつき七ドル五十セント以上はかからないと、胸を張って言うプランテーション主もいるでしょう――一年間に、ですよ。なかでも、教育費がかかりませんよね。実際、奴隷法体系においてもっとも厳しい法律のいくつかは、奴隷に教育を受けさせないでおくことを意図したものです。違反した際の罰則は、手足を不具にするか切断するか――もしくは死刑と定められています。通常は教えを受けた側に対する罰ですが、勇気をもって教えた側が罰されることも頻繁にあります――白人も含めてです。

最短労働時間などはもちろんありませんし、最低賃金は保証されていません。労働組合もありません。なにより、そもそも賃金というものがないのです。

語り手が語るにつれて、奴隷たちのあいだで低い声で会話する囁き声が起きてくる。それ以上の目立った動きが、彼らのあいだに見られるようになる。やがて語り手は、上着を手に取り、それをもう一度肩にかけると、歩いて現在の場面から離れる。

これが十九世紀のことだということを心に留めておいてください。米国ではまだ、小さい子どもたちに――白人の子どもですが――工場や鉱山で十二時間、十三時間の労働をさせていた時代です。女性が投票する権利を有する平等な市民であるとは、まだ認識されていませんでした。精神病患者をまだ狂気として罰していた時代です。ですから、この奴隷制度が世界でもっとも高度な文明の形態――（注意深く、しかし情熱は込めずに発音する）――であると信じ、世界に対してそう宣言する人々もいました。そうすることが可能な時代でした。

語り手はカメラから顔をそむけ、背後の現在進行中の場面の方を向く。

この制度とはこのようなものです。

カメラはすぐに語り手から離れ、下方の、今やパチパチと大きな音を立てている、ごうごうと燃えさかる火の上に吊るされた大きなフライパンをクローズアップする。その上では、ベーコンとトウモロコシパンがじゅうじゅうと音を立てて焼かれている。料理人のリッサは、わずかな一人前のベーコンとパンをすくい上げてめいめいの皿の上に置く。リッサは老年の女性で、諦念をすでに通り過ぎた無関心の表情を浮かべている。彼女から自分の取り分を受け取った奴隷は、少し期待するような視線をフライパンの残りに投げかける。しかし、すぐに諦めてその場を離れ、引き下がって、自分の食べものを味わって食べている。二番目の者、三番目の者に同じように食べものが配られてゆく。

列の四番目は十九歳くらいの若い女性だった。その名はセイラという。彼女は食事をついでもらうために皿を差し出しているが、そうしながら、疲れているにもかかわらず、七歳か八歳くらいの小さな男の子と遊ぶために身を屈める。その男の子はジョシュアといい、料理人のスカートを掴んだり、あらん限り邪魔をしたりして、彼女の周りをうろついているのだった。

セイラ　こんにちは、ジョシュア！
ジョシュア　お腹が痛いの。
リッサ　（給仕に忙しくしている）嘘っぱちだよ。
セイラ　（子どもに。わざとすごく同情しているふうに）まあ、かわいそうに！　どこが痛いのかセイラに教えて。

男の子は自分のお腹の適当な場所を指さす。不真面目にでも注目してもらって、明らかに喜んでいる。

ここかな?

彼女は少年を指でつつく。表面上は痛みがどこかを突き止めるためだが、実際は少年を笑わせるためだけにそうしている。二人ともそのことはわかっているようだ。

それとも、ここかな?　あっ、わかった、ここだ!

彼女が一本指で少年を強くつつくと、彼は発作のようにくすくす笑い、彼女の腕の中に崩れ落ちる。

リッサ　二人とも、給仕でたいへんな時に、わたしの後ろでふざけるのをやめないと——お目玉だよ!

リッサはフライ返しを持ったまま、わずかに後ろを振り返る。

やめなさいってば！　セイラ、あんたの方が悪いよ。

セイラ　（ジョシュアに――内緒話をするように）ハニバルおじさんはどこへ行った？

子どもは興味なさげに肩をすくめる。

リッサ　（彼女は、プランテーションで話されているどんなことでも小耳にはさむ）やれやれ。すぐにハニバルさんに会えるって、わたしにゃわかってるよ。

セイラ　（リッサに）ハニバルがどこにいるか知ってるの？

リッサ　あの自由気ままな息子がどこにいるか、どうしてわたしにわかるっていうの？　夕食に帰ってくるだけの分別もないのなら、心配してもしょうがないね。もう大人なんだから。さあ、どいておくれ。ベン、こっちに来て！

セイラ　（反対側にぐるっと移動するが、なお傍に立って）ハニバルは今日の午後また畑を抜け出したのよ、リッサおばさん。

リッサ　（突然声をひそめて。しかし、給仕のリズムを崩すことも、表情を変えることもなく）コフィンは知っているの？

セイラ　コフィンは何でもわかってるわ。朝一番でスウィートさまに言いつけるって言ってた。

リッサ　（きっぱりと）あの子は見つけられやしないよ。

セイラは最後の一切れを口の中に押し込んで、立ち上がる。リッサは彼女を引き止め、彼女に小さな包みを手渡す。すぐ渡せるように置いてあったのだ。

あの子の夕食だよ。

画面が切り変わる
屋外、月光に照らされた森の中

セイラが、手に包みをもって、森の中から小さな空地へと現れる。

セイラ　（小声で呼ぶ）ハニバル――

カメラは深い草叢の中の小塚へとパンする。そこには、生命力に溢れた痩身の若者が、両腕を頭の下にして横たわり、明るい威厳のある瞳で星々を見上げている。画面の外からセイラの声がして、彼の瞳が映し出される。彼ははっとする。彼女はふたたび呼ぶ。

ハニバル――

セイラが近づくと、彼は微笑んで、じっと待つ。

ハニバル――

彼女は小枝の折れる音を聞いて、心配そうに体をぐるりと回し、それから安堵して、ハニバルを探しながら、彼が隠れている場所の前を横切る。

ハニバル――

彼は彼女の足首に触り、彼女は叫び声を上げる。彼は笑いながら彼女に手を伸ばす。怒りのため息をついて、彼女は食べものを彼に投げつける。

ハニバル　（ロマンティックに、切なそうに、愚かな詩人を気取って）あの娘が来ると、月は昇りくる……（手を差し出す）あの娘が手に触れると、本当に星は空から落ちてくる。

彼は彼女の手をとり、草の中へと彼女を引きずり下ろし、キスをする。彼女は、緊急の知らせがあるので、身を離す。

セイラ　あんたがいないことにコフィンはすぐに気づいたわよ！

ハニバル　やれやれ、あのじいさん、ついにロバくらい賢くなったか。

セイラ　朝になったらスウィートさまに言いつけるって言ってるわよ！　また鞭打ちをくらうことになるわよ、ああ……！（危険を無視したい気持で、ハニバルは食事を続ける）ハニバル、どうしていっつもこんなふうに逃げ出さなきゃならないの？

ハニバル　（からかうように）いっつもじゃないよ。

セイラ　もう、ハニバルったら！

ハニバル　（わずかばかりの夕食を終えると、ふざけながら彼女に手を伸ばす）「もう、ハニバル。もう、ハニバル！」さあ、おいで。（彼女を腕に抱くと、やさしく、柔らかにその顔にキスをする）元気かい、ミス・セイラ・メイ？

セイラ　あんたは、今日コフィンがどんなに怒っていたか知らないのよ。さもなきゃ、賢くふるまおうとしていないかよ。コフィンはまた旦那さまと一問着させるつもりよ。

ハニバル　おれときみは、旦那さまと一問着あって生まれたんだけどね。（彼女の気を逸らすために、突然空を見上げ、指さす）ほら、見ろよ！

セイラ　（気づいて、同じように見上げる）何――

ハニバル　（彼女を近くに引き寄せて）遠く離れたあそこでピカピカと輝いている、あの大きな、昔からある、でかい星を見てごらん！

セイラ　（習慣のように声を低くして、周囲を見回す）しっ、ハニバル！

ハニバル　（まるで実際に星々に触れているかのように、手を添わせて）ひとつ、ふたつ、みっつ、よっつ――ほら、ひしゃくの形になった。これが北斗七星だよ、セイラ。この大ひしゃくはまっすぐ北極星を指しているんだ！

セイラ　（そんなことはわかっているという顔で）あれが北斗七星だってことは誰でも知ってるんだから、その口を噤《つぐ》むことね。この農園に生えている木には、葉っぱよりたくさんの耳がついているのよ！

ハニバル　（注意を無視して）あれが北斗七星さ！

セイラの腕を離し、少し悲しそうに身を落ち着ける。

ハニバル　今夜は明るいね。今夜は行く手を明るく照らしてくれるだろうね……

セイラ　（恐怖を感じ、さっと彼の口を手で覆う）黙って！

ハニバル　（彼女の手を動かして）――ほら、あそこで指し示しているよ……真北を！

セイラ　（悲しそうに彼を見つめる）あんたって、ほんとにお兄さんによく似ているね。そっくりね。

ハニバルは彼女の言葉を無視し、頭の下に両腕をたくし込んで、最初の場面と同じ位置で、草の中に仰向けになる。静かな声で自分自身に歌う。

ハニバル　老人は待っている
おまえを自由へと連れて行こうと
北斗七星を追って行け。
追って――追って――追って行け
北斗七星を追って行け……[*5]

セイラ　（彼の歌声に被せて）お兄さんに似ているわ。そっくりな話し方。それに確かに、同じように考えているわ。（間）そのうち――（とても悲しそうに）――お兄さんと同じようにどこかへ行ってしまうんでしょうね。

ハニバル　（突然ぱっと半身を起こして、周辺の森の中を凝視する）アイザイアはカナダまでたどり着いたと思う、セイラ？　ママは、カナダはとても遠いって言うんだ。オハイオよりも遠いんだって！（この最後の言葉は心からの驚きをもって発される）兄ちゃんはぜったいたどり着いたと思うよ！　アイザイアはあそこに着いて、仕事を見つけて、元気に暮らしているに違いないよ。そうに違いないよ！　きっと材木置場で働くかなんかして、奥さんをもらって、おそらく家だって手に入れているに違いないよ。それから――

セイラ　（静かな声で）もし生きていればってことでしょ、ハニバル。

ハニバル　生きてるさ、ちゃんと！　兄ちゃんは、追手にはぜったい捕まっていないよ。（歯間からヒューという音を鳴らす）兄ちゃんは、誰にも捕まることのないやり方で、ここから逃げ出したんだぜ！

（間。それから、自分に確信させて）どこへいようと、兄ちゃんは生きているさ。そんで、自由になっているさ。

セイラ　アイザイアがあんなふうに逃げたことが、あんたに良い影響を与えたようには思えない。あんたのお母さんにもね。ほとんど心が壊れちまったみたいだったものね。ほんとに。最悪なのは、幼子を残していったことよ。かわいそうな小さなジョシュアを置いて行ってしまったことよ。実際のところ、あの子にはお母さんもいない。旦那さまがジョシュアの母親を売り払ってしまったとき、あんたのお兄さんは気が変になってしまったようだった。あの時、この農園の誰もが、アイザイアはもう長くここにはいないだろうってわかっていたと思うよ。旦那さまだってわかっていたに違いないわ。

ハニバル　それなのに、旦那さまは兄ちゃんをここに留めておくことはできなかった！　旦那さまの犬たちゃ奴隷監督や鉄砲が寄ってたかっても、できなかった。何もできなかったんだ。（記憶をたどりながら、森の方を見る）あの夜、ここで兄ちゃんに会ったんだ。食料と靴の替えを一足持って行った。兄ちゃんはあそこに立っていた。ちょうどあそこだ。月の光が降り注いでいた。兄ちゃんの息は荒かった――ああ、ほんとに息を荒くしていて、森の反対側でもその音を聞くことができそうだった。（突然言葉を切り、それから一気に話す）兄ちゃんは何も言わなかった、何も。でも、その眼は誰かがそこに火を付けたかのようだった。暗闇の中でキラキラと輝いていた。おれはただ包みを手渡し、兄ちゃんはそれをシャツの中に隠して、おれの肩をぎゅっと押すような仕草をした……（しみじみと思い出しながら、その場所に手を触れる）……ここだ。それから踵を返して、電光石火のように森を抜けて行ってしまった。この場所から飛び跳ねるようにして行ってしまった！

話を終えると、ハニバルは完全に沈黙する。セイラは、今聞いた話が暗示していることに深く心を動かされ、突然両腕を彼の首に回して、強く彼にしがみつく。それから、彼の体を自分から離し、真実を求めて彼を見る。

セイラ　行くつもりなのね、ハニバル？

彼は答えないが、そのこと故に、彼が逃亡するつもりであることが明らかとなる。

逃げるのが今より良いことだってどうしてわかるの？（起こりうる恐怖のことを考えて、必死になり、涙が出そうになる）たとえ逃げおおせたとしても――向こうで何が起きるかどうしてわかるの？　この世でひとりきり彷徨うことがどんなふうなことなのか、わかってるの？

ハニバル　わからないよ。ただ、奴隷であるということがどういうことなのかだけはわかっているよ！

セイラ　どこへ行くつもりなの――？

ハニバル　北へ、ということしかわからない。（肩をすくめるような仕草）たぶん、アイザイアを見つけようとするだろうな。自分がどうするかなんて、おれにどうしてわかる？（難しい質問に対して両手を上げる）逃亡奴隷を助けてくれる人たちが向こうにはいるんだ。

セイラ　アバ――アバリチニスト［奴隷制廃止論者《アボリショニスト》を間違って発音している］のことを言ってるの？　前にスウィートさまが言ってたのを聞いたんだけど、あの人たちは逃亡奴隷を捕まえて、その体から石鹸を作るんですって。

ハニバル　（急に年長らしく賢明に）それは奴隷所有者がよくする作り話だよ、セイラ。奴隷制について旦那さまが何を言うのを聞こうと――いつもその反対なんだって考えるんだよ。自分の財産が逃げてしまうことほど――（この考えをじっくりと味わいながら）――奴隷所有者を傷つけるものはないんだ。それが最悪の一撃なんだってことを考えてごらん。おれの考えでは、すべての奴隷は死んじまう前に逃げ出すべきなんだよ。

セイラ　（突然顔を上げて、彼が今言ったことの意味を吸収しながら）ああ、ハニバル――わたしにはできないわ！（体じゅうを震わせはじめる）体が弱すぎるんだもの。ここからあの川までだって息が続かないに決まってる……

ハニバル　（彼女のことを笑いはじめる）そうだな、きみには無理だな――そんなに怖がりじゃ！（彼女を見て、自分の方へ引き寄せる）でも心配しなくていいよ、セイラ。おれが戻ってくるから。（彼女を髪を撫で、落ち着かせる）おれが戻ってきて、きみを買い取るから。ママもね。まだ生きていてくれれば。

少女は彼の腕の中で震えている。彼はもう一度北斗七星を見上げながら、彼女をさらに強く抱きしめる。

ぜったいそうするから！

場面が切り替わる

室内、「大邸宅」のダイニングルーム。

ハイラム・スウィートと彼の妻マライアが、たくさんの料理が載ったテーブルの両端に座っており、二人の男性召使いが給仕している。一番下の息子トミーは十歳くらいで、父親の近くに座っている。彼の向こう側に座っているのは兄のエヴァレットで、三十に近い歳頃である。五人目の人物はディナーの客であり、エヴァレットの左に座っている。彼はメイコン・ブレット医師である。食事は今終わったところだが、食事中に交わされていた活発な会話は、まだ勢いよく続けられている。

エヴァレット　——やれやれ、もうこれ以上我慢する必要はないと申し上げましょう！（強調するために、テーブルを拳でドンと叩く）われわれの側は、何の痛痒《つうよう》も感じず、六十万人の兵士を戦場に送ることができると言ってるんです。だから、すべてのことは六ヶ月以上続くはずがないでしょうよ、お父さん。どうしてそれがわからないんですか？

ハイラム　（六十代半ばの男性。肉づきの良すぎる体つきで、少々勝手気ままな気味があるとしても、やさしい顔立ちをしている）よくわかっているさ！　それが南部が結果的に溺れることになる愚かさという川だということをね。

ブレット　（他の二人よりおとなしめの気性の男性。「上品さ」が深く染み込んだ雰囲気をもつ）きみがどう考えようと、われわれにあまり選択肢はないように思うよ、ハイラム。北部のやつらがぼくたちを追い詰めてしまったんだから。突然、ニューイングランドに住む腹の突き出た北部人《ヤンキー》産業資本家どもがこぞって、自分たちこそ黒人の救済者だと考えはじめたのだからね――少なくとも公的な演説ではそう言っているね。

「腹の突き出た」という形容詞を聞くと、ハイラムは自分の腹を見下ろし、それから、少し苛立たしげに友人を見る。

ひどい偽善者どもだ！　やつらの望みは議会を掌握することだけなんだから、正直にヘビのことはヘビと呼ぶべきなんだ。

エヴァレット　そのとおりですよ、先生！

ハイラム　（食べながら）言いたいことはただひとつ――勝てないとわかっている戦争をするのは馬鹿げてるってことだ。

エヴァレットは父親のこの発言にひどく腹を立て、テーブルからぱっと立ち上がる。母親が笑う。

エヴァレット　（心底苛立って）いったい何がおかしいんです、お母さん？

マライヤ　ごめんなさい。この頃おまえはすごく真面目な感じになっているでしょ。それを見ると、いつもおかしくなってしまうってだけなの。（ブレットに）これまでずっと、この子はすごく子どもっぽくて、いたずらをしてばかりだったんですよ。（無邪気に）二十一歳の誕生日までは、わたしに傍にいてほしがっていたものでした。それに――

エヴァレット　お母さん、やめてください。お父さん、どうしていつもわれわれが勝てないとばかり言うんですか？――（指折り数えて）――われらの側には、この国でもっとも優れた将軍たちがいますし、戦争にかき乱されることなく仕事を続けることができる四百万人の労働力がありま す。もちろん、いいですか――そうする必要があるなら、南部にいる白人男性全員に軍服を着せることもできるでしょう！　北部にそのように誇れるものがありますか？（ブレットに微笑みかける）もしあいつらが戦争に行ったら、成長しつつある偉大なあの産業の中心地はどうなるでしょうね？（彼が身をかがめてブレットに顔を近づけ、二人して大笑いする）その時、誰が機械を動かすんでしょうかね？　ニューイングランドの女先生ですか？

二人はともに心ゆくまで笑う。ハイラムは彼らを見つめ、両手を組んで腹の上に置いている。

ハイラム　それじゃ、質問していいかい、エヴァレット？　おまえと南部の残りの白人が全員、おまえの言う勝ったも同然の戦争に出払ってしまったら、誰が家にいて奴隷たちの監視をするんだい？　それとも、奴隷たちはただ逃げるのをやめてくれるのかい？　歴史上初めて逃亡がすごく簡単になるという時にさ。

その質問を聞いたのは初めてというわけではまったくなかったが、エヴァレットの口はそれを聞いて半開き状態になる。彼とブレットはそれがふたたび訊ねられたのを聞いて、単純に腹を立てている。まるで子どもがありきたりで退屈ななぞなぞをふたたび訊いてきたかのように、エヴァレットとブレットは互いに微笑みを交わす。

ブレット　（愚かしい質問に両手を振って）ハイラム、そんなことは実際に考慮する必要がないことはよくわかっているだろう。そんなのはアボリショニストが言う馬鹿話で、奴隷所有者なら誰もそんなことは心配もしてないさ！

ハイラム　わかった。じゃ、教えてくれ、メイコン。去年きみのプランテーションから何人の奴隷が逃亡した？

ブレット　ええと――二人だな。しかも優良な働き手だったがな。忌々しい！

ハイラム　二人か。ロブリーが雇った新しい奴隷監視人[*6]は大当たりさ。五人も逃げられたんだからな。デイヴィスのところからはひとり。それから、おれのところがひとり。えーと……二、七、八、九人が逃げている――この近辺の農園から。おれたちが払っているあらゆる注意をものともせずにね。

ブレット　おいおい、スウィートくん。逃げたやつらは迷惑者や不満分子だってことは誰でも知っているぜ。だいたいが不良労働者さ。

ハイラム　ふーん。もちろんそうだ。それじゃどうして、この国じゅうの木に、見つけたら報酬を支払うというポスターが、一本おきくらいにいっぱい貼られているんだい？　さあ、どうだい。きみたちはお目々キラキラのヤンキーの馬鹿者に話してるんじゃないぜ。奴隷所有者に話しているんだぜ！

ブレット　きみが何を言いたいのかわからない。

ハイラム　わかってるさ！　ここにいる全員、おれの言いたいことがわかっているさ！　そうでないなら、ここにいる誰か、しばらく笑うのをやめて教えてくれないか？　きみやおれやロブリーや他のみんなが、武装警備員やら巡視やら報酬やら番犬やらにこんなにたくさん金を浪費する理由をさ？　それに、なにより、きみやおれや、南部綿花州や境界諸州*7のすべての農園主が、なんとしてでも逃亡奴隷法*8を成立させようとしたのはどうしてなんだい？　あの法律は、きみたちがそこにのんびり座って、そもそも逃亡することはないってお気楽にも言っていた、「財産」の返却を保障させようとするものだったよね？

エヴァレット　お父さん、もちろん少しは――

ハイラム　少しだって？　馬鹿なことを言うな！　二人ともいったいどうしたんだ！　おれだって奴隷制という制度は正当なものだと思っているよ！　しかし、同時にその本質を理解してもいる。よく理解しているからこそ、きみたちが始めたがっているこの戦争の勝敗を決定するかもしれないこの疑問を、笑い飛ばすことなどできないんだ。

エヴァレット　お父さん、忘れているようだけど、今回は大きな戦争にはならないでしょうよ。それに、たとえ長引いても、いつでも黒人を軍隊に加えることができますよ！

この無知な発言に対して、ハイラムは驚いてティーカップを下ろし、ブレットでさえも不信の念をもってエヴァレットを見る。

ハイラム　（心からの皮肉を込めて）おれの息子は、われわれの大義を代表する指導者たちと同じくらい論理的だと認めざるをえないね。だって、そもそも、誰かに銃を持たせて、そいつが必死で逃げようとしているもののために戦わせることが可能だ、っていう考えほど論理的な考えがあるだろうか？（そっけなく）褒めてあげるよ、エヴァレット。すぐにおまえは、ワシントンの一員になれるよ——おまえの仲間たちの一員になれるよ。

マライア　もう、ハイラム——

エヴァレット　侮辱しないでください、お父さん。

ハイラム　この家ではおれは好きなようにふるまうよ。そして、おまえはおれの前では態度に気をつけるんだな！

エヴァレットは、怒って助けを求めて母親の方を見る。

マライア　いいこと、お父さんに生意気な口をきくんじゃありません。

エヴァレット　お母さん、おれはトミーじゃありません！　もう大人です。ついでに言うと、ここ以外のどこでも、おれの年齢になったら父親のプランテーションの運営を任されるものですよ。

ハイラム　おれのやり方で運営してくれると信頼が置けたら、おまえに任せるよ。それまではだめだ。

エヴァレット　お父さんの「やり方」で運営していたら農園は破産してしまいますよ！

マライア　（動揺して）エヴァレット、そんなことを食事の場で言ってほしくないわ。食卓では聞きたくないの。（小さい男の子トミーに議論の場から去るように言う）食べ終ったら、失礼して、寝室に行きなさい、トミー。ブレット先生におやすみなさいを言ってね。

トミー　おやすみなさい。（退場）

ハイラム　（すぐに）おれがプランテーションをだめにするっていうのか！　聞いたか、メイコン！このピカピカの胡椒粒は、今や新進気鋭の南部の専門家のひとりらしいぞ。何でもわかっているらしいぞ。プランテーション経営の仕方までな。パリのカフェででも勉強したんだろうな！

ブレット　ハイラム、今の時点では、きみが黙る番だと思うだけだ。（時計を見て）さてもう、二階に行って、やるべきことをやってしまおう。

ハイラム　二階に行く気分じゃないし、体じゅうに針やらチューブやらを突っ込まれる気分でもないね。

ブレット　今夜はきみの診察のためにやってきたんだよ、ハイラム。もしこの場で診察をしなきゃならないのなら、そうするとしよう。

ブレットは立ち上がって黒い鞄を手にとる。マライアは、座ったまま、医者が扱いにくい夫に対して強制力を働かせていることに感謝して、頷いている。

マライア　おまけにこの人はまた塩をかけているんですよ、メイコン。はっきり言って、この人にはどうしようもありません。

ハイラム　（妻に）へーんだ。

エヴァレット　（父親のふざけた態度を見て）頑固で、時代遅れで、無秩序で、新しいやり方を軽蔑する。呪われた過去の遺物だ。その呪いがおれたちを絞め殺そうとしているんだ。

ハイラム　おれに言えることはこれだけだ――もしおまえが未来の精神を代表しているのだとしたら、そいつはきっとおしゃべり野郎だろうってことさ。

マライア　この子にやさしく話すことはできないの、ハイラム？

エヴァレット　お父さんに「やさしく」話してもらいたくなんかありませんよ。八万回言うけど、おれは子どもじゃないですからね！

ハイラム　（メイコンに）抗議ばかりする人について、きみがいつもシェイクスピアから引用しているセリフがなかったっけ？　（エヴァレットに）おれのやり方が時代遅れだと思っているようだけど、おれがひどく間違ったことをしてきたようには思えないよ。そのことをきみなら証言できるよね、メイコン？　おれは四人の奴隷と五十ドルを手に、この国にやって来た。奴隷が四人と五十ドル、それだけだ。（彼がこのことを思い出す時はいつでも、柔らかでかつ威厳のある表情になる）自分で最初の種を植えて、綿花を梱《こり》に詰めるのを監督した。三十五年前だった。そして、ここをこの地域でもっとも立派なプランテーションのひとつへと成長させた――もっとも大きいもののひとつではないことはまっ先に認めるけれどね。だから、プランテーション経営の方法について、おれが何かしら知っているということは間違いないよ。

エヴァレット　経営についてはよくご存知だったかもしれません。

ハイラム　今だってよくわかっているぞ！

ブレット　落ち着くんだ、ハイラム。

ハイラム　（メイコンに）**こいつ**が、この場所をどう経営するつもりか、きみにもわかっているだろう。単純なことさ。「現代的な」やり方ってやつさ。誰もがやっているやり方だ。奴隷監視人の手にすべてを委ねるってことさ！　それだけさ。それから、自分はサラトガとかパリに飛び立つんだ。だけど、そんなことをする連中は農園主とは言えない――寄生虫だ！　おれは綿花生産者なんだ。だから、おれのプランテーションを死ぬまで経営し続けるつもりだ。神さまにそう約束したしね。

エヴァレット　お父さん、単純で感情的でない質問をしてもいいですか――うちの収穫高が働き手ひとりに対して、最後に十梱《こり》近くになったのはいつかという質問です。いつですか、お父さん？　答えてください。

ハイラム　まあ、土地がもう使いものにならなくなっているからな。今の時点、この土地では、ひとりに対して五梱がせいぜいだろう。

エヴァレット　（勝ち誇って父親から医者に視線を移して）それじゃ、いつ新しい土地を買うつもりですか？

ハイラム　（思わず困惑して）来年、収穫高が良かったらな。

エヴァレット　じゃ、収穫が悪かったらどうするんですか？　この堂々巡りの会話をちゃんと聞いてください、メイコンさん。（馬鹿馬鹿しさを強調するために片手を振る）

ハイラム　まあ、金を借りるんだな。

エヴァレット　ええ――それからどうします？

ハイラム　新しい土地を買うんだ。

エヴァレット　それで、その余分な土地を誰が耕しますか？　新しい奴隷を買い入れたりもするつもりですか？

ハイラム　（片耳をこすりながら）まあ、ヴァージニアのあの奴隷商人どもがそれほどあくどくなけりゃ、もうひとりか二人外働きの働き手を買うことができるだろうが――

エヴァレット　残念ながら、やつらはあくどいです。アフリカとの奴隷貿易[*9]の再開を定める何かまともな法律がこの国にできるようになる時まで、やつらの言いなりの値段で買わなきゃなりません。さあ、どうしますか？

ハイラム　あまりおれをいじめるなよ！

エヴァレット　いじめるな、ですって？　どうしろと言うんですか。あなたがこの農園を破産させるのをただ座って見てろっていうんですか！　お父さん、わかっていらっしゃらないようですが、われわれにはもうあまり選択肢はないんですよ。収穫高を上げる必要があります。そうしなければ破産です。それほど単純なことなんです。（ブレットに向かって）この農園がどんな状態がご存知ですか、メイコンさん？　奴隷の保養地になっているんですよ！　ここでは奴隷たちが何時間畑で働いているかご存知ですか？　口にするのも恥ずかしいですが、九時間半ですよ！

ハイラム　働き手にとって九時間半は結構な労働量だぞ。

エヴァレット　（ほとんど叫ぶように）綿花を栽培しすぎて痩せ細ってしまったあの土地での九時間半は、結構な労働量とは言えません！（それから、自制しようと努力して）確かに、おれも知っていますが――土地が夢のように穢れなく肥沃だった時もありました。種をただ土地に突っ込む以外ほとんど何もする必要がなく、種は自然に成長してくれました。しかし、そういうことはもう終ってしまったのです。今じゃ、なだめすかすようにあれこれ手をかけなければならない。だから、適切な時間、畑に労働力を置いておかなければならない。九時間半じゃとても！　なんとまあ、奴隷監督たちはまるでゲームでもしているかのように、うろうろとうろついていますよ。（父親を見て）そうしているうちに、危険水位はどんどん高くなっていっています。それなのに、お父さんは気にも止めないいんだから！　これが、お父さんのやり方で運営されている農園の実態なんです。向こうにいる、お父さんを理解し愛する、昔からのお友だちのみなさんが運営する農園の実態なんです。やれやれ！

マライア　それで大丈夫だと思うわよ、エヴァレット。

エヴァレット　ええ、大丈夫でしょうよ、うまく行くでしょうよ！（まるで部屋から出て行こうとするかのようにぱっと立ち上がる）

ハイラム　どこへ行くんだ？

エヴァレット　ジョン・ロブリーとやつの弟に会いに行きます。そして――今夜は酒を飲んだり賭け事をしたりして過ごすんだろう。そうやってここの主人になるつもりなのか？　まあ座りなさい！

ハイラム　――

エヴァレットは口をあんぐり開けて立ち止まり、怒って父親に言い返そうとする。ブレットが思慮深い静かな口調でそれを止める。

ブレット　（マライアに）できれば、一日に四回この薬を飲ませてください、マライア。（ハイラムに）三回でも五回でもないぞ――四回だ。

マライア　（薬の瓶を受け取り、それを持って退出しようとする）心がけますわ、メイコン。心がけます。（通りすがりにエヴァレットに）お父さんをあまり興奮させないようにしてね、エヴァレット。

（彼女は彼にキスをし、頬を軽く叩き、瓶を持って退出）

エヴァレットは窓のところまで行き、イライラしながら立ったまま外の暗闇を見ている。ブレットは明らかにマライアが退出するのを待って、それから、彼の道具を鞄にしまいながら、患者を見る。

ブレット　なあ、ハイラム――もうみんな終りにしよう。

彼の最後通告のような口調から、エヴァレットは、聞き耳を立て、二人の様子を見ようとゆっくりと振り返る。先ほどの言葉の意味を理解してもいるハイラムだが、同時に、大きな声を上げて抗議しようと身構えてもいる。

いいや、本気で言ってるんだよ。冗談を言えるようなことは何もないし、幸運に頼るようなこともない。それほど病状は悪いんだ。

ハイラムはブレットを強く睨む。そして、友人の言葉の重みが深く滲み透ると、彼の抗議は消えてなくなりはじめる。

どんなに読書が嫌いでも、買えるだけの本を買って、その他のことはほとんどせず、残りの人生を過ごさなければならないよ。それだけだ。畑には出てはならないとはっきり言っておくよ。

ハイラム　おい、ちょっと待ってくれ、メイコン――

ブレット　気の毒だけど、ハイラム――

ハイラム　きみが気の毒がっても、おれの助けには少しもならないよ！

エヴァレット　お父さん！

ブレット　大丈夫だよ、エヴァレット。

ハイラム　おれのプランテーションをどうしろって言うんだい？　そこを奴隷監視人だらけにできるように、息《い》子に譲り渡せと言いたいのかい？

ブレット　まあ、そこまで立ち入ろうとは思ってなかったよ、ハイラム。だけど、きみが訊ねるから言うけど。そうするのがスウィート・プランテーションにとって最良のことだろうと思うよ。（その発言がハイラムを深く傷つけたと知りつつも、彼はとても威厳のある理性的な口調でそれをさらに補強しようとする）きみもわたしも、これからは新しい時代なんだという事実に直面しなければならないと思うよ、ハイラム。綿花はかつてないまでに大きなビジネスになっている。他のどんな方法でやっても、きみではうまくいかないだろう。その事実に適応しなければならないよ、ハイラム。きみ自身のためにも、南部のためにもね。

ハイラム　（苦々しげに）名家の方にとってはお気楽な話だ、メイコン！　きみが長い歴史をもつ、レースのハンカチを手にしたボルドーのワイン鑑定士の家系の出身だということは、誰もが知っているよ。だけど、おれはそのような出じゃないってことを忘れているぜ。

エヴァレット　（疑問を呈さなければならないということに、何よりうんざりして）お父さん、お願いだから！

ブレット　（冷静に）どうして忘れたと思うのかわからないな。きみの行儀作法が良いせいではないことだけは確かだな。

エヴァレット　（義務的に）先生、ここは父の家だって申し上げなければなりません。

ハイラム　（エヴァレットに）黙らないか。悪かったよ、メイコン。いささか侮辱的な言い方だったね。それに少々――

エヴァレット　（我知らず、ほとんど独り言のように）――無作法だった。

このやりとりは明らかにエヴァレットを苦しめている。三人は全員非常に居心地の悪い瞬間を味わっている。ブレットは帰るために身動きする。

ブレット　さて。いつものようにとてもすばらしい食事だった。あのリッサにはいつも驚かされるよ。

ハイラム　メイコン、教えてくれ。きみにも「灰色の時間」はないかい？

ブレット　何だって？

ハイラム　「灰色の時間」――言っている意味わかるだろ。とぼけた顔をしてないで。おれは「灰色の時間」って呼んでるんだが、きみはおそらく何か他の名前で呼んでいるのかもしれない。それはどうでもいい。それをどう呼ぼうと、きみにもそんな時間があるってちゃんとわかっているんだ。この地上で息をしている誰にもそんな時間があると思うんだ。そんな時に――そのような時に、人はなぜ星があそこに瞬いているのか、なぜこの惑星は回っているのか、なぜ川は流れているのか――そして、何のために自分はここにいるのかって、ぜったいに考えると思うんだ。

ブレット　ああ、誰しもそうだと思うよ。

ハイラム　その時、もしすべてが嘘だったとしたら――おれたちの生き方、おれたちが自分に言い聞かせてきたことどもがすべて嘘だったとしたら、どうなると思う、メイコン？

ブレット　おいおい、ハイラム……

ハイラム　いや、本気で言ってるんだ――どうなるんだろう。もし本当に、天上には、白い顎ひげかなんかを生やした爺さんが座っているのだとしたら――

ブレット　ぼくは、自分が神さまに会う準備があまりできていないとは思っていないよ、ハイラム。

この地上で最悪の人間ではなかったと思うから――

ハイラム　しかし、メイコン――

ブレット　いや、それは罪じゃないよ。もともとそんなふうに決められているんだから。神さまが人間を異なる肌の色にしたのは、そのためだよ。

ハイラム　そうかい？　そうだといいね、メイコン。心からそう願うよ。

ブレット　（立ち上がって）ハイラム、本当においとましなきゃならない。いやいや、マライアを呼ばなくてもいい。ハリーが見送ってくれるから。おやすみ、エヴァレット。

エヴァレット　おやすみなさい。

ブレット　（退出するとき、友人の肩に手を触れて）読書と午後の長い昼寝だよ。おやすみ、ハイラム。

ハイラム　（奇妙なほどおとなしくなっている）おやすみ、メイコン。

医者は退出。

エヴァレット　（医者が見えなくなるとすぐ、乱暴に父に振り向いて）お父さん、どうしていつも、あなたの「しがない駆け出しの頃」の話を持ち出さなきゃならないんですか？

ハイラム　（ため息をついて）おやすみ、エヴァレット。ひとりにしてくれ。疲れた。

エヴァレット　（心配して）大丈夫ですか？

ハイラム　ああ。おやすみ。

エヴァレットはそれ以上何も言わず、静かに部屋から退出する。一方、農園主の方はじっと座っている。ほどなく、彼の後ろの暗がりでかすかに動く音がし、振り向く。

おまえか、リッサ？　そこにいるんだな。

リッサ　（主人から呼ばれるか必要とされるかしたら、どの召使いもそうするであろうように、暗がりから出てくる）はい。

ハイラム　（自分自身に言うように）野菜の塩味が足りなかったぞ。

リッサ　これからはそういうものしか召し上がれませんよ。

ハイラム　おいおい、リッサ――

リッサ　死にたいというおつもりなら、ハイラムさま、リッサに手助けを頼まないでください。リッサはもうお手伝いしませんから。

ハイラム　いつも人の話に聞き耳を立てているね。そのことについて一言言っておくが、リッサ。おまえはとんでもないたわごとばかりいろいろ聞いているんだ。

リッサ　あなたの病気がどんな具合かを知るのに、人の話を盗み聞きする必要はありませんよ。綿のように白い顔をして、死神が来るのを見たかのように大汗をかいて、そこに座っておいでなんですから。（彼の後ろに立ち、励ますような仕草で、椅子に深く腰かけさせる）ほんとに頑固な方。あなたはいつだって、わたしが会った中で一番頑固な人でしたよ。

ハイラム　するべきことをするためには、頑固でなきゃならなかった。荒野に来て、プランテーションを作るためにはね。四人の奴隷と五十ドルだけを持ってここへ来て、この地域ではもっとも立派なプランテーションのひとつを作り上げたんだ。

リッサ　（椅子の後ろに立って彼の額を拭いながら、やさしく、忍耐強く彼の世話をする）そうですね。あなたとわたしと、エズラじいさんとゼキアル。ゼキアルは逃げてしまったけれど。それから、去年亡くなったかわいそうなレオじいさん。それだけの者たちで。

ハイラム　（頭を横に振って）ゼキアルは、何年もいっしょにいたのに、逃げ出すなんて予想できたか？

リッサ　あなたと同じくらいわたしも驚きました。人が何を考えるか予測もつきませんね。

ハイラム　（突然笑い出して）馬小屋を建てていたとき、ゼキアルがロフトから、おまえが前日冷やすために置いていた糖蜜の桶の中に、まっすぐ落っこちた時のことを覚えているかい？　あいつ

はその日ずっとベタベタだったな！（大笑いし、リッサも大笑いする）

リッサ　――あの子は、お勝手にいるわたしのところへ飛んできて、こう叫んだんですよ。「リッサ、リッサ、おれ死んじゃう、死んじゃうよ！」って。わたしとエズラは体を洗うのに、あの子を縛らなきゃなりませんでした。ひどく怯えていましたっけ。（新たな笑いの波が襲う）とうとう、髪の毛を刈って卵みたいにツルツルにしなきゃならなかった。覚えておいでですか？

ハイラム　それから、イノシシが南の畑のトウモロコシを狙って来た時のことを覚えているかい？　おれは銃を持ってあいつらを追いかけなきゃならなかった。農場主のバーンズは、おれがやつを撃とうとしていると思ったんだって！

リッサ　覚えているかですって？――もちろんですよ。その後何ヶ月もイノシシ肉ばかり食べましたからね！

ハイラム　（愉快になって）銃を持ってきてくれ、リッサ。さあ。銃を見ようじゃないか――

リッサ　（言うとおりにしながら、やさしく、そわそわと動き回る。彼女のベルトに十あまりの鍵といっしょにぶら下がっている一本の鍵に手を伸ばす）わかっていましたよ！　あの頃のことを考えはじめられるといつでもご覧になれるように、あの銃を取り出さなきゃならないって。

彼女は長い抽斗を開けて、古い銃を引っぱり出す。それは布に被われ、最高の修理が施されて保管されている。

ハイラム　（彼女が銃を持ってくると、待ちきれないようにそれに手を伸ばす）ああ！……まだ矢のように正確に弾が出るぞ……（銃を撫でる）父親がこの銃をくれたんだ――十四歳だったけど、こう感じたのを覚えているよ。「今おれは一人前の男になった。正真正銘の男になった。荒野に分け入って、富を探すんじゃなくて――富を産みだすんだ！」ってね。はは！　なんて生意気な若者だったんだろう！（幸せそうに微笑む）

リッサ　（明らかに何かを彼に思い出させようと身構えている。両拳を腰に当てて）若者のことと言えば、スウィートさま。この二ヶ月のあいだに、あの約束のことを忘れてしまわれたのかしら？

ハイラム　（叱られた子どものように眉を顰めて）ああ、リッサ。マライアがだめだって言うんだよ。その話をすると大騒ぎになるんだよ……

リッサ　（彼と同じように子どもっぽく――実際、二人はよく似ていた）旦那さま、約束は約束ですよ！あの子が生まれたとき、約束してくださいましたよね。あの子は畑で働かなくてもいいって……

ハイラム　だけど、畑には外働きの働き手全員が必要なんだ。それに、この屋敷では、家内召使いがする仕事は今以上にはまったくないんだって、マライアは言うんだよ。

ハイラムがこう言っているとき、マライアが錠剤一錠とグラス一杯の水をもってふたたび現れている。彼女はその場に立ち止まり、二人を見つめている。

リッサ　あの子は何でもできます。お勝手でわたしの手伝いもできるし、家の中の何かでハリーの手伝いをすることもできます。あの子はもうわたしの手に負えなくなっているんです、ハイラムさま。それに、約束してくださいましたよね――

ハイラム　わかったよ。まったく！　この家の平和のためなら何でもするよ！　綿花の収穫が終ったらすぐ、ハニバルを家内召使いにしよう――

リッサはマライアに気づき、まったく身動きしなくなる。ハイラムは彼女の視線を追い、振り返ってマライアを見る。マライアは薬と水を持って彼の方に進むが、その顔は静かな怒りで無表情になっている。ハイラムは突然マライアに向かって大声で言う。

おれがそうだと言ったら、それが理由なんだ！　おれがこのプランテーションの主で、ここにいるすべての者の主なんだ。おれこそがあの外の畑の主であり、この家の主でもあるんだ。（マライアは黙っている）この世に生を受けて、自分で自分の運命を切り拓く人間もいるんだ。他の者や他の勢力が作った規則をけっして受け入れない人間もいるんだ。

彼は自分の病に腹を立て、怒りはどんどん募ってゆく。カメラは彼から離れ、かすかに頷いているリッサへとパンする。リッサの個人主義の考えは彼とまったく同じなのである。カメラはマライアへと移動する。彼女がこの時夫に対して感じていたのは明白な絶望だけである。カメラはフロアを横切り、開かれたドアを通ってゆく。そのドアの後ろの薄暗がりに、聞き耳を立てながら立ちつくしているエヴァレットへと移動する。

おれは本を手にして、体を丸めたまま死んだりはしないぞ！　神さまがおれの命をお求めになる時には、おれが見つかるとは思いもよらないような場所にお迎えに来ていただくぞ……

エヴァレットの顔は、まるで初めて父親の本質を耳にしているかのように、一心にそちらに向けられている。

これまで生きてきた人生で誰の許可も求めたことはない——それに今さら別の人生を始めるつもりもない！

フェイドアウト

第一幕終り

第二幕

フェイドイン
エヴァレットの寝室
午後

エヴァレットは打ちひしがれた様子でひとり座っている。酒を飲んでいる。ドアが勢いよく開き、母親が急を告げる表情でそこに立っている。

マライア　来てちょうだい、エヴァレット。

エヴァレット　（心配そうに）心臓発作ですか？

マライア　そうなの。メイコンを呼びにやったわ。

エヴァレットは急いで母親の元へ行き、落ち着かせる。

エヴァレット　大丈夫ですよ、お母さん。きっと大丈夫だから。

画面が切り替わる
ハイラムの寝室

シェイドが下ろされて、ハイラムは仰向けに寝かされている。衣服は着たままである。男の家内召使い［ハリー］がやさしく服を脱がそうとしている。エヴァレットとマライアは部屋に入り、すぐに彼のベッド脇に行く。

マライア　ハイラム、すぐにメイコンが来ますよ。全部大丈夫ですよ。

ハイラム　あの時やつが見えた……馬に乗った年老いた死神を……沼地を乗り越えて……おれに微笑みかけてきた。

マライア　（夫の体を楽にしようとしている召使いから仕事を引き継いで）じっとしてなさい。しゃべらないで。すぐにメイコンがここに来ますから。そしたらすべて大丈夫ですから。

エヴァレット　（傍で。召使いに問いかける）発作はいつ起きたんだ？

召使い　［ハリー］ほんの少し前です。あちらの畑で大の字に倒れていらっしゃるのが見つかりました。エベンとジェドがここまで運んできました。そして、わたしと奥さまとですぐにベッドにお寝かせしました。今回のご病状はかなり悪いと思います。

ハイラム　五十ドルと奴隷四人を連れて……最初の種は自分で植えた……

　マライアは苦痛の中にある夫をじっと見つめ、それから新たな決意をした様子で立ち上がり、自分について部屋の外に出るよう息子に合図する。息子は従う——少々訝しげに。

マライア　（二人して出て行くとき、召使いに対して）すぐに戻ってきますからね、ハリー。

召使い　［ハリー］はい、奥さま。

マライア　（廊下に出ると、声を半分落として、息子がこれまで見たこともないような断固とした気構えで）これ以上待つつもりなの、エヴァレット？

エヴァレット　（混乱して）何をですか——？

マライア　ここの主人になることをよ。

エヴァレット　ああ、お母さん……

マライア　エヴァレット、あなたのお父さまがしていることは完全に自殺行為です。わたしたちがするべきことは、あの人にぜったいにそうさせないようにすることです。

エヴァレット　先週お父さんが言っていたのを聞いたでしょう――「自分で自分の運命を切り拓く人間もいるんだ」って。やれやれ――

マライア　（ぴしゃりと）こんな時におまえの皮肉など聞きたくないわ、エヴァレット。おまえはプランテーションの経営を引き継がなきゃならないのよ――いいえ、聞いてちょうだい。あの人におまえが引き継いだと思わせないようにしなきゃならない。必要なら、毎晩、鉛筆とノートパッドを手にあの人の枕元に座り、あの人が望んでいることを全部話させるのよ。そして、その後は――あなたの好きなようになさい。もうあなたは主人なのだから。でも、あの人はまだ自分が主人だと思っていることでしょう。そう思わせておくことがすごく大事なのよ。（そう言うと、彼女はドアの方へと向かう）

エヴァレット　そうやってお父さんを騙そうっていうんですか?

マライア　（返事をするために半分だけ振り返って）この状況下で、エヴァレット、その質問は弱々しい男の子がするものです。わたしはおまえに、はっきりと、強い男になってくれと頼んだのですよ。（息子を見て）強い男こそが、わたしが本当に愛することのできる唯一の存在なの。

彼女は体の向きを変えて行ってしまう。カメラはエヴァレットの顔を映し続ける。

ディゾルヴ[*10]して場面転換

戸外、小農場

ひとりの痩せた農夫がトウモロコシ畑に立っている。弱々しく焼け焦げたようにみえるトウモロコシの畝のあいだにいる。足元にはブッシェル[*11]籠が置かれている。彼は手を伸ばして、トウモロコシの茎から穂軸を捻ってもぎ取り、その緑の皮を剝ぐと、怒りと絶望をもって穂軸を眺め、乱暴に籠に投げ入れる。籠の中には同じような他の穂軸が入っている。彼は籠を取り上げ、怒った様子で彼の小屋へと大股で歩いていく。

画面が切り替わる

小屋の内部

彼の妻が料理用コンロのところで仕事をしている。農場主ゼブ・ダドリーは乱暴にドアを足で蹴って開けて、中に入り、怒りながら籠をどすんと下に置く。妻は彼を見ている。

ゼブ　こいつはトウモロコシじゃない。ただの棒だ！

エリザベスは両手を拭き、トウモロコシを検分しに来る。一本か二本を手に取り、悲しそうに籠の中へと落とす。

ゼブ　誰もこんなもの買やしないよ！　できが良い時でも、ほとんど良い値段がつかないのに。誰がこんなもの買うんだ？

エリザベス　まあ、とにかく取り入れをしましょう。少しでもやってみなきゃ、ゼブ。

二人の小さな子どもたちが両親を見ながら隅に立っている。子どもたちは、まるでトウモロコシがどんな状態でも、今の時点ではその収穫を歓迎しているかのようにみえる。

ゼブ　それじゃ――おまえがやってみりゃいいだろ！

彼は大股でフロアを横切り、棚から水の入った壺を下ろし、コルクを開け、それからごくごくと飲む。

エリザベス　他にどうしようもないでしょ、ゼブ。

ゼブ　わかったから。おまえがやってみりゃいいって言っただろ！（少し落ち着いて）ティミーの具合はどうだい？

エリザベス　（部屋の隅に置かれた赤ちゃん用ベッドの中を見て）少なくとも泣きはしていないわ。

ゼブは赤ちゃんのベッドまで歩いていき、それから踵を返して、壺からまた水を飲もうとするが、それが空になっていることがわかる。彼は壺を見て、それから突然床に叩きつけて粉々に砕いてしまう。彼が開けたままにしていたドアのところに、ひとりの老人が現れる。

牧師　こんにちは。

彼の登場に二人は少し驚く。

エリザベス　あら、牧師さん、こんにちは。お入りくださいな。

牧師　ダドリー家にご機嫌伺いに行ったら、先月の日曜日集会に一度も来なかった理由がわかるかもしれないと思ったものだからね。もしよかったら、レモネードも一杯もらえるかな、エリザベス？

彼は、話を途切れさせることなく、年長の子どもたち二人に合図して、それぞれにキャンディを与える。

ゼブ、牛追い鞭で打たれる種馬みたいに荒れ狂っているね。

ゼブは大股で歩いて小屋から出て、ドアの外に置いてある水鉢から水をピシャピシャさせて体を洗う。エリザベスは牧師の前にレモネードのグラスを置く。

エリザベス　そこのティミーはどうかしたのかね？

この一週間ずっとクループ［咳が出て呼吸困難になる咽頭炎］で苦しんでいます。

ゼブが上半身裸のままで戻ってくる。頭からは水が滴り落ちている。彼女は夫にもレモネードを入れる。

牧師　少し落ち着いたね。冷たい水ほど癇癪を鎮めてくれるものはないからね。

ゼブ　牧師さん、おれはここを出て行くつもりです。

牧師　出て行くって、どこへ？

ゼブ　わからない。たぶん西部です。

牧師　西部へ？

ゼブ　（弁明するように）最近たくさんの住民がここを出て、西部へ行ってるんですよ。

牧師　ふたたびフロンティアを求めてかい？　ここがフロンティアだった時を覚えているけどね。

ゼブ　（すぐに）それは大昔のことですよ。

牧師　大昔さ。大きなプランテーションが土地を呑み込みはじめて、この国が奴隷で溢れ返るようになりはじめるより前のことさ。

ゼブ　西部について良いことを聞いたんですよ。多少でも野心があれば、まだチャンスはあるって。まだたくさん土地があるって聞いたんですよ。良い土地がね。

牧師　南部が他の何にもまして世に送り出したものが三つあるように思うよ。途切れることのない綿花の流れ、逃亡奴隷、そして、貧乏白人の三つだ。逃亡奴隷と貧乏白人は同じものを探し求めているし、両者とも綿花から逃げ出そうとしているんだ。そう思うね。

ゼブ　おれは違いますよ――！　断じて！　綿花から逃げ出そうなんてしちゃいない！　自分で綿花を栽培することができる場所を探しているんです。そのためなんです。栽培のことはわかっているし、奴隷の使い方もわかっていますから！

牧師　そして、自分もひとかどの者になれると思っているんだね？　たぶんスウィート家みたいに？

ゼブ　チャンスさえあれば、あのスウィート・プランテーションがみすぼらしくみえるほどにやってやりますよ！……なんでそんなに笑ってるんですか？

牧師　わたしはいつも笑っているよ。いつもおもしろい冗談が大好きだからね。

ゼブ　いやいや、おれは冗談なんか言ってませんよ。

牧師　わかっているよ、綿花栽培はたいへんな仕事だ。

ゼブ　奴隷がいなけりゃたいへんです。

牧師　そんなことを考えているのかい、ゼブ？

ゼブ　そうです。

牧師　きみのお父さんはやりくりして、奴隷なしに立派に農場を経営していたよ、ゼブ。

ゼブ　父さんは馬鹿だったんですよ。

牧師　立派な人間が馬鹿と呼ばれるのを聞くのは嫌だよ、ぜったいにね。お父さんは正直で、働き者だった。誰のこともご主人さまと呼ばなかったし、誰にもご主人さまと呼ばせなかった。あの人はほんとに立派な農場主だった。

ゼブ　だが、泥を喰らいながら死んだんだ。

小屋の外で馬を制止する音がする。エリザベスが見に出る。

エリザベス　あら、エヴァレット・スウィートさんよ、ゼブ！

ゼブ　誰だって――

ゼブは訝しげな表情でテーブルから立ち上がり、ドアのところまで行き、外を見ると、そこにはエヴァレットが馬に跨っていた。

エヴァレット　（唐突に）奴隷監視人を探しているんだ、ゼブ・ダドリー。

ゼブ　（相手の様子を伺いながら）ええ、何のために来られたんですって？

エヴァレット　きみには奴隷監督の経験がいくらかあるって聞いたんだが。

牧師　（近寄り、ドアのところにいるゼブの後ろに立つ。一方エリザベスは背後で興味深そうに傍観している）いや、聞き間違いをされたに違いありません。この若者は奴隷監視人向きの人間じゃありません。農業をやっているのですから。

ゼブ　（興味深そうに、エヴァレットをじろじろと見る）以前ロブリー農園を手伝ったことがあります。必要なら黒人を扱えますよ。でも、どうしてそんなことに関心をおもちなんです？　お父上は、ご自分の農園では奴隷監視人をお雇いにならないでしょう。

エヴァレット　父は病に臥せっている。今はわたしが農園の主人なんだ。わたしは綿花の生産を――もっとたくさんの綿花の生産を計画している。それで奴隷監視人が必要なんだ。

牧師　（ゼブに）この辺でそんな種類の仕事ができる者は知らないって言いなさい、ゼブ。

ゼブ　（肩をすくめて肩から牧師の手を振り落として）ほっといてくださいよ、牧師さん。（エヴァレットに）給料はいくら払ってくれますか？

エヴァレット　きみの働きぶりが良ければ、千五百ドルくらいは払うよ。それから、一年の終りに収穫高が上がるようなら、ボーナスを支払うよ。

ゼブ　そりゃ本当ですか？

エヴァレット　聞いたとおりだ。とにかく綿花が欲しいんだ。

ゼブ　（元気いっぱいに）二千ドルのためなら——あなたの奴隷たちに、畑の畝と畝のあいだにだって綿花を植えさせてやりますよ！

エヴァレット　きみを雇おう。明日の朝早くわたしの農園に来てくれ。

ゼブ　奴隷監視人をやらせていただきます！

エヴァレットは片手で帽子に触れて二人に別れを告げ、馬を駆って去る。ゼブは叫び声を上げ、ぐるぐる回って妻を抱き上げ、嬉しそうに妻をぐるぐると回す。妻もとても喜んでいる。牧師は彼らの祝福の様子を見つめ、敗北感で座り込む。

二千ドルだぞ！（子どもたちの髪をくしゃくしゃにし、テーブルのところにいる牧師のところに行く）学識のある牧師さん、計算を手伝ってくださいよ。肥料や道具類をクレジット払いにすれば、たぶん、二千ドル全額を外働き奴隷二人分の支払いに回せる――

牧師 （悲しそうに彼を見て）結局ここではそんなふうになるんだな。なんらかの方法で奴隷制に関わらざるをえないか、それとも南部を出て行かざるをえないか、どっちかなんだなあ。

ゼブ そんな。牧師さん――

牧師 人間の手は奴隷を駆り立てるために作られたと思うか？

ゼブ そうしなきゃならんのならそうしますよ、牧師さん。そうしなきゃならんのならね……それとも、自分の赤ん坊が死人みたいに真っ青になるのを見ながら、何もしないでいるように作られているとでも思っているんですか？

牧師 ゼブ、きみのお父さんが馬に乗ってこの地にやって来た日から、お父さんを見てきたよ。小麦粉と種の入った袋を下げて、小形の馬に乗ってやって来た。お父さんは、自分の二本の腕だけでやり遂げたよ。自分の手で地面を耕し、自分の手で作物を育てた。（ゼブの両手を取る）きみのこの手もお父さんと同じ手なんだよ、ゼブ。

ゼブ ほっといてください、牧師さん。

牧師 この手は、プランテーションで人を鞭打つためにあるんじゃない。そんなことは、人間がするのにふさわしい仕事じゃないよ、ゼブ。（エヴェレットの後ろ姿を指さして）あの連中はわれわれのような人間を嫌っているんだぞ。貧乏白人が道を歩いているのを見て、あいつらが仲間うちで笑いながら話していたのを耳にしたことがあるよ。あいつらはこんなことを言っていた――明らかに黒人女は、彼女たちより優良な人間に仕えるように生み出されたのだが、貧乏白人に関しては、神さまは何の考えも浮かばなかったに違いないな、ってね！　わたしときみは農業をしているよね、ゼブ。綿花と奴隷制はこの土地をほとんどだめにしてしまった。われわれの何人かでも、それに屈服しないようにせにゃならんのだ。あいつらがわれわれの誰かを必要とする時にはどんな時だって、言いつけに応えようと馳せ参じたりしちゃいかんのだよ。連中が所有しているあちらの畑や沼地や牧草地は、もともと神さまがわれわれにくださったものなんだ。神さまがくださるすべての贈り物は――正しいことにするためのものなんだよ。だから、貧乏白人なんか見るのもいやだという連中に、神さまから頂いたものをすべて差し出すことなどできはしないんだ――

ゼブ　（その言葉の意味するところに内心恐れをなして）牧師さんは自分のために話しているんだよ！あんたは自分が望むようであり続け、望むように考え続けていられるけれど、それに関してはおれを含めないでください。だっておれは、泥を喰らうような人間を、立派だとも尊いともまったく思ったことがないんだから。おれは、残りの人生、レッドネック*[12]の白人で終るつもりはないんだ。わずかばかりのトウモロコシを育てようとして、あそこの砂利に近い土地をガリガリ引っ掻きながら人生を終えるつもりはないんだ。他人のプランテーションがおれの土地にどんどん近づいてくるのを、いつもただ見ているだけのつもりはないんだ！（苦悩の叫びを上げ、ひとつの誓いを宣言する。それは、彼にとってより良い何かへの唯一の正当な要求であり、唯一の希望である。彼が人生でしがみつくことのできるたったひとつのものに対する要求と希望である。すなわち）おれは白人なんだよ、牧師さん！　おれは、エヴァレット・スウィートさんのために奴隷を監督するよ。あの人は給料を支払ってくれる。そして、来年のこの時期、ゼブ・ダドリーは自分で何人かの奴隷を所有して、一人前の男になるつもりですよ――聞いていますか！

牧師　ああ……聞いているよ。そして、きみの言うことを理解したと思う。わたしに言えるのはこれだけだ――神さま、どうかわたしたちをお救いください……

画面が切り替わる
リッサの小屋の中
その日の遅い時間

室内では、奴隷たちが集まり、ひとつの遊びの輪を作っている。輪の周りでは、さまざまなメンバーが各々「大騒ぎしよう」を歌ったり踊ったりしている。

全員　さあおいで、子どもたち、さあおいで！
月が明るく輝いている！
さあ行こう、子どもたち、さあ行こう――

今夜は大騒ぎしよう！

小屋の外では、ハニバルとセイラが、まだ中には入らず、少しのあいだぶらついている。

セイラ　（共謀しているような気持で）今朝あんたを見かけたわ、ハニバル。

ハニバル　（バンジョーの音合わせをしている）どこで――？

セイラ　どこかわかってるでしょ！　まったく、頭どうかしちゃった？

ハニバルはびっくりした様子。それから、手を振って否定し、彼女に微笑みかけ、彼女の腕を取って導いて、他の者たちに合流する。ハニバルはバンジョーで伴奏を始める。ジョシュアは歌う輪の真ん中で歌を歌っている。

ジョシュア　ご主人さまは約束した
ムー　ムー　ムー
死んだら自由にしてやると
ムー　ムー　ムー
さて、頭が禿げるまで長生きし

ムー　ムー　ムー
死ぬことさえも忘れちまった！

全員　さあおいで、子どもたち、さあおいで！
月が明るく輝いている！
船にお乗り、子どもたち、船にお乗り――
今夜は大騒ぎしよう！

セイラ　奥さまは約束した
ムー　ムー　ムー（奥さまの物まねをする）
『セイラ！　わたしが死んだら自由にしてあげる！』
ムー　ムー　ムー
だけど、毒を飲んでも生き続けてる
ムー　ムー　ムー
悪魔が葬式の歌を歌いますように！

セイラは楽しそうに、手で押す仕草をして、「奥さま」が墓場へと向かう手助けをするパントマイムをする。全員によるコーラスが繰り返される。今、男がひとり中央へと押し出される。男は歌の最初を歌いはじめる――

男　さてと、大きなお屋敷の人たちは約束した――

男の目は突然大きく見開かれる。カメラはパンして、今小屋に入って来たばかりのひとりの奴隷を映し出す。それは奴隷監督のコフィンである。他の者たちが男の視線を追うと、歌声はしぼんでいき、完全に途絶える。そして人々はがっかりして、列を作って小屋から出て行きはじめる。

コフィン　（怒って、見回して彼らを見て）続けろよ！　おれが言うべきことはそれだけだ――続けろよ！　恥を知れ。旦那さまはおまえたちみんなにやさしいけれど、おれにはおまえたちの誰も信じられない。ほんの少し前、旦那さまがこのプランテーションで特に禁止されている歌を、輪になって歌っていなかったか？

セイラを含めて最後の訪問者たちが帰ってしまうと、ハニバルは床の隅に身を置き、コフィンはリッサに注意を向ける。リッサはずっと、賑やかな集団からは離れて座り、焚き火の光で繕いものをしていた。

リッサ　もう寝床に行った方がいいよ、ジョシュア。こんばんは、ブラザー・コフィン。

コフィン　あんな歌を歌っちゃいけないことになっているだろう。そんなことは、おれ同様、あんたにもよくわかっているだろう！

リッサ　あの人たちの口の開け閉めをやめさせることが、どうしてわたしにできるって思うのかねえ？

コフィン　ここはあんたの小屋だよ。

リッサ　でも、あの人たちの口だからね。ジョシュア、寝床に行きなさいと言ったよね。何度も言わせないでおくれ。

コフィン　（座っておもしろそうに二人を見ていたハニバルに）おまえに会いたかったんだ、ハニバル。

ハニバル　ここにいますよ。

コフィン　わかっている。おまえが一日中いられるのはここしかない。いる、こ、と、に、な、っ、て、い、る、場所もここしかない。

ハニバルは不安気に母親の方を見るが、彼女はわざと繕いものから目を上げない。

おまえが逃げ出そうと決めるたびごとに、誰がおまえの分の綿花を摘むと思ってるんだい？

ハニバル　綿摘みのことは心配していないよ。

コフィン　（リッサに）なんでこいつのことを何とかしようとしないんだ？　おれは旦那さまのために立派な奴隷監督になろうと頑張っているのに、こいつがそれを難しくするんだ。

ハニバル　それで、あんたがとても立派な奴隷監督だってことを旦那さまに示せたら、どうなるんだい？　旦那さまはあんたを「奴隷監視人」に昇格させてくれるのかい？　たぶん、いずれあんたをここの農園主にしてくれるとでも思っているんだろうね——

コフィン　おれについてそんな生意気な口をきくのはやめた方がいいぜ、さもないと——

ハニバル　さもないと何だい、コフィン——？

コフィン　もうやめるんだ。それだけだ。おれは——

ハニバル　「——スウィートさまの奴隷監督のひとりなんだぞ」ってか。

コフィン　そのとおりさ！

ハニバル　頭に横パンチを喰らう前に、小屋から出ていってくれ。

リッサ　（縫いものから顔を上げて）もうそれ以上はおよし、ハニバル。

ハニバル　奴隷監督さまにはおれの言いたいことを言うよ。みんなも知っているように、奴隷監督っていうのは、奴隷監視人の次に、この世で最低レベルの生き方なんだ。

コフィン　どうしてだ？　おれが旦那さまのために日々の仕事をきちんとこなし、ぶらぶらと遊び惚けたりしていないからか？　たとえばおまえみたいに。おまえみたいにけしからんふるまいをしていないからか？　死んだみたいに畑で足を引きずってのろのろ歩いたり、仕事時間の半分は病気のふりをしていたり。そのうち、割当て量を全部摘もうものなら、倒れて死ぬかのようにふるまうだろうよ。おまえのたくらみはわかってるんだ。この役立たず！

ハニバル　コフィン、頭の中がごちゃごちゃになってないか？　あちらの畑はおれのものじゃないんだぜ、くそっ！　綿花は半分しか摘まないままにしたら枯れてしまうけれど、そのどれもおれのものじゃないんだぜ。機会があるたびに、落としたり、壊したり、失くしたりしている道具も、おれのものじゃないんだ。おれのものは何ひとつないんだ。

コフィン　（悲しそうに頭をふりながら、リッサに）あんたはどうしようもない息子ばかりを産んだね、リッサ。いずれ報いを受けることになるだろうよ。

リッサ　（とうとう縫いものを置いて）どうしたらよかったんだい——神さまの元へお返しすればよかったのかい？　もう自分の小屋にお帰りよ、コフィン。

コフィンは、親子と敵意に満ちた視線をあれこれと交わしたのち、退出。彼が出ていくとすぐに、母親は息子の方に向き直る。

リッサ　しょっちゅう逃げ出してどこへ行ってるんだい、ハニバル？

ハニバル　ハニバルの勝手さ。

リッサ　（静かながら辛辣な含みをもたせて）誰に向かってそんな生意気な口をきくんだい？

ハニバル　（母親に恐れをなして）時々抜け出すだけだよ、母さん。

リッサは部屋を横切って息子のわらベッドのところまで行き、その下から布にくるまれた包みを取り出し、手にもって戻ってくる。息子に近づきながら包みを開ける。その中身は聖書である。

リッサ　いつこれを盗んだの？

ハニバルはことがばれたのを知り、沈黙する。

聖書を盗むような人間を、神さまはどう思われるだろうね？

ハニバル　もし公平な神さまなら――おれがそれを盗んだやつらより、おれのことを考えてくださるだろうよ。そいつらは、聖書が言っていることに何の関心もないみたいだからね。

リッサ　ハイラムさまにおまえが盗人だと知れたら、いったい、いつまでおまえを家内召使いとして使ってくださると思うんだい？

ハニバル　あの人はおれを家内召使いにはしなかったし、おれも家内召使いになる気はないよ！

リッサ　おやまあ。あの人はおまえを家内召使いにするおつもりだよ。昨晩そうおっしゃったよ。今からおまえはお屋敷の中で働くことになるって。

ハニバル　（怒って）母さんが頼んだんだね？

リッサ　あの人はおまえが赤ちゃんの時からずっと、おまえは畑では働く必要がないって約束してくれていたんだ。

ハニバル　言葉が話せるようになってからずっと、母さんに言ってきたよね。何があろうとも、おれはけっして家内召使いにはならないって！　どんな主人にも仕えないって。ぜったいだよ、母さん、ぜったいに！

リッサ　どうしちゃったんだい、ハニバル？　わたしがずっと目論んできたことはただひとつ。おまえとアイザイアがお屋敷の中で働き、上等な食事を食べ、いい服を着て、本当の紳士のような立派な立居振舞を学ぶってことだけだよ。（懇願するように）ねえ、若旦那さまは最高に美しい赤い高級ラシャの上着を持っておられるんだけど、ついさっき、もう飽きちゃったっておっしゃるのを耳にしたんだよ。それに、若旦那さまはほとんどそれを着たことがないんだよ。（説得するように息子の両肩に触れて）どこもかしこもぴったりだよ。たぶん肩のサイズがちょっと合わないね。おまえの方が少し肩幅が広いから――

ハニバル　（ほとんど叫ぶように）エヴァレットさまのきれいな赤い上着なんていらないし、スウィートさまの食べ残しなんか欲しくもない。この世でおれが欲しいものは、このプランテーションを逃げ出すということだけなんだ！

リッサ　（息子の肩があった場所にまだ両腕を伸ばしたまま立っている）神さま、どうしてわたしの子どもたちはみなこういうふうになるんでしょうか？（ぐったりとして座り込む）何度もおまえに言ってきたけど、おまえは奴隷なんだよ。正しいかどうかはさておき、おまえは奴隷なんだよ。そして、おまえは生きている――アイザイアと違って、おまえは死んじゃいないんだ。たぶんアイザイアは――

ハニバル　アイザイアは死んじゃいないよ！

リッサ　ここはそう悪い場所じゃないよ。やれやれ。若い頃ある農園にいたことがあるんだけど、（そのことを思い出して目を閉じる）悪魔が作った場所だったよ。若い頃、地獄から来たような主人に何人も出会ったよ。

ハニバル　農園主なんてみんな地獄から来たんだ。

リッサ　違うよ、ハニバル。私が見てきたものをおまえも見てきた――スウィートさまの奴隷であることを神に感謝しなさい。おまえは何度も面倒を起こしたけれど、あの人が数回以上鞭打ったことはほとんどないんだから。

ハニバル　そもそもどうして鞭打つんだい？　おれを鞭打てるあいつは、いったい何者だっていうんだ？

リッサ　（縫いものだけを見ながら）あの人はおまえの主人なんだよ。主人である限り鞭打つ権利はあると思うよ。

ハニバル　誰がその権利を与えたんだい？

リッサ　人生は体によって決まるようになっているって、言いたいだけさ。ものごとってのは、そんなふうになってるんだ。ただそれだけのことさ。自分の仕事をして、言われたとおりにふるまうんだよ。そうすりゃ万事問題なしさ。

ハニバル　じゃ、コフィンに言ったとおりのことを母さんにも言うよ――おれは悪い奴隷になることのできる唯一無二の奴隷なんだ！　来る日も来る日も毎日毎時間、全部を成し遂げるために半歩ずつでも進んでいこうとするだけの分別を持っているのさ。毎日、健康のかわりに病気を装い、賢いかわりに馬鹿のふりをし、すばやいかわりに怠け者のふりをすることができるんだ。――おれはそうするつもりだよ。そして、そのことが旦那さまに痛手を与えれば与えるほど、それがあの人の負担となればなるほど――それだけハニバルは一人前の男になるんだよ！

リッサ　（非常に静かに椅子から立ち上がり）このことについてはおまえに伝えたよ、ハニバル。おまえはこれからお屋敷の中で働くんだよ。

しばらく完全な沈黙が続く。少し落ち着いて、ハニバルは母親にやさしく話しかける。

ハニバル　わかったよ、母さん。（間）母さんはおれがその聖書で何をしようとしているかさえ訊ねていないよ。（母親を元気づけたくて、微笑みかける）聖書を使っておれに何ができると思う、母さん？

リッサ　（ため息をついて）売っておしまい。おまえが手に入れた他のものも全部そうしただろう。あの貧乏白人の行商人たちがしょっちゅうここを通っていくから。

ハニバル　（やさしく笑いながら）いいや――おれは長いことこれを持っているんだよ。売っぱらうために手に入れたんじゃない。（待つ。それから）母さん、おれ、字が読めるんだ。

リッサはゆっくりと頭をもたげて、息子を見る。

そうなんだ。字が読めるんだよ、母さん。まだ言うつもりはなかったけど。

彼は聖書を手にとり、リッサの手をとって暖炉の前近くに彼女を導き、聖書を開く。そのあいだ彼女はものも言えないでいる。

聴いてくれ――（ページの上に人差し指を置き、灯りが乏しいことと、最近身につけたばかりの能力であるために、たどたどしい感じで読む）――「エレミア――書」。

彼は読むのを止め、母親の顔を見つめる。そこに待っている驚きの表情を求めて。母親の眼の表情には、驚きとともに潤いが加わり、涙が浮かび上がる。

リッサ　（信じられないという気持で、小さな声で）おまえは母さんを馬鹿にしているね。本当はそのたくさんのしるしを理解できていないんじゃないのかい――？　お祈りの集会の時に暗記でもしたんだろう――

ハニバル　（やさしく笑って）違うよ、母さん――（他のページを見つけて）「そしてわたしは言った……（憧れの気持を込めて。言葉は彼自身の願望を反映している）「ああ、わたしには……鳩のような……翼がある……それからわたしは……飛び去ろう……そして……休息しよう……」（彼は聖書を閉じて母親を見る）

リッサ　ああ、神さま、聖なる御名に祝福あれ。息子が聖書の言葉を読むのを見ました！

彼女は嬉しさで息子を見つめ、それから突然その喜びと驚きが、彼女の眼の中で純然たる恐怖に変容する。息子から聖書をひったくると、急いでそれを隠し、小屋のドアまで走っていって、あたりを見回す。恐怖にとらわれて、彼の元へ帰ってくる。

どうして読み方がわかるようになったんだい？

ハニバル　（依然として微笑みながら）奇跡でも何でもないよ、母さん。学んだんだ。長い時間かかったし、たいへんだったけど、学んだんだ。

リッサ　それでいつもどこかへ行っていたんだね――誰かがおまえに教えていたんだね――

母親が推測している面前で、ハニバルは頭を垂れている。

いったい誰が――？

ハニバル　母さん、誰にも言えない二つのことのうちのひとつがそれだよ……字の書き方も学んでいるんだ。まだ始めたばかりだけど、もうかなりの数の言葉を書くことができるよ。

リッサ　（深い恐怖に襲われて、ほとんど我知らず彼の前にひざまずいて）もしばれたら、あいつらがおまえに何をするかわからないのかい？　前にエヴァレット若旦那が、男の奴隷を、読み書きを習ったかどで、二本の若木のあいだに縛りつけていたのを見たことがあるよ。それから、その男に教えた白人の男は郡から追放されたんだよ……

ハニバル　（怒って）そんなこと全部わかってるよ、母さん。

リッサ　やめるんだよ。おまえに教えているのが誰であれ、その人も教えるのをやめなきゃならないよ。

ハニバル　（母親から身を引き剝がして）母さんは誇りに思ってくれると思っていたのにな。だけど、

もう遅すぎるんだろうな。母さんにはもう奴隷の考え方以外できなくなっているんだ。（彼はドアの方に向かう）

リッサ　どこへ行くの？

ハニバル　母さんに言うことができたらって心底思うよ。それが言えるほど、母さんがおれの味方だって信じることができたらなあ！　神にそう願うよ。

彼はすぐさま夜の闇の中へと入っていく。カメラはリッサの深く苦悩に打ちのめされた顔へと下りていく。

ディゾルヴして場面転換

戸外、畑

朝

馬に乗った男の腰のあたりに吊り下げられているホルスターの中の銃がクロースアップされる。カメラが後ろに引き、畑でゼブが馬に跨《またが》り、奴隷監督の男たちが彼を取り囲んでいるのが見える。ワークソングが男たちの会話とともに聞こえる。

ゼブ　（戸外であり、歌声よりも大きな声でしゃべるために、少し叫ぶような感じで）……働き手は通常の時間より一時間半早く、畑に出ることにする。正午の休憩時間を半分に縮めて、夜仕事をやめるいつもの時間より一時間半長く働かせることにする。

奴隷監督の男たちは驚愕して互いに目を見合わせる。

何か問題でもあるか？

奴隷監督のひとり　ここの者たちはそんな長時間労働に慣れていませんよ、旦那。そりゃすごく長い労働時間だ。特に、そんなふうに昼休憩を削ろうと考えるんじゃ。昼日中にゃ太陽がひどく照りつけるし。あいつらはひどく不平を言って、道具を壊したりなんかのいろんな面倒を起こすようになるに決まってます。

ゼブ　こいつらが、どんなに早く自分のやり方を変えにゃならんとわかるか、それを見たら驚くだろうぜ。なかなかわからないやつがいたとしても、おれが一発懲らしめてやりゃ、すぐにわかるだろうぜ。

コフィン　なるほど！　連中もすぐにわかるでしょう！　この農園の運営方法のせいで、あいつらには悪い癖が付いちまってるんです。お気の毒なスウィートさまを利用するようなやつらがいるんですよ。しょっちゅう道具を壊したり、逃げ出したりして――

ゼブ　（信じられないというように）逃げ出す――？　誰が逃げ出すんだ？

コフィン　ああ、まったく！　この農園で起き続けているけしからんふるまいをご存知ないんですね。ここの連中には、ひどく生意気になっちまって、スウィートさまが野良に出て、自分たちのかわりに鍬で耕せばいいって考えるようなやつもいるんですよ。（近くにいるハニバルを指さして）あそこにひとりいます。やれやれ、あいつですよ！　おれの言う意味がすぐにおわかりになりますよ。あいつは、週に一度、むっくり起き上がって、どこかへ行方をくらますんですよ。やりたい放題のお大尽ですよ。旦那さまに何度も申し上げましたけど、全然直らないんでさあ。

ゼブ　やつは鞭打たれないのか？

コフィン　はぁ――。旦那さまがお命じになる鞭打ちはたいしたものじゃないんです。あそこにいるあいつ。ちぇっ。あいつは鞭打たれても、次の時には、前と同じようにいなくなるんですよ。あくどいやつですよ。

ゼブ　（ハニバルを見て、彼に呼びかける）こっちに来い、おまえ。

ハニバル　（まっすぐ立ち上がり、まるで誰が呼ばれているのかよくわからないかのように、周囲を見回す）誰のことですか？

ゼブ　**誰のことって？――そうだ、おまえだよ！**　こっちへ来い！

ハニバルは不機嫌さが今にも爆発しそうな様子でバッグを下ろし、奴隷監視人のところへ来る。

おまえ、その帽子はどうしたんだ？

ハニバルは帽子を引っ張って脱ぐ。目は地面をずっと見ている。他の奴隷たちは何か厄介なことが起きていることを察知し、仕事のペースを落として様子を見ている。ゼブは彼らの様子に気づく。

誰が休日だと言った？　働け！

奴隷たちは数分のあいだは動作を誇張しながら動いているが、今起きていることにますます興味津々で、次第にペースが落ちる。

おい、顔を上げろ！

ハニバルは顔を上げ、相手の目をじっと見る。

こいつの名前は何だ？

コフィン　こいつはリッサの息子で、ハニバルと言います。こいつの兄は逃亡奴隷です。

ハニバルはあからさまな敵意を込めてコフィンを見る。

ゼブ　（鞭を手にしたまま、馬から降りながら）おや、そうかい。おい、まだここでうろうろと何をしているんだ？　おまえの兄貴はまだここへは戻らないのかい？　まだ、おまえと母親を買い取って、パラダイスへ連れてっちゃくれないのかい？

奴隷監督のひとり、二人がくすくす笑いをする。

おそらくおまえは、いつの日か逃げ出して、兄貴と合流する計画なんだろうな？

ゼブは手を伸ばし、鞭の柄の先を使ってハニバルの顔を右左と動かし、彼の眼を念入りに調べる。

おまえは旗を掲げているようにはっきりと、眼の中に厄介ごとを抱えているな。

彼は力を込めて鞭を振り上げ、ハニバルの顔の上に振り下ろす。自然に漏れる囁き声が、見ていた奴隷たちの中から湧き起こる。ゼブは奴隷たちに全員に向けて言う。

そうだ、殴る時に、理由なんていらないんだぞ！

ハニバルは彼の前で体を二つに折り曲げ、顔を押さえている。

おまえたちみなもはっきりわかっただろう！　今からは、このプランテーションでは、おれたちが綿花の植え付けと摘み取りを監視するんだ！　ぶらぶら遊んだり、生意気な口をきいたり、道具を壊したりは金輪際許されないぞ！　あるまじき行いをすれば、今見たようなことがおまえたちにも起きるんだ。さあ、みんな仕事につけ！　そして、歌うんだ！――声を出せ、いいか！

歌声が起こる。ゼブは奴隷監督たちの方を向く。

休憩まで速いペースで働かせ続けろ。それから、必ず歌も続けさせせろ！　不平不満を抑え込むんだ！（ハニバルがまだ顔を押さえているのに気づくと）芝居はもう充分だぜ。作業の列に戻れ。

ハニバルは従い、自分の列へと行く。中距離からのゼブのショット。ゼブはふたたび馬に乗り、腰に片手を置いて、目の前の畑を見渡している。腰には銃を下げ、手にはまだ鞭を持って、自分のものでもない土地を監視している。

ディゾルヴして画面転換

屋外、ベランダ

エヴァレットはポーチ・チェアにゆったり座って、飲みものをちびちび飲んでいる。ゼブが、手に農作業の帽子を持って、彼の前に立っている。

エヴァレット　やはり、別のやつを懲らしめた方が良かっただろうな。あいつの母親はお父さんのお気に入りの家内奴隷のひとりなんだ。だから、あいつらは、畑で起きていることを逐一お父さんに報告する手段を持っているんだ。

ゼブ　（熱心に）このプランテーションを適切に運営なさりたいと思われるなら、おれに任せた方がいいこともあると存ずる次第です、スウィートさま。

エヴァレット　（ゆっくりと相手の男に目を向け、その目を男の体全体を下から上まで移動させて点検しする。そのさまは、彼がこの男を見るのも嫌でたまらないということをあからさまに告げている）誰がここの主人で、誰がただの奴隷監視人にすぎないか、知っておいた方がいい。そう「存ずる次第」だよ、きみの言い方を借りると。はっきりさせよう。きみはただの使用人なんだ。それ以上でも以下でもない。ここはおれのプランテーションだ。おれだけがすべてに責任を持つ。なぜなら、おれだけが主人だからだ。はっきりしたか？

コフィン　（純粋な憎悪を胸に、自分の雇用主を振り返る）わかりました。そのことはとてもはっきりしていると存ずる次第です。

ゼブ　すみません、お邪魔します。ゼブの旦那、とても緊急なことをご報告せねばと思いまして。

コフィン　今度は何が起きたんだ？

ゼブ　あいつがまたいなくなりました。ご報告したように、あいつはずっと畑に出ておりましたのに！

コフィン　ハニバルか！

ゼブ　そうです！　先日旦那が、あいつや他の者たちに知らしめなさったにもかかわらず、やつは今日また畑から抜け出したんです。だけど、今日こそはやつの居場所を突き止めました！このコフィンは、やつがこんなふうにふたたび、何かをしでかす時だってわかってたんでさあ。やつのあとをつけましたとも、もちろんでさあ。このコフィンはやつがどこにいるか突き止めました――

ゼブ　そんなら、そこに馬鹿猿のように突っ立ってないで。あいつを引っ立てて、小屋に押し込めて、裸にしておけ。そしたら――（勝ち誇って雇用主を見る）――そこでおれが厳しく躾をしてやるから。（ふたたび苦々しそうにエヴァレットに対して）つまり、あなたさまのご許可をいただけるならば、ですが。

コフィン　（心底動揺している）そうじゃないんです。あいつはぼっちゃまといっしょにいるんですさあ！

エヴァレット　（初めて関心を示して、背筋を伸ばす）やつが誰といっしょにいるって？

コフィン　トムぼっちゃまとです！

エヴァレット　（信じられないふうで）おれの弟と？

コフィン　そうです！

ゼブ　よし、行こう！

エヴァレット　（すぐに立ち上がって）おれも行く。

画面が切り替わる

森の中のハニバルの空き地。タイトルが現れる前のオープニング場面と同じカメラ構図。バンジョーのネックと彼の顔のクロースアップが画面に現れると同時に、純然たる元気なバンジョーのリズムが聞こえる。今カメラは後ろに引いて、ハニバルとトミーが座っているあたりに置かれている本や紙類を映し出す。ハニバルはジャジャンという装飾音を鳴らして弾き終えると、少年に楽器を手渡す。少年はぎごちない動作で膝にバンジョーを置き、楽器を習いつつある人のかなり不確かな仕方で、注意深く爪弾きはじめる。少年が二、三のコードをかき鳴らすと、教える方は顔をしかめる。

ハニバル　ああ、違うよ、トミーぼっちゃま。この指の下に少し隙間を開けるんだ。いいですか。指の腹が弦に触れたら、こんなふうにべちゃっとした音になりますよ。

弾いてみせてトミーを笑わせようと、ハニバルは楽器で不愉快な音をかき鳴らしてみせる。するとと少年は笑いころげる。

いいですね。さあもう一度弾いてみて。

トミーはもう一度弾いてみる。多少うまくなったのでハニバルはうんうんと頷《うなず》く。

良くなりましたね。（ひょうきんにからかうように）さあ、これで終り。今度はおれのレッスンの時間ですよ。

トミー　先に他の曲を弾いてみせてよ、ねえ、ハニバル？

ハニバル　（男同士の約束というふうに）おやおや、フェアじゃないですね、トミーぼっちゃま。おれたちの約束は、いつでもきっちり一レッスンが終ったら一レッスンでしたよね。そうじゃなかったかな？

少年はしぶしぶ頷く。

それに、紳士というのは約束を守るものじゃないですか？　どんなに他のことがしたくてもね？

トミー　ああ、わかったよ。（片手を差し出して）ぼくが言ったとおり、作文書いてきた？

ハニバル　（元気溌剌と。シャツの中に手を差し入れ、汚れた一枚の紙を取り出す）はい、ここに。言われたとおり、お話を書いてきましたよ、先生！

トミー　（紙を開く。非常に拙い活字体で書かれているので、たいへん苦労しながら読む）「北――斗――七――星」（特に何の感情もなく生徒を見る）

ハニバル　（誇り高く）そうです。さあ、続けて――声に出して読んでくださいよ。お願いします。

トミー　なんで？　何が書いてあるか知らないの？

ハニバル　もちろん知ってますよ。だけど、誰か他の人が読むのを聞くと、心の中が気持ち良くなる気がするんです。おれが書いたものを、おれが自分の頭で考えたことを、他の人が実際に理解できるんだってわかるのが嬉しいんです。

トミー　（ため息をついて）わかったよ――「北斗七星。わたしが子どもの頃、最初に知る」――ここでは「知った」と書くべきだよ、ハニバル。「最初に知ったのが北斗七星です。それは夜空で一番美しいと思いました」――thought という単語にちゃんと u と g があるね――「なぜかはわからないけれど、あおむけに寝そべって星々を見ていると、心の中に何かがわき起こります。それは」――be じゃなくて is だよ、ハニバル――「どんな人間よりも大きいです」（トミーは、最後の部分の意味がわからず眉根を寄せる）「それは、すべての人に自分が王さまイエスのようだと感じさせます。イエスは乳白色の馬に乗り、自由――と呼ばれる栄光のうちに立ち上がれと告げながら、世界中を駆け巡ります」

ハニバルは、自分の言葉を聴きながらうっとりとしている。

「仰向けに寝そべって北斗七星を見上げていると、そういう気持がわいてきます」うーん――これは物語じゃないね、ハニバル……

ハニバル　（心から歓喜して、しかし、この意見によって喜びが減じられて）そうですか？

トミー　そうだよ。物語では何かが起きなきゃならないんだ。始まりと終りがなきゃならないんだ――

彼は途中で言葉を切る。ハニバルの背後に立っている三人の男の脚を見たからである。ハニバルはトミーの眼を覗き込み、差し迫った恐怖を感じてぱっと立ち上がる。

エヴァレット　（ほとんど言い表せないほどの怒りで）家に帰りなさい、トミー。

トミー　（バンジョーに手を伸ばして）エヴァレット、ぼくがもうどれだけ弾けるようになったか聴きたい？　びっくりするよ！　兄さんを驚かせるように、このことは内緒にしなきゃいけないって、ハニバルは言ってたけど。

エヴァレット　家に帰るんだ、すぐに！

少年は不思議そうにおとなたち全員を見てから、本を集めて、退出。ハニバルはほとんど無意識に男たちからあとずさりしている。エヴァレットはハニバルの方を向く。

じゃあ、おまえはあの子に、このことは内緒にしようって言ったんだな。

ハニバル　おれは歌を教えてあげていただけです。ぼっちゃまがあとをついてきて教えてくれって言われたんです！（絶望に打ちひしがれたさまで）ぼっちゃまから頼まれただけです。

エヴァレット　（作文を手に持って）おまえがこれを書いたのか――？

ハニバル　それは何ですか？

エヴァレット　（腕をぐっと後ろに引いてから、力いっぱいハニバルを平手打ちする。ゼブはそれを見てほくそ笑む）**これだよ！**……そこに突っ立っておれを騙そうとするんじゃない、この猿顔の馬鹿野郎が！　おまえがこれを書いたのか？

ハニバル　いいえ、おれは字の書き方を知らないです！　誓って言いますが、字の書き方なんて知りません！　トミーぼっちゃまが書かれたんです……

エヴァレット　トミーは七歳の時にはもう、これより上手に字が書けたんだよ！　おまえがトミーに教えさせていたんだじゃないのか？

ハニバル　ほんの少しだけです。たぶん自分の字を読んだり書いたりできれば、もっと旦那さまのお役立つことができるんじゃないかと思いました。

エヴァレット　（本当に怒り狂って）おまえは、主人に逆らう罪を犯すために、主人の息子を使ったんだな。どのくらいのあいだやってたんだ？　他にも誰か教えたのか？　親父だってこのことを許しはしないだろうよ、ハニバル。

エヴァレットの手が伸びて、指のあいだにハニバルの両頬を挟み、一方からもう一方へと顔を向けさせ、彼の眼の表情を観察する様子がクローズアップされる。

「字を学んだ」奴隷に特有の唯一の表情があると、聞いたことがある。他のことと同じなんだ。一部が病に冒されれば――

突然、ハニバルは全力をふりしぼって突進して逃げる。

ゼブ　捕まえろ、コフィン！

コフィンはハニバルにタックルし、彼を地面に投げ倒す。ゼブはやってきて彼を抑えるのを手伝う。そのあいだ、エヴァレットは乗馬用鞭で自分の脚をぴしゃぴしゃ叩きながら、微動だにせず立っている。

エヴァレット　……一部が病に侵されたら――病んだ部分を切り落とすんだ。奴隷の識字能力は病なんだ――

ハニバル　（絶望に直面し、抵抗の絶頂にあって、エヴァレットに対して叫ぶ）おれに対して、あんたは何もできないぜ。おれの頭から学んだことを追っ払うことはできないんだ……おれには字が読める！　それに、字が書ける！　あんたはおれをしこたま殴ることはできるだろうが……でも、おれは読むことができるんだ……（ゼブに）おれには字が読めるが、あんたにゃ読めないんだ――

ゼブは怒りでくらくらしながら、鞭を振り上げる。エヴァレットは彼の腕を止める。

エヴァレット　こいつは本当のことを白状したな。（冷たくゼブに）目が見える限り、やつは字を読むことができる……

ゼブは信じられないという顔でエヴァレットを見ながら、ゆっくりと腕を止め、ゆっくりと眉を顰める。

おれが言った意味を完全に理解しているな。さあ、やれ。

驚愕し、恐れをなして、ゼブは主人から奴隷へと視線を動かす。エヴァレットは頷いて、ことを進めるよう命令する。ゼブは抗議しようと口を開く。

さあ、やるんだ。

ゼブはもう一度主人を見る。鞭の柄を手に取り、ゆっくりと奴隷の方へ進んでゆく。奴隷の方は自分に何がされようとしているかを理解する。エヴァレットは踵を返してその場から離れる。カメラは移動しながら彼の顔を追う。彼が大股で森を通って歩いていくと、まもなく、拷問を受けた人間の苦痛に満ちた叫び声が、四方八方からエヴァレットを取り囲む……

フェイドアウト

第二幕終り

第三幕

フェイドイン

戸外、プランテーションの敷地内

夜遅く

二本の若木のあいだに四肢を巧妙に縛られている、ひとりの男のシルエットが浮かび上がる。どちらの若木も、互い違いに地面に向かってたわんでいる。二人の男のシルエットが近くにぼんやりと現れる。ひとりの声が言う——「もういいだろう。縄を切って降ろした方がいい……壊疽が始まっているはずだから」。

ディゾルヴして画面転換

屋内、ハイラム・スウィートの寝室

ハイラムはベッドの上にいて、激しい非難の言葉を浴びせ続けている。薬びんは暖炉に当たって粉々に砕ける。カメラはハイラムのベッドに近づく。彼はゼブとエヴァレットに対して怒り狂って叱責している最中である。二人はフロアの真ん中に立ち、抵抗や恐れやじれったさといったさまざまな感情を装っている。マライアは夫のベッド脇近くに立ち、怒りの感情が心臓病患者に及ぼす影響を恐れて、両手を揉み合わせている。エヴァレットは、制止するような身振りで父親の方に手を差し伸べる。

ハイラム　人殺しの手でおれに触れるな！

エヴァレット　（小さな声で母親に）いったい誰があのことをお父さんに話したんですか？

マライア　（肩をすくめて）もちろん、あの者たちのうちの誰かよ。

二人は部屋の中にいるただひとりの家内召使いを見る。彼はすばやく目を逸らす。

ハイラム　誰が話そうがおまえの知ったことか！　ことを行う前におれに話すべきだぞ。こいつ「ゼブのこと」を雇う前におれに相談するべきだったぞ――この――**この野郎を撃ち殺してしまう前**

に、おれの目の届かないところに追い払え。おれの土地から追い払ってしまえ！

ゼブ　言いたいのは、おれは言われたとおりにやったということだけです。ただご命令に従っただけです……

ハイラム　あいつをここから追い払え！

マライア　行ってちょうだい、ゼブ。

ゼブ　わかりました、奥さま――でも、旦那さまに言ってください。おれは言われたとおりにやっただけだって。

エヴァレット　さあ、行ってくれ。

ゼブは退出する。

マライア　さあ、あなた。落ち着いてちょうだい――

ハイラム　（息子に）わかった。こんなふうに、おまえはプランテーションを引き継いで、運営しているんだな。

召使い　ブレット先生がおいでになりました。

メイコン・ブレットが、手に新聞を持って大喜びな様子で入ってくる。

ブレット　みんな、ニュースは聞いているかい――？

マライア　まあ、メイコン。あなたの礼儀作法はどこへ行ってしまったの――？

ブレット　ごめん、ごめん、マライア。

彼はマライアに軽く会釈し、二人の男に挨拶する。それから、彼の興奮した状態がふたたび始まる。

エヴァレット　何のニュースですか――ニュースを聞いたかい？

ブレット　ああ、友人たちよ。戦争が始まったんだよ！　紳士淑女よ、二日前、南軍がサムター要塞を攻撃したぞ。南部は戦争に突入したんだ*[13]！

一瞬完全な沈黙があり、それから、エヴァレットとブレットは歓声を上げる。エヴァレットは台に上がって、暖炉の上方に掛けてある鞘に入った刀を引っ張り下ろし、それを振り回したりブレットと抱き合ったりを交互にしはじめる。

マライア　エヴァレット、あなたも行かなければならないの？

エヴァレット　もちろんですよ、お母さん。任官命令が来たらね！

マライア　（ハンカチを目に当てて）ああ、かわいいエヴァレット。

その時、徐々に、すべての者はハイラムの様子の変化に気づく。彼はそのニュースを聞いて、打ちのめされ、沈黙して、冷静な状態になっている。

ハイラム　（深く悲嘆にくれて）おまえたちは馬鹿だ……驚くばかりの愚か者だ……

マライア　まあ、ハイラム――

ハイラム　南部は負けるね。きみたち二人は、幸福に酔って、蝶みたいに跳ね回ってるけれども。

エヴァレット　負けるですって！　南部はこれから自己主張をしていきますよ、お父さん。今後、世界の国々と肩を並べるひとつの国家となりますよ――

ハイラム　サムター要塞を攻撃したあの馬鹿者が誰であれ、そいつは奴隷たちを解き放ったんだということがわからないのか？　さあ、酒を出せ。おまえたち、もうすべて終りだ。（間）この生き方はもうおしまいだ。終りはここにある。それなら、これまでの人生に対して祝杯をあげるのもいいだろう。

ブレット　おいおい、いいかね、ハイラム――

ハイラム　何がいいかって？　いったいどんないいものを見せてくれるんだ？　きみこそ見てみろ。その窓に近寄って、あの者たちを見てみるんだ。きみやきみの仲間たちがやつらを解き放ってしまったんだぞ。

エヴァレット　お父さん、なんて馬鹿なことばかり言うんですか？

ハイラム　（緩慢な動作で部屋着を着ている）奴隷居住地区では、やつらはすでにこのことを知っていると断言しよう。（悲しげに）連中は、誰が、どういうふうにして、あるいは、なぜこの軍隊が近づいて来ているのかはわかっていない。その軍隊が自分たちのために来ているのか、それとも自分たちには関心がないのかどうかはわかっていない。だが、やつらは軍隊と合流するだろう。何千という奴隷たちが南部から流れ出てゆくだろう——汚くて、無知で、ものごとの全体がどうなっているかもわからないような者たちが。いずれにせよ、やつらはおれたちに反旗を翻すだろう。そして、ある晴れた朝、熱狂的な北部人《ヤンキー》どもが目覚めて、奴隷制廃止論の熱にのぼせあがり、南部連合の境界線[*14]を越えてふらふらとやって来た黒人たちに、ひとり残らず武装させようと心に決める——そして、実際そうすることになるだろう。なぜって、そうしなきゃならないからさ。南軍は自分たちの軍服に身を包み、自分たちの失われた大義のために鬼のように戦うだろうからね……だけど、北部人どもが、黒人たちに銃と北軍の青い軍服を与えてしまえば、すべては終ったも同然さ。

マライア　ハイラム、何をしているの？　どこへ行くつもりなの？

ハイラム　（完全にベッドから出て）リッサに会いにゆく。

ブレット　きみの主治医として、ハイラム。ベッドを離れてはならないとはっきり申しつけるよ。

ハイラム　メイコン、黙らないか。おれに残された時間はもうないんだ。近づきつつある未来を見たくはない。おれは奴隷制の正当性を信じていた。だが、その本質を理解してもいた。奴隷制の本質はおれを欺かなかったってわけさ。おれたちがともに死ぬのも、かえって好都合じゃないか。さあ、そこをどいてくれ。

ブレットは引き下がり、ハイラムはゆっくりと出ていく。

画面が切り替わる
リッサの小屋の外

ハイラムはしばらく外に立っている。遠くのどこかで、奴隷の悲しそうな歌声がする。[*15] ハイラムは小屋の中に入る。リッサは火の近くにいて、深鍋で何かを煮ている。ハニバルがベッドの上に長々と横たわっている。彼の両目は布で覆われている。主人のハイラムが入っていくと、中にいたひとりか二人の奴隷はものも言わず外へ出てゆく。時折ハニバルが小さな呻き声を上げる。リッサは準備しているエキスを丹念に味見している。彼女はそれから、別の深鍋に新しい白布を浸し、軽く絞って息子の方へ行く。彼女の目は、主人が部屋着の襟を掴んで、彼自身もはあはあと苦しそうに喘ぎながら立っているのを見つける。ハイラムはハニバルを見下ろす。リッサは厳然たる非難を込めて主人を見る。彼の方は哀願するように彼女の視線に応え、何をして虚しいという身振りで両手をだらんと落とす。彼女は彼を無視し、息子のところへ行く。古い布を外して、新しい布に取り替える。歌は続いている。

ハイラム　ブレット医師を呼びにやろう。

リッサ　治療はわたしがしています。

ハイラム　でも熱があるだろう――

リッサ　キニーネ[*16]を作っています。もうすぐでき上がります。

ハイラム　――本当か……？　ブレットを呼んだ方がいいと思うが。

リッサ　（顔を上げず）医者はこの子の眼を元どおりにしてくれますか？

沈黙。

ハイラム　おまえに言いたかったんだ、リッサ――おれはこのことには関係がないんだって、言いたかったんだ。信じてもらいたいんだ。おれの――おれの力がとうとう及ばなくなってしまったようなんだ……他の人間の作った規則が、おれの人生の一部となってしまったんだ……

リッサ　（初めて顔を上げて彼を見て）どうして？　あなたはご主人さまじゃないんですか？　誰かのご主人さまなのに、他の人のご主人さまじゃ全然ないなんてことがどうしてありえるんですか？

ハイラム　（その問いかけはあまりに深く心を刺し貫いたので、彼は突然厳しい表情を浮かべて彼女を見る）言いすぎだぞ――

リッサ　（狙いの致命的なまでの正確さで）あらそう――？　わたしには何をするつもり？　あんたの奴隷監視人にわたしの両眼も抉りとらせるつもり？（肩をすくめて）目が見えないなんて、わたしにとっちゃ大したことじゃないでしょうよ。この世で見る価値のあるものはもう全部見てしまったんだ。全部大したことなかったよ。（不意にハイラムから顔を逸らして）こんなに話していると息子に障るわ。

ハイラムは、自分の方を向こうともしなければ、どんなふうにも自分を慰めてくれることのないその顔を見てから、ゆっくりと立ち上がり、小屋の外に出て行く。カメラは彼を追い、暗闇の中を数フィート進む。その失意に沈んだ、敗北した姿は突然よろけ倒れる。彼は助けを求めて叫ぶが、小屋小屋の灯りはひとつまたひとつと消えてゆく。小屋小屋のドアは閉じられている。彼はリッサの小屋に戻ろうとして、草の上を少し這い進む。小屋の中では、リッサはふたたびテーブルのところにいて、ハニバルのために別の布を準備している。助けを求める男の叫び声がはっきりと彼女の耳に入ってくる。彼女は目を上げて、その男の姿を見ようと窓の外を見る。それから、無表情のまま瞼を下げ、布を絞って、ハニバルのベッド脇へと戻る。布を息子の両眼の上に置き、それから椅子にゆったりと腰かけて、膝の上で両手を組む。椅子を前後に揺らしはじめると、カメラは彼女の顔へと下りてゆく。やがてハイラムの叫び声は完全に聞こえなくなる。

フェイドアウト

フェイドイン
戸外、ベランダ
夕方

マライアが黒ずくめの服を着て、動くことなく、どこを見つめるともなく見ながら座っている。エヴァレットは階段を上がってくる。南軍の将校の軍服を着て、喪章を腕に巻いている。

エヴァレット　お母さん……

母親に対する態度は、彼女を悲しみから気を逸らそうと努力している人のものである。

馬車を出して、松林の近くの涼しいところにでも、長乗りにお連れしたいのですが、どうですか――？

マライア　いいえ、ありがとう、エヴァレット。

エヴァレット　いや、ぜひお出かけください――とても涼しくて気持がいいでしょうから。それから、明日は、ロブリー夫妻のお宅をお訪ねになったらどうですか――

マライア　（身の周りにショールを引き寄せて）ありがとう、エヴァレット。でも、今夜はこのあたりは冷えると思うのよ。それに、お父さまはロブリー夫妻がお好きではなかったしね。

彼は説得しかけるが、母親の顔を見て考えを変える。椅子に深く腰かけてくつろぎながら、目の前の暗闇に目を走らせる。暗闇の奥には彼のプランテーションが広がっている。その時、奴隷居住地区から静かな霊歌の歌声が湧き起こる。番組冒頭の場面で聞いたのと同じ、「逃れゆこう、イエスのみもとに」という霊歌である。

エヴァレット　そうですね――お母さんの言うとおりです。ここに穏やかに静かに座っていましょう。今夜の歌声は美しいですね。

マライア　（まっすぐ前を見ながら）穏やかですって？　本当にここが穏やかだと思っているの、エヴァレット？

エヴァレット　もちろん、そうですよ、お母さん。（熱を込めて）今後ものごとはうまくいくことでしょう。ゼブは、おれがこの農園をどんなふうに運営したいかを理解しはじめていますからね。綿花の収穫は期待したとおりにうまくいっています。奴隷たちは新しいスケジュールの日課にちゃんと慣れましたし。すべては秩序正しく、統制されています。（彼女の手にやさしく触れて）何より、お母さんが心配されるようなことはまったくありません。この戦争はすぐに終るでしょうし、おれもあっという間に戻って来ますよ。そして、すべては平常に戻っていくことでしょう。さらに良くなるだけですよ、お母さん。さらに良くなるだけです……

カメラはパンしながら二人から離れ、ベランダを下りて、玄関ドアを入っていく。玄関の間に入り、暗いダイニング・ルームへと入っていく。そこでカメラが見いだすのはリッサの姿である。低いアングルなので彼女の顔は映し出されない。リッサは暗闇の中で銃が納めてある戸棚の前に立っており、腰にぶら下げた鍵で戸棚を開ける。彼女はこっそり銃を取り出し、用心深く戸棚を閉めると、踵を返す。カメラは、彼女のスカートとすばやく動く素足がダイニング・ルームを横切り、暗いキッチンに入り、それから裏口を出るのを追う。外の暗闇の中で待っているのはジョシュア少年である。

リッサの腰より上はまだ見えない。彼女は少年の手を取り、二人は半ば走るように森の方へと進み、森の中に入っていく。カメラは彼らとともに進み、やがてハニバルの空地へと到着する。その空地にはセイラが立っている。セイラは旅の装備をしており、ひどく震えている。彼女のすぐ向こうには男の姿がある。座って辛抱強く待っている盲目のハニバルである。リッサはセイラの手に少年の手をしっかりと握らせ、彼女のもう一方の手に銃をぐいと押しつけて渡す。それから二人といっしょにハニバルのところへ行くと、彼は立ち上がる。彼らはすばやく抱きあい、それから、若い女と少年と盲目の男は踵を返して、森の中に消えていく。リッサは彼らの後ろ姿を見守る。そして、「北斗七星を追ってゆけ」の歌声が続くあいだ、カメラはパンしながら彼女から離れ、語り手が最後に場面から出て行ったあの奴隷居住地区へと移動する。今回は、語り手のマスケット銃は暖炉に立てかけてある。ふたたび以前の時のように、奴隷たちの姿は見えない。今度は、語り手はコートを着てこの場面に歩いて入ってくる——迷いなく準備を整える様子でコートのボタンをかけながら。アメリカ合衆国連邦軍の兵卒の装備を完成させると、こちらを見る。

兵士［語り手］　奴隷制はこの国にとって大きな負担となりはじめている。この国が偉大な産業国家になることを国民は決意している。しかし、奴隷制は、その偉大な産業国家にとっての足枷となってしまっている。それは、ひとつの強力な連邦国家を作ろうというアメリカ人の偉大な考えを、たっぷり一世紀も遅延させている。十八世紀の建国の父祖たちは、連邦国家こそ、最終的に、この世界において強力な国家のひとつとなりうる唯一の道だと考えていた。そして十九世紀の今、われわれはその夢を手放してはならないと決意している。（純然たる決意と当然のことという思いを胸に、息を深く吸い込む）そして――

バックグラウンド・ミュージックとして、この時代に作られた歌「自由の喊声」*[17]の、軍隊演奏が明瞭に聞こえてくる。

――われわれは闘わなければならない。他に選択肢はないんだ。奴隷制が自然に滅びるということは、ありうるかもしれない。しかし、そうなる前に、奴隷制がこの合衆国を滅ぼしてしまうということは、さらにありうることなんだ。それが、われわれの政治的・経済的未来を破壊してしまうということも、さらにありうることなんだ。（帽子を被り、ライフルを取り上げる）奴隷制によって、われわれは、国家として、すでにあまりにも多くの魂を犠牲にしてしまっているのだから。

フェイドアウト

終り

訳註

＊1　タイトル *The Drinking Gourd* については、「水飲み柄杓」と直訳せず、現代の人口に膾炙した呼び名である「北斗七星」を採用した。喉の渇いた逃亡奴隷にとって、渇きを癒してくれる「水飲み柄杓」のイメージは重要であり、「北斗七星」の訳語ではそのニュアンスは失われてしまうが、「北」を目指そうという奴隷たちの意志はより鮮明になる。

＊2　「パン pan」とは、カメラを移動せず、左右（もしくは上下）にカメラを水平（もしくは垂直）回転させて撮影すること。

＊3　黒人霊歌「逃れゆこうイエスのみもとに Steal Away to Jesus」。'steal' は「人の目を盗んでこっそり行く」という意味であり、ひっそりとした曲調でもあることから、奴隷が逃亡する時の合図の歌として使われたといわれる。

＊4　「奴隷監督 driver」とは、みずからも黒人奴隷だが、他の黒人奴隷たちの仕事を監督するという任務を与えられた者。

＊5　フォークソング「北斗七星を追ってゆけ Follow the Drinking Gourd」。奴隷制時代、ペグ・レッグ・ジョーという名の「地下鉄道」の白人活動家が、この歌を使って奴隷を北部自由州・カナダへと逃したと伝えられている。逃亡奴隷はたいてい夜間に移動するので、「北斗七星」は有効な目印だった。民俗学者H・B・パークスによって収集された。

＊6　「奴隷監視人 overseer」とは、主人の代理で黒人奴隷全体を監督する立場の者（白人）。奴隷監視人の下に複数の奴隷監督がいる。

*7 「境界諸州」とは、デラウェア、メアリーランド、ケンタッキー、ミズーリ、ヴァージニア州を指す。南部奴隷州と北部の非奴隷州の中間に位置する諸州。奴隷州ではあったが、南北戦争勃発時、南部連合には加わらず、連邦に留まる決定をした。しかしヴァージニア州は、ウェストヴァージニア州を分離し、南部連合に加わった。ここでの「南部綿花州」とは、ジョージア、テネシー、ミシシッピ、フロリダ、アラバマ、ルイジアナ、アーカンソー、ノースカロライナ、サウスカロライナ、テキサス諸州を指す。

*8 「逃亡奴隷法」とは、奴隷の逃亡を阻止する目的で、一七九三年と一八五〇年に成立した法律。本作で話されているのは一八五〇年の逃亡奴隷法のことである。新しい法律下では、逃亡奴隷を取り逃した保安官や逃亡を幇助した市民らに対する処罰や、他州に逃亡した奴隷の返還義務が厳しく規定され、奴隷の逃亡はますます困難になった。

*9 アメリカ合衆国連邦議会の決定により、一八〇八年一月一日より奴隷貿易は禁止された。つまり、奴隷を外国から輸入することができなくなり、新たな奴隷は、国内にいる奴隷の子孫のみとなった。しかし違法な奴隷の輸入はその後も続いた。

*10 ある場面から次の場面へと重なりながら映像が転換すること。

*11 「ブッシェル」は穀物計量の最大単位。米国では、一ブッシェルの体積は約三十五リットル。

*12 「レッドネック」とは、農作業による日焼けのために首筋が赤くなることから、貧乏で無教養な南部の白人農業労働者を意味した。

*13 南北戦争は一八六一年四月、南軍が、サウスカロライナ州チャールストン沖にある北軍の武器保管庫サムター要塞を攻撃したことによって始まった。南部十一州は「南部連合

Confederate States of America」を結成し、当初は有利に戦争を進めた。しかし、六三年頃から人口においても経済的においても優位な北軍が優勢となり、六五年四月、ヴァージニア州アポマトクスにおいて南軍のリー将軍が降伏し、戦争は終結した。

*14 「南部連合の境界線」とは、南部連合諸州と北部諸州とのあいだの境界線のこと。具体的にはヴァージニア、テネシー、アーカンソー、テキサス諸州の北州境を指す。

*15 ハンズベリ自身の註釈によれば、この時に流れる歌は、黒人霊歌「主よ、なぜわたしはここに？ Lord, How Come Me Here?」か「母のない子 Motherless Child」か「主に告げよう苦しみのすべてを I'm Gonna Tell God All My Troubles」が良いとのことである。

*16 南アメリカ西部を原産地とするアカネ科の常緑高木、キナノキの樹皮から抽出した解熱剤・鎮痛剤。

*17 「自由の喊声 Battle Cry of Freedom」は、南北戦争中の一八六二年、ジョージ・フレデリク・ルートによって作詞作曲された。連邦主義と奴隷制廃止の大義をうたう愛国的な歌で、多くの人に愛唱された。

訳者解説

二〇一四年三月、私は、初演と同じエセル・バリモア劇場での『ひなたの干しぶどう』の再演を観るためにニューヨークにいた。十五日の昼の部、小さな劇場は満席だった。一九五九年初演当時から変わっていないと思われるくらい古い感じの床や内装で、椅子も古いものだった。舞台上のデンゼル・ワシントンたちの演技は衒いもなく、五十五年前を思わせた。最後の山場、ウォルター役のデンゼルがノーを突きつけると、満場の拍手喝采、観客の多くは立ち上がり大盛り上がりとなった。観客は黒人白人同じくらいだったように思う。人種差別を乗り越えるという国民的理念を、平易なリアリズム表現をとおして訴えかけるこの劇は、人種を問わず多くの観客を歓喜させるのである。

本書は、アフリカ系アメリカ人女性劇作家ロレイン・ハンズベリの戯曲『ひなたの干しぶどう』（一九五九年上演）と、テレビドラマ脚本『北斗七星』（一九六〇年完成）の全訳である。『ひなたの干しぶどう』は、試験上演を経て、一九五九年ブロードウェイのバリモア劇場で初上演された。アフリカ系アメリカ人が脚本を書き、演出もし、キャストのほとんどが黒人俳優という劇が、ブロードウェイで上演されるのは史上初めてのことだった。劇は大成功を収め、この若い黒人女性劇作家を一躍時代の寵児へと押し上げた。その後、この劇は三十以上の言語に翻訳され、世界中で上演されてきた。一方、『北斗七星』は未公開のテレビドラマ脚本である。一九五九年、ハンズベリは、ＮＢＣのプロデューサーから南北戦争百周年を記念する九十分ドラマの作成を依頼された。ハンズベリは脚本を作成したものの、現在に至るまでこのドラマはまだ米国でもどこの国でも放映されていない。

これら性質の異なる二つの作品を一冊の本にまとめた理由は、それぞれの劇／ドラマの登場人物の近似性が、互いの登場人物の性格をよりわかり易く照らし出してくれるだろうと考えたからである。二つの作品の解説に進む前に、ハンズベリの生涯の経歴を見てみよう。ハンズベリは生涯にわたってグローバルな視点から弱者・被抑圧者の側に立って書き、発言し、行動した。彼女の生きた時代は、まさにアフリカ系アメリカ人の公民権運動が最高の盛り上がりをみせると同時に、それへのバックラッシュが激しく行われた時代でもある故に、それらのできごとは劇作家の創作に大きな影響を与えたに違いない。したがって、次に示すハンズベリの経歴では、同年に起きた歴史的できごとを［　］の中に示した。

ロレイン・ハンズベリの生涯

ロレイン・ヴィヴィアン・ハンズベリは、一九三〇年五月十九日、不動産業を営む父カール・オーガスタス・ハンズベリと教師の母ナニー・ペリー・ハンズベリの第四子として、シカゴ市サウスサイドに生まれた（兄二人、姉ひとり）。父の事業の成功により一家は裕福だったが、親の方針により、兄妹はサウスサイドの一般の黒人の子どもが通う小学校に通った。［一九三三年、フランクリン・ローズベルト第三十二代大統領就任、ニューディール政策始まる］

一九三七年、ロレインが七歳の時、ハンズベリ家は長く続く闘いに突入する。父カールはシカゴの白人居住地区ウッドローンに家を購入するが、白人住民たちは黒人の入居に反対し、暴力的な示威行動に出る。兄妹は登下校中に唾を吐かれたり殴られたりし、窓から投げ込まれたレンガが傍を掠めたこともあったと、ロレインは述懐している。カールはＮＡＡＣＰ（全国黒人地位向上協会）の支援を得て、居住の自由を求める訴訟を起こした。訴訟のため長期間ワシントンに滞在した夫に代わって、母ナニーが銃を持って子どもたちを守りもした。こうした体験は『ひなたの干しぶどう』の底流にある。

一九四〇年十一月、連邦最高裁判所はカール勝訴の判決を下した（「ハンズベリ対リー」）。しかし、最高裁が、人種による居住制限は憲法違反であるという、本質的な問題を取り上げるまでには長い年月を要し、最終的に違憲判決が下されたのは一九四八年のことだった（「シェリー対クレーマー」）。［シカゴで「アメリカ黒人博覧会」開催。リチャード・ライトの『アメリカの息子』出版］

一九四四年、エングルウッド・ハイスクールに入学。

一九四五年、カールはメキシコにて脳出血により客死する。米国での人種差別に失望し、メキシコシティ郊外に一家で移住することを計画していた矢先だった。ロレインの兄たちが家業を引き継ぐ。

一九四七年、エングルウッド・ハイスクールは人種統合校となり、白人生徒たちによるストライキがあった。［反共キャンペーン勢いを増す］

一九四八年二月、ウィスコンシン大学マディソン校に入学する（十七歳）。大学内の黒人学生はごくわずかで、ラングドン・マナー女子寮に初めての黒人学生として入寮する。アプライド・アートを専攻。ショーン・オケーシーの劇『ジュノーと孔雀』を観て演劇への興味が高まるが、この時はまだ劇作家への道を選択してはいない。差別的な米国社会に対する不満と批判から、当時多くの黒人学生がそうであったように、ロレインも左翼運動への傾倒を深めてゆく。

ロレインはヘンリー・A・ウォレスが組織した「進歩党」の青年組織「ヤング・プログレッシヴ・オブ・アメリカ」の一員となり、ウォレスの大統領選挙運動の支援活動を行う。ウォレスが公民権、労働者の権利、植民地人の権利を強く訴えていたからである。［トルーマン大統領、軍隊内部の人種隔離禁止を発令］

一九四九年春以降、ヤング・プログレッシヴ・オブ・アメリカ・マディソンの中心的存在となる。同年夏、メキシコのアジジクで開催されたグァダラファラ大学主催サマー・アート・ワークショップに参加。この経験はロレインにとって大きな収穫となる。

一九五〇年二月、ウィスコンシン大学を退学し、ニューヨークに移住、グリニッチ・ヴィレッジに住む。『ヤング・プログレッシヴ・オブ・アメリカ』誌への寄稿を続ける。初めての詩を左翼系雑誌に発表。

一九五一年、ハーレムに移住。歌手・俳優・公民権活動家のポール・ローブソンが創刊した黒人向け左翼週刊紙『フリーダム』の編集者となり、国際政治を含め多くの記事を書く（日本映画『ヒロシマ』を擁護する記事を書く）。また、そこでアフリカからの亡命者や留学生と交流した。ニューヨーク大学での抗議活動に参加し、同大院生であったロバート・ネミロフ（ユダヤ系白人）に出会う。黒人青年ウィリー・マッギーの死刑に反対するためにミシシッピ州ジャクソンへ赴いたり、その他多くの政治活動を行い、共産主義への共鳴を深めてゆく（二十二歳）。

一九五二年、『フリーダム』紙の副編集長となる。共産党系社会人教育センターである「ジェファソン社会科学スクール」で、新たに講師となったW・E・B・デュボイスのもとで一年間にわたりアフリカ史を学ぶ。聴講するとともに講師も務める。デュボイスの教えは彼女の思想のバックボーンとなる。劇作家アリス・チルドレスと知りあい、彼女によって黒人演劇の世界へと導かれ、シドニー・ポワティエ、ルビー・ディー、ハリー・ベラフォンテら黒人俳優たちと知りあう。

三月、パスポートを剝奪されているローブソンの代理で、ウルグアイのモンテヴィデオで開催される共産主義集会である「インターアメリカン平和会議」に出席し、演説をする。二百八十人の出席者のうち米国人はロレインを含めて五人だけであった。米国政府はこの大会に出席することを禁止しており、彼女は目的を偽って出国した。帰国後彼女のパスポートは没収され、以後生涯にわたってＦＢＩの監視下に置かれることになる。

一九五三年六月、ネミロフと結婚し、グリニッチ・ヴィレッジに転居（五七年、別居）。『フリーダム』紙を辞めるが、寄稿は続ける（この新聞との五年間の関わりの中で、少なくとも二十一の記事を寄稿した）。演劇の勉強を始める。

一九五四年、左翼系若者向け雑誌『ニュー・チャレンジ』の副編集長となる。『レポーター』誌に、ケニヤの政治指導者ジョモ・ケニヤッタを擁護する書状を送る。劇を書きはじめる。［最高裁判所が公教育における人種による別学を違憲と判決「ブラウン対教育委員会」］

一九五五年［ミシシッピ州でエメット・ティル殺害事件。アラバマ州モンゴメリーでマーティン・ルーサー・キング・ジュニアが主導するバスボイコット運動始まる。翌年最高裁にて公共バスの人種隔離違憲判決］

一九五六年、『ひなたの干しぶどう』の執筆を始める。八月、ネミロフがプロデュースした歌「シンディ、オー、シンディ」のヒットにより経済的に余裕ができ、ロレインは執筆に集中できるようになる。［アラバマ大学ルーシー事件］

一九五七年夏、『ひなたの干しぶどう』の完成原稿を音楽出版者のフィリップ・ローズに読み聴かせ、彼に劇のプロデュースを委ねる。［公民権法成立。リトルロック・セントラル・ハイスクール事件］

一九五八年、作家ジェイムズ・ボールドウィン、歌手ニーナ・シモーンと出会い、ともに公民権運動を闘い、長きにわたる友情を育む。生涯にわたってロレインはフェミニストでありレズビアンであった。ドロシー・

セキューレス、リーニー・キャプラン、モリー・マローン・クックら女性の恋人がおり、同性愛誌に短編小説を寄稿するなどした。彼女の同性愛を示す資料は長年のあいだ公開されなかった。

一九五九年、ローズの尽力の結果、一月から二月にかけて『ひなたの干しぶどう』の試験興行がニューヘイヴン、フィラデルフィア、シカゴで行われ、いずれも好評を博す（二十八歳）。三月十一日からバリモア劇場で十九ヶ月にわたって上演され、大成功を収める（バリモア劇場のあと、八ヶ月間ベラスコ劇場で上演）。演出はロイド・リチャーズ、配役はポワティエ、ディー、クローディア・マクニール、ダイアナ・サンズら（途中から主演はオジー・デイヴィスに変わる）。上演にあたっては、いくつかの場面（冒頭部分、ドブネズミの場面、ミセス・ジョンソンの場面など）がカットされた。

四月、ニューヨーク演劇批評家協会賞を受賞。ロレインは、この名誉ある賞を受賞した最年少の劇作家、初めての黒人劇作家となった。八月、ロンドンのアデルフィ劇場での上演始まる。

NBC（米国でもっとも古い放送会社）において南北戦争百周年を記念して五つの特別番組が企画され、プロデューサーのドア・シェアリはそのうちひとつの脚本をロレインに依頼する。

一九六〇年、『ひなたの干しぶどう』の映画脚本を書き上げるも、採用されなかった。『北斗七星』のテレビドラマ脚本を完成させるも、放映されることはなかった。『白人』『シドニー・ブルースタインの窓のポスター』その他の戯曲を書きはじめる。上院議員であったジョン・F・ケネディの「空輸」計画（何百人ものアフリカ学生を米国の大学に入学させる）に、マルコムXとともに協力する。［キューバ革命政権樹立。抗議運動「シット・イン」始まる。SNCC（学生非暴力調整委員会）設立］

一九六一年、コンゴの政治指導者パトリス・ルムンバの暗殺に抗議する。ニューヨーク郊外の風光明媚な村クロトン・オン・ハドソンに家を購入し、移り住む（ハドソン渓谷は左翼文化人に人気の場所となっており、ロレインもこの地を好んだ）。五月、映画『ひなたの干しぶどう』（ダニエル・ピートリ監督、ポワティエ主演）が封切られ、好評を博す。カンヌ国際映画祭に出品。

同年に発表されたノーマン・メイラーのエッセイ「白い黒人」に対する反論を書く。［ケネディ第三十五代大統領就任。「フリーダム・ライド」始まる］

一九六二年、『花は何の役に立つ？』の原稿完成（未発表）。公民権法成立に向けて、SNCCの活動に深く関わるようになる。［ミシシッピ大学メレディス事件］

一九六三年四月、病に倒れる（三十二歳）。五月、ロバート・ケネディ司法長官が、意見聴取のために黒人運動の指導者たちを集め、ロレインも出席して激しく主張する。六月と十月、十二指腸癌の手術（病名は最後までロレインに告げられなかった）。［アラバマ州バーミングハム闘争。ワシントン大行進。キング「私には夢がある」演説。デュボイス死去。バーミングハム教会爆破事件。ケネディ大統領暗殺］

一九六四年二月、カーネギー・ホールで行われたデュボイスの追悼集会でスピーチする。三月ネミロフと離婚するが、生前に書かれた遺書の中で彼を自分のすべての原稿の管理者に指名した。十月、新聞各紙がロレインの病状が悪いことを知らせると、各地から多くの手紙が寄せられる。癌は膵臓や脳へと転移。同月から『シドニー・ブルースタインの窓のポスター』がブロードウェイで上演されるも、評判は芳しくない。［憲法修正第二十四条成立。強力な公民権法成立。各地で人種暴動が起きる。キング、ノーベル平和賞受賞］

一九六五年一月十二日、ニューヨーク大学病院にて死去。享年三十四歳。三日後ハーレムにて葬儀。クロトン・オン・ハドソンのベセル墓地に埋葬される。［マルコムX暗殺。アラバマ州セルマの行進。投票権法成立。

カリフォルニア州ワッツの暴動]

一九六九年、ネミロフ編集による『若く才能があって黒人であること』が、ブロードウェイのチェリー・レーン劇場で上演される。

一九七〇年、ネミロフ編集による『白人』がブロードウェイのロングエイカー劇場で上演される。

一九七〇–七二年、『若く才能があって黒人であること』が各地の小劇場で上演される。PBSがこの作品をルビー・ディーら出演でテレビドラマ化。

一九七三年、ネミロフがプロデュースしたミュージカル『干しぶどう』がブロードウェイの四十六番通り劇場で上演され、二年近くのロングランとなる。トニー賞を受賞。

一九八九年、PBSが『ひなたの干しぶどう』のテレビドラマ版をダニー・グローヴァー主演で制作・放映される(初めての無削除版)。

一九九六年、BBCが『ひなたの干しぶどう』のラジオ劇を制作・放送。

二〇〇四年、『ひなたの干しぶどう』がブロードウェイのロイヤル劇場で上演される。ケニー・レオン演出、フィリシア・ラシャドら出演。トニー賞受賞。(二〇〇八年、この劇のテレビドラマ版がABCで放映される)

二〇一四年、『ひなたの干しぶどう』がバリモア劇場で、レオン演出、デンゼル・ワシントン主演で上演される。トニー賞受賞。

二〇一六年、BBCが『ひなたの干しぶどう』のラジオ劇を制作・放送。

二〇一七年、『ひなたの干しぶどう』がワシントンDCのアリーナ・ステージで上演される。

『ひなたの干しぶどう』

この劇は、現在というひとつの時間軸に添って進行する、いわゆるリアリズム演劇である。しかし、その時間の流れの中に、アフリカの時間軸、また、つねに過去へと遡及する時間軸が差し挟まれており、けっして単純な構成ではない。舞台設定はヤンガー家のアパートの内部だけで、舞台転換はない。窓は台所の小窓ひとつしかないが、そこからはサウスサイドの往来を見下ろすことができる。玄関ドアは舞台中央奥にあり、外から多くの人がやって来る。したがって、この部屋は閉じた空間ではなく、小窓やドアをとおして外の世界と密接に繋がっている。ナイジェリアからの留学生、裕福な黒人大学生、白人居住地区の代表、同じ階の住人、ウォルターの共同経営者らが次々に登場し、彼らと、貧困、植民地主義、アフリカ、女性と仕事、人種差別、世代の分断、美醜、恋愛、宗教など、さまざまな問題について議論することになる。

上演された劇や映画では、困難をものともせず、前に進もうとするヤンガー家の人々の勇気ある姿が前面に出て、暗さや不安は隠され、希望に満ちた旅立ちの姿が強調されてきた。この劇は、その後のワシントン大行進を経て、公民権法成立へと至る米国の新しい時代を予言し体現しているようにみえ、多くの人に愛されてきた理由も一部にはそこにある。しかし、同時に予定調和的、同化主義的との批判にも晒されてきた。

若くして亡くなったハンズベリの作品は数少なく、未上演・未放映のものもあるが、『ひなたの干しぶどう』は飛び抜けて有名であり、今日に至るまで、国内外で定期的に再上演されてきた異色の作品である。ハンズベリは、黒人差別や、植民地主義・資本主義の支配に対して、歯に衣着せぬ異議申し立てを行った。そうした考え方は、幼い頃両親や著名な訪問者たちから学んだリベラルな思想、大学在学・新聞社勤務・社会人学習を通じて学んだアフリカ、アジア、中南アフリカについての深い知識からきており、それはこの劇の底流に脈々とある。

そのような思考や知識の片鱗は、ベニーサとボーイフレンドたちの会話の中などにはっきりと見てとれる。政治家志望の留学生アサガイには、ハンズベリの尊敬するジョモ・ケニヤッタが投影されている。しかし、上演時には、文化の遅れた国から来た、訛りの強い外国人という演出がなされることがあり（現代日本の黒人表象、アフリカ人表象にも通じる）、ハンズベリは不満だった。テクストを読めば、アサガイが登場人物の誰よりも知的で高邁な理念の持ち主であることがわかるし、劇作家自身も、もっとも好きな登場人物だと語っている。ハンズベリによれば、当時の米国ではアフリカ人への軽蔑は一般的であり、「アフリカ」は「野蛮」「醜悪」を意味していたという。もちろんアサガイには欠点もある。例えば、彼は旧態依然としたジェンダー観をひけらかしている。ハンズベリは、普通のアフリカ人の若者を等身大に描き出すことのできた最初の劇作家と言えるだろう。

前述したように、『ひなたの干しぶどう』は多くの称賛とともに多くの批判も受けてきた。批評家トルーディア・ハリスは、リーナの造形が「マミー」のステレオタイプであると同時に、「強い黒人女性」という問題ある黒人女性表象の典型例であると批判している。確かにリーナは問題のないキャラクターではない。ベニーサを平手打ちしたり、家長としての権威を振りかざしたりする場面などがそうである。しかし、そうしたリーナの特徴は、劇の前半部において意図的に付けられている仮面なのである。このことについては後述したい。アサガイ、リーナだけでなく、この劇のどのキャラクターも欠点のある普通の人間として描かれている。例えば、ウォルターは女性や同性愛者に対して差別的な発言をしている。

批評家ハロルド・クルーズは、貧乏なヤンガー家が一万ドルもの保険をかけているのはおかしいと批判した。しかし、伝記作者イマニ・ペリーによれば、当時のシカゴでは、黒人労働者が高い保険金をかけることは一般的なことだったという。多くが社会保障や年金の対象とならない働き方をしていた黒人労働者家庭は、保険金によって老後の生活の安定を確保しようとしていた。また、クルーズは、貧しい家庭の娘ベニーサが大学に行っていることにも疑問を呈した。しかし、ベニーサは二年制のコースがあったイリノイ大学ネイヴィ・ピア校の学生だったのではないかと、ペリーは推測している。そこで優れた成績を収めた黒人女子学生の多くが、イリノイ大学アーバナ・シャンペイン校へと進学したという。ハンズベリが戯曲の背景となる社会状況を綿密に調査していたことが、今日明らかになってきている。

その他、黒人の住む住宅の方が白人の住む住宅の方より高価だというのがおかしいという、素朴すぎる疑問も呈されてきた。しかし、当時のシカゴのみならず、大都市の住宅事情はそれほど単純なものではない。環境の優れた黒人居住区は限られており、おのずと価格も高くなる。白人の中間所得層向けの住宅の方が数が多く、したがって安価であるという状況は、大都市では普通のことである。リーナは、園芸のできる裏庭があって部屋数の多い、子どもにとって環境のよい地域にある住宅を希望していたが、そのような住宅を頭金三千五百ドルで手に入れることは難しかった。家業がシカゴの不動産業であるハンズベリが、同市の住宅事情に詳しくなかったとは思えない。

しかし、別の問題が浮かび上がる。リーナは一万ドルの小切手を手にしていたのだから、もっと適切な住宅が買えたのではないかということだ。ルースやウォルターもすぐに気づいたように、クライボーン・パークは、保守的な白人中間労働者層の住む界隈だと誰もが知るような場所である。リーナはなぜそのような場所をわざわざ選んだのか？　他に適切な価格の住居がなかったと彼女は言っているが、疑問が残る。

ここに父の遺産を受け継ぐ、すなわち父の意思を受け継ぐという、ハンズベリのテーマがみえてくる。彼女の父カールは、ヤンガー家が住んでいたような「キッチネット住宅」を考案して販売し、不動産業で大成功を収めた人物である。キッチネット住宅の考案によって、黒人用の安価なアパートがたくさん出回り、シカゴの黒人たちの多くはそのような住宅に居住した。バス・トイレは他の住人と共同使用、キッチン・スペースと居間スペースは分かれておらず、窓は一箇所だけでほとんど陽光が入らず、老朽化してゴキブリが出る——このようなヤンガー家の住まいは一般的なものだった。

カールは黒人の居住権を求める訴訟を起こし、黒人の地位向上のために多大な貢献をした。彼の人生は苦難の連続だった。白人との闘いは、たとえ結果的に勝利したとしても、犠牲の大きすぎる過酷な闘いであることを、ハンズベリは演説の中で述べている。米国に失望したカールはメキシコで客死した。ハンズベリはこの父の無念を引き継ぐ娘であったが、作中でそれを引き継いでいるのは、ウォルターでもベニーサでもなく、妻のリーナである。彼女は打ちひしがれた夫の様子を印象的な言葉で語る。

わたしは見ていたよ……毎晩毎晩……お父さんが帰ってきて……あの絨毯を見て……それからわたしを見て……眼が充血していて……静脈がこめかみに浮き出ていて……お父さんが、まだ四十前なのに、痩せて老け込んでいくのをずっと見ていたよ。誰かの老いぼれ馬みたいに、働いて、働いて、働いて……死んでしまった……（一六〇頁）

リーナにはどうしてもクライボーン・パークに行くことを家族に提案する必要があったのである。白人住民からの反発があることも充分承知の上だったのではないか。

劇の前半では、リーナは、教養がなく、非合理的な信仰に縛られた「マミー」を地でいく人物のようにみえる。独断で白人居住地区に住宅を買ったのも、判断の悪さゆえと解釈された。彼女を正しく理解するためには、彼女と非常によく似て造形されている『北斗七星』の登場人物リッサを並置してみるのがいいだろう。黒人奴隷リッサもドラマの前半では、白人主人の愛人であり、彼のために料理を作る忠実な「マミー」として登場する。リッサは、息子ハニバルに若主人のお下がりの服を着せたいと思うが、彼は母の考え方にうんざりしている。しかし、ドラマ後半では、リッサはまったく異なる姿をみせる。

『ひなたの干しぶどう』に話を戻すと、リーナが家を買うことにしたタイミングに着目したい。第一幕第二場で、リーナはウォルターにルースが中絶を考えていることを告げ、なんとかそのような事態を回避するように説得するが、彼はまったく関心を示さない。リーナは「おまえは亡くなったお父さんの顔に泥を塗った」(八一頁)と言い、その後すぐ街に出て、住宅を購入する。ベニーサの医学部進学用の三千ドルを取り置くとしても、七千ドルは使用可能だったはずであり、七千ドルあれば黒人居住地に家を買えたであろうこともわかっている。

つまり、リーナは、かつてカールがそうしたように、故意に白人居住区に家を買ったのであり、子どもたちがどう行動するかを見定めようとしたのである。「黒人のプライド」を子どもたちが持っているかどうかを試そうとしたのである。劇の最後で一家はクライボーン・パークへ引っ越していくのだが、リンドナーの不気味な忠告(一八八頁)を聞かずとも、そのあと、白人居住者たちが全力で阻止しにかかってくるだろうことは明らかである。とてもハッピー・エンディングとは言えない。しかし、どんなに苦しくとも、自分たちの意志を貫くことこそが「父の遺産」の正しい使い方なのだ、というのがこの劇のメッセージなのである。

劇の明るい引越し風景とは裏腹に、最後にアパートにひとり残ったリーナが、これから「最終的な賭けに挑む」ようなきりっとした眼差しを観客に向ける理由が、こうして明らかとなる。リーナは、リッサと同じように、今の生活を平穏にやり過ごすことに満足をしているような女性ではないという事実が、この最後の一瞥に込められている。このような視点を得ると、『ひなたの干しぶどう』が、自分が稼いだものでもない、棚ぼたの親の保険金を取り合って家族が喧嘩しあう他力本願な劇でも、白人と同じ所に住みたいと願うお気楽な同化主義の劇でもないことがわかるだろう。一見そのようにみえる喜劇性や楽観性が、この劇が黒人だけでなく万人に愛された要素であったとしても。「父の遺産」は、それにより家族が楽な思いをするためのものではないのである。闘いの末に死んだ父の思いを受け継ぎ、その家族も闘い続けなければならないというメッセージとしての遺産なのである。

『北斗七星』

『ひなたの干しぶどう』は上演時間四時間の長い劇であるが、『北斗七星』は九十分のテレビドラマとして書かれた。『北斗七星』はわかり易く米国の黒人奴隷制の問題を要約し、また、それまでに描かれたことのない事実と観点を提示した優れた脚本である。白人奴隷所有者が悪者、黒人奴隷は被害者と善悪をはっきり描き分ければ、テレビ番組としては成り立ったかもしれないが、ハンズベリはもっと深く奴隷制の問題を掘り下げてみせた。舞台は南北戦争前夜の南部プランテーションで、白人農園主の家族、貧乏白人の家族、黒人奴隷の家族という三階級の家族が描かれている。

『ひなたの干しぶどう』の主人公はウォルターであり、彼が劇の山場を作り出すのだが、彼を取り巻く三人の女性たち――リーナ、ルース、ベニーサ――の役割は大きい。主人公と同じくらいの比重で特徴のある三人グループがいるという構図は、次作の『シドニー・ブルースタインの窓のポスター』にも、次々作『白人』にも見られる。『シドニー・ブルースタイン』では主人公シドニーと関わるアイリス、メイヴィス、グロリアというそれぞれに特徴的な三人姉妹が、『白人』では白人宣教師ニールセンとその妻と関わるアフリカ現地人のアビオセ、ツエムベ、エリックの三兄弟が物語を動かしている。

ハンズベリは、自分の劇には、ウィリー・ローマン（『セールスマンの死』）のような物語の柱となる中心人物がいないという欠点があると認めつつも、その欠点は同時に長所にもなると語っている。確かにハンズベリの劇には、伝統的なドラマツルギーの規範からは外れ、登場人物の「民主化」、言い換えれば、重要なアクションの分散化が見られる。『シドニー・ブルースタイン』と『白人』は、それが原因で焦点の定まらない感じになっているが、一方『ひなたの干しぶどう』はそのことによって成功しているともいえる。ウォルターを取り巻く三人の女たちの性格とその成長が、物語をダイナミックに動かしているからである。

『北斗七星』においても同様である。主人公は明らかにその名も英雄的な奴隷の若者ハニバルであるが、彼も中心人物としての強度に欠けている。先述したように、このドラマには三つの階層の家族が描かれているが、それらは完全に独立してはいない。ハニバルは主人ハイラム・スウィートと奴隷のリッサの息子であり、ハイラムは実の家族以上に彼らをかわいがっている。（ハニバル兄弟、スウィート兄弟はみな父親が同じである。）このことからハニバルは、仕事をさぼるなど自由気儘なふるまいをしたり、ハイラムの息子トミーから奴隷には禁止されている読み書きを習ったりする。このことを若主人のエヴァレットに知られ、失明させられてしまうのだが、ドラマのエンディングでは闇に紛れて逃亡しようとしている。

しかし、ドラマはハニバルの物語であると同時に、その他の人々の物語でもある。ハイラムは黒人奴隷たちを人間として扱う「良い」主人であるが、奴隷制という制度の中にいる「奴隷所有者」という立場には限界がある。彼は自分の考えを息子エヴァレットに受け継がせることができない。ハイラムは、奴隷を長時間働かせて生産性を上げようというエヴァレットの提言に耳を貸さないが、ハイラムのようなやり方ではすでに農園が立ち行かなくなっている事実を、エヴァレットの言葉から視聴者は知ることになる。つまり、ハイラムの主張にもエヴァレットの主張にも、それぞれにとって正当な根拠があるのである。ハニバルを罰するエヴァレットにも、「奴隷監視人」のゼブにも、「奴隷監督」のコフィンにも、それぞれそうするしか仕方がなかったという理由づけがなされている。主人と奴隷という単純な二分法ではなく、その中間に位置する、奴隷を監視・統括する役割の貧乏白人の層と、自らも奴隷でありながら他の奴隷を監督する役割を与えられている黒人の層があり、支配・被支配の複雑で重層的構造が描き出されている。

三十五年前ハイラムはリッサら四人の奴隷を連れて荒野にやってきて、みなで苦労して立派なプランテーションを作り上げた。ハイラムにとって、リッサは、妻のマライアより古くからの愛人であり戦友である。リッサはハイラムにもっとも近い人間であり、屋敷内の各所の鍵束を腰にぶら下げて管理することを任され、銃が入った抽斗も自由に開け閉めすることができる存在である。リッサは、リーナ同様、ドラマの初めあたりでは、マミー・タイプの、主人に忠実な召使いの姿をしている。しかし、ドラマ後半ではハイラムを手玉に取る様子をみせ、息子が両眼を潰されたのちには、薬草を煎じてキニーネを作るなど医者・魔術者の側面ももつ。彼女は白人の医者など信用していない。そして、奴隷小屋を訪ねてきたハイラムの謝罪と懇願をはねつけ、彼を小屋から追い出してしまう。小屋を出て、まだ奴隷居住地区の中にいる時、ハイラムは心臓発作に見舞われる。彼は助けを求め、その声がリッサの耳に明らかに届いているにもかかわらず、彼女は彼を見殺しにする。それだけでなく、彼女は闇に乗じて屋敷の抽斗から銃を盗み出し、逃亡しようとするハニバルたちにそれを手渡すのである。のちに彼女はひどい目に合うことになるだろうが、それを恐れず、子どもたちを逃がすという選択をする。

この最後の場面のリッサは、リーナに通じる。リッサもリーナも実は変化したのではなく、もともとそういう女性であったことが、劇／ドラマの前半部では隠されていたにすぎない。リッサもリーナも、愚かな「マミー」ではないことはもちろんだが、よく言われる「黒人母系制」に起因する「強い黒人女性」でもないのである。すなわち、ハリスの言う伝統的な「強い黒人女性」のもつ強さとは、外部ではなく、内部へと向かう強さである。その強さは、自分の身内や近隣者に対してのみ発揮されるものである。黒人女性がそれ以外の場所で自らの強さを行使することは、命の危険と隣合わせとなる。しかし、危険をものともしないリッサとリーナの強さは、奴隷制に対して、もしくは黒人を差別する外部世界に対して敢然と向けられたものなのである。

白人主人による黒人女性奴隷の性的搾取は、暗黙の了解事でありながら、アメリカ合衆国の明らかにされない暗部であり続けている。ハンズベリはその問題を鋭く世に問おうとしたのだが、ＮＢＣの上層部は放映を許可しなかった。それがテレビというメディアが扱うことを躊躇うテーマであることは、当時も今もまったく変わってはいない。

本書の翻訳にあたっては、エドガー・W・ポープ愛知県立大学教授、岩元巌筑波大学名誉教授、中島剛氏から多くのご教示・ご助言をいただいた。衷心より感謝を申し上げたい。また、出版をお引き受けいただいた小鳥遊書房の高梨治さん、挿絵も描いてくださり丁寧に編集をしてくださった編集者の林田こずえさんに心よりの感謝を申し上げたい。

二〇二三年六月

鵜殿えりか

【著者】

ロレイン・ハンズベリ

(Lorraine Hansberry)

アメリカ合衆国の劇作家。1930年シカゴに生まれる。
48〜50年ウィスコンシン大学マディソン校に学ぶ。
51〜53年、ポール・ローブソン刊行の『フリーダム』紙の編集者となる。
59年『ひなたの干しぶどう』がブロードウェイで上演され好評を博す。
ニューヨーク演劇批評家協会賞を受賞した初めての
アフリカ系アメリカ人劇作家となる。61年映画化。
64年『シドニー・ブルースタインの窓のポスター』上演。
65年没。享年34歳。
没後、『若く才能があって黒人であること』『白人』上演（69年、70年）。
『ひなたの干しぶどう』は30以上の言語に翻訳され、世界中で上演されている。

【訳者】

鵜殿 えりか

（うどの・えりか）


アメリカ文学者。愛知県立大学名誉教授。

筑波大学大学院文芸言語研究科博士課程修了。

単著に『トニ・モリスンの小説』（2015、彩流社、日本アメリカ文学会賞）。

共著に、『新たなるトニ・モリスン――その小説世界を拓く』（共編、2017、金星堂）、

『ハーレム・ルネサンス――〈ニュー・ニグロ〉の文化社会批評』

（松本昇監修、2021、明石書店）。

訳書に、トニ・モリスン他『どっちの勝ち？』（共訳、2020、みすず書房）、
ネラ・ラーセン『パッシング／流砂にのまれて』（2022、みすず書房）。

ひなたの干《ほ》しぶどう／北斗七星《ほくとしちせい》

2023年9月30日　第1刷発行

【著者】
ロレイン・ハンズベリ
【訳者】
鵜殿えりか

発行者：高梨 治

発行所：株式会社**小鳥遊《たかなし》書房**
〒102-0071　東京都千代田区富士見1-7-6-5F
電話03 (6265) 4910（代表）／FAX　03 (6265) 4902
https://www.tkns-shobou.co.jp
info@tkns-shobou.co.jp

装幀　鳴田小夜子（KOGUMA OFFICE）
印刷　モリモト印刷(株)
製本　（株）村上製本所
ISBN978-4-86780-024-9　C0074